À PROPOS DE L'AUTRICE

Éléonore Fernaye mène une double vie : traductrice le jour, elle devient romancière la nuit, pour donner chair aux personnages qui peuplent son esprit. Après une première trilogie de romance historique, traduite au Brésil et en République tchèque, elle a choisi de consacrer sa plume au Moyen Âge.

Adepte de l'histoire vivante, incollable en corsets, crinolines et recettes de cuisine anciennes, elle défend la véracité historique dans la romance – car n'allez pas lui dire que l'on peut trousser une noble dame facilement, ou que l'on mangeait du chocolat à l'époque médiévale !

Quand elle n'écrit pas, Éléonore aime lire, aller à l'opéra et boire du champagne avec ses amies.

W0199294

NOTE DE L'AUTRICE

D'aussi loin que remontent mes souvenirs, l'histoire est ma passion, et j'ai toujours voulu en faire, d'une façon ou d'une autre, mon métier. Alors quelle plus belle façon d'y parvenir qu'en écrivant des histoires dans l'Histoire ?

Au sein de mon panthéon personnel, Aliénor d'Aquitaine tient une place particulière, que ce soit pour son tempérament, sa liberté ou son goût des arts. C'est d'ailleurs le souvenir de mes cours sur l'amour courtois et la littérature médiévale qui a nourri mon envie de m'intéresser au XIIe siècle. J'ai voulu m'attacher à montrer combien le Moyen Âge peut être lumineux, coloré, passionné, raffiné… À mille lieues de l'image d'obscurantisme qu'on lui a prêté a posteriori.

Éléonore Fernaye

L'insoumise d'Aquitaine

Collection : ALIÉNOR

© 2021, HarperCollins France.

Tous droits réservés, y compris le droit de reproduction de tout ou partie de l'ouvrage, sous quelque forme que ce soit.
Toute représentation ou reproduction, par quelque procédé que ce soit, constituerait une contrefaçon sanctionnée par les articles 425 et suivants du Code pénal.

Si vous achetez ce livre privé de tout ou partie de sa couverture, nous vous signalons qu'il est en vente irrégulière. Il est considéré comme « invendu » et l'éditeur comme l'auteur n'ont reçu aucun paiement pour ce livre « détérioré ».

Cette œuvre est une œuvre de fiction. Les noms propres, les personnages, les lieux, les intrigues, sont soit le fruit de l'imagination de l'auteur, soit utilisés dans le cadre d'une œuvre de fiction. Toute ressemblance avec des personnes réelles, vivantes ou décédées, des entreprises, des événements ou des lieux, serait une pure coïncidence.

Le visuel de couverture est reproduit avec l'autorisation de :
© KERRY NORGARD/ARCANGEL IMAGES
Réalisation graphique couverture : AUDE DANGUY DES DESERTS

Tous droits réservés.

HARPERCOLLINS FRANCE
83-85, boulevard Vincent-Auriol, 75646 PARIS CEDEX 13
Service Lectrices — Tél. : 01 45 82 47 47 - www.harlequin.fr
ISBN 978-2-2804-3664-9 — 2728-5790

Composé et édité par HarperCollins France. Achevé d'imprimer en décembre 2020.
par CPI Black Print - Barcelone - Espagne
Dépôt légal : janvier 2021.

MIXTE
Papier issu de sources responsables
FSC® C108412

Pour limiter l'empreinte environnementale de ses livres, HarperCollins France s'engage à n'utiliser que du papier fabriqué à partir de bois provenant de forêts gérées durablement et de manière responsable.

ÉLÉONORE FERNAYE

L'insoumise d'Aquitaine

Aliénor

HARLEQUIN

Chapitre 1

Aquitaine, printemps 1160

— Un cavalier approche, il porte la livrée des souverains d'Angleterre.

Adélaïde, dame de Sanxay, leva les yeux du livre de comptes qu'elle était en train de consulter avec son chapelain, le père Ogier. Elle croisa le regard bleu du jeune soldat venu l'avertir, y décelant une note d'incertitude. Il était nerveux.

Rien de plus étonnant, elle l'était aussi.

— Dis à Jehan de me retrouver au plus vite, et retourne monter la garde, Ghislain. Dans combien de temps arrivera-t-il ?

— À la mi-journée, ma dame. La route est sèche, et son cheval a l'air robuste.

Il inclina la tête puis sortit pour obéir à ses ordres.

La jeune femme observa sa tenue et se mit à réfléchir en toute hâte. Elle était vêtue comme il convenait à une dame de son rang pour une journée ordinaire dans son domaine, mais certainement pas pour recevoir un messager royal ! Un rapide coup d'œil à la salle commune de la demeure seigneuriale lui confirma qu'il faudrait beaucoup de bras pour donner à l'endroit un aspect plus accueillant et moins rustique.

— Nous devons remettre l'examen des comptes à plus tard, mon père. J'en suis navrée.

— Ne t'en soucie point, mon enfant. Une visite si prestigieuse est bien plus importante.

Il referma les tablettes de cire et les rangea dans un coffre éloigné de la cheminée, tandis qu'un homme d'âge avancé entrait dans la pièce d'une démarche assurée.

— Maître Jehan !

Adélaïde se leva pour accueillir son sénéchal. L'officier, au service de sa famille depuis son grand-père, s'inclina et répondit :

— Ma dame, quel honneur nous font le roi et la reine.

Elle sentit son cœur se serrer. Bien entendu, l'honneur de recevoir un messager royal était immense, mais elle ne pouvait réprimer une pointe d'inquiétude.

— Devines-tu la raison de sa venue ? As-tu ouï des rumeurs de guerre ?

En tant que vassale de la duchesse d'Aquitaine, Adélaïde était tenue de fournir des troupes ou de l'argent à sa suzeraine si cette dernière l'exigeait. Depuis qu'elle dirigeait la seigneurie, elle n'avait encore jamais été confrontée à cette situation, et envoyer les soldats qui la protégeaient loin du domaine l'angoissait. Elle n'était qu'une femme dans un monde d'hommes, comme se plaisaient à lui rappeler ses conseillers les plus proches.

— Rien n'est parvenu à mes oreilles, mais il s'agit peut-être d'une invitation à la cour ? On raconte que dame Aliénor appréciait votre compagnie.

Au souvenir de ses années passées à la cour, un mélange de regret et d'enthousiasme l'assaillit. Cette vie au plus près de la duchesse s'était révélée très formatrice, mais elle avait aussi suscité bien des interrogations... auxquelles la mort de son père avait mis un terme.

— Dame Aliénor a toujours été pleine de bonté à mon endroit, mais je doute que mes maigres talents lui soient nécessaires, répondit-elle en se mordant la lèvre.

— Cessez donc de vous tracasser, je suis convaincu qu'il ne peut s'agir d'une mauvaise nouvelle.

— Fort bien, admit la jeune femme à contrecœur. Veille à ce que l'on m'avertisse dès que ce messager sera à moins d'une demi-lieue. D'ici là, que chacun se prépare à cette visite.

Adélaïde tourna les talons tandis que le sénéchal murmurait son assentiment, et se hâta de gagner l'étage de la demeure. Si la partie basse de la vaste maison était en pierre, le niveau supérieur était bâti en bois, de même que l'escalier qui permettait d'y accéder.

Le grand espace sous la charpente accueillait un groupe de femmes occupées à filer la laine. Habituées à la voir aller et venir, celles-ci ne s'arrêtèrent pas dans leur tâche, mais la saluèrent. Adélaïde les rejoignit.

— Isabeau, dit-elle à la plus âgée du groupe, une vieille fille qui avait grandi auprès de sa grand-mère, nous attendons la visite d'un messager du roi et de la reine d'Angleterre. Fais en sorte que la grande salle soit prête à l'accueillir avant sexte.

L'intéressée se leva péniblement, songeant déjà à ce qui allait suivre.

— Faut-il faire préparer un véritable repas ou une simple collation ?

Si l'on mangeait copieusement à la mi-journée à la cour ou en ville, il n'en allait pas de même à la campagne, où les travaux agricoles retenaient presque tout le monde aux champs. Après un temps d'hésitation, Adélaïde repartit :

— Une collation suffira… Mais fais servir notre meilleur vin. Béatrice, reste avec moi, je vais avoir besoin de ton aide, ajouta-t-elle à l'attention d'une jeune fille.

Cette dernière, mieux habillée que ses compagnes, était sa jeune cousine, arrivée un an plus tôt pour parfaire son éducation auprès d'elle. À quinze ans, elle était douce, réservée, douée pour les travaux d'aiguille, et incarnait de ce fait le parangon des vertus féminines.

Sans attendre de réponse, Adélaïde se dirigea vers une pièce plus petite, du côté est de la demeure. Là se trouvait sa chambre, qu'elle partageait avec Béatrice et, parfois, Isabeau. Dans le coffre, au pied du lit à courtines, la maîtresse des lieux choisit un bliaut de laine safran à amples manches orné de broderies.

Avec l'aide de sa cousine, elle se débarrassa de son voile coloré et de sa robe en grosse laine marron bordée de galons, puis enfila sa nouvelle tenue, qu'il fallait lacer sur les côtés. C'était un souvenir de son séjour à la cour, un don de la duchesse pour les jours de fête. Adélaïde compléta son habillement par un grand voile de soie blanche qu'elle attacha à l'aide d'épingles, laissant retomber ses deux longues nattes sur la poitrine.

Lissant des deux mains le tissu de sa robe, elle tâtonna pour vérifier que tout était en place. Satisfaite du résultat, elle prêta ensuite main-forte à Béatrice, qui se changeait à son tour, revêtant une de ses anciennes tenues.

Les deux cousines regagnèrent la grande salle, qui bruissait d'activité : outre les servantes habituelles, les femmes du village étaient venues en renfort, balayant le sol, montant les tréteaux et disposant les victuailles sur la table. On avait ranimé le feu malgré la température clémente, et allumé plusieurs bougies de cire pour illuminer les lieux et assainir l'air. Quelques gerbes d'herbes odorantes, cueillies dans le jardin qu'Adélaïde cultivait avec soin derrière la demeure, finissaient d'embaumer et de décorer la pièce.

Après un signe de tête approbateur à Isabeau, elle sortit dans la cour du château, plissant les yeux lorsqu'elle déboucha en plein soleil. Celui-ci était presque à son zénith, et le messager n'allait plus tarder.

Elle s'approcha de la tour de guet et gravit les quelques marches de pierre menant au chemin de ronde. Se tournant dans la direction que lui indiqua Ghislain, elle scruta l'horizon. Le nuage de poussière caractéristique d'un cavalier était nettement visible. Il serait bientôt là.

Nerveuse, Adélaïde glissa les doigts sous la bande de lin qui lui encadrait le visage et aidait à maintenir son voile. Elle avait soudain l'impression d'étouffer. Depuis plusieurs mois, elle avait presque le sentiment de vivre en retrait du monde, repliée sur Sanxay. L'existence paisible qu'elle y menait, la lente répétition des heures et des tâches, tout cela la bernait, lui faisant croire que plus rien ne pouvait l'atteindre.

De toute évidence, elle s'était bercée d'illusions.

Un bruit de cavalcade et la voix de Ghislain l'arrachèrent à sa rêverie.

— Ma dame, le voici.

Adélaïde tressaillit.

Les membres de sa maisonnée étaient déjà réunis au centre de la cour, et elle les rejoignit en pressant le pas. Alors que le jeune guetteur hésitait à lui emboîter le pas, elle lui intima d'un geste de rester à son poste.

Prenant place au milieu du groupe, la jeune femme carra les épaules et leva le menton, faisant appel à la fierté familiale, et au sang des preux qui coulait dans ses veines.

Le cavalier franchit la porte au petit trot, avant d'arrêter sa monture non loin de la maîtresse des lieux et de descendre. Il portait une cotte aux armes du roi d'Angleterre, d'un beau rouge profond, qui devait coûter fort cher.

— Dame Adélaïde, au nom du roi et de la reine, je vous salue. Mon nom est Foulques de Châtillon, j'ai à vous parler.

— Votre visite est un honneur. Si vous voulez bien entrer, j'ai fait servir une collation à votre intention.

D'un signe de tête, elle autorisa l'un des palefreniers à s'occuper du cheval, tandis qu'elle escortait le nouveau venu dans le logis seigneurial. Après qu'elle eut rapidement présenté les membres éminents de son conseil, ils prirent place.

Foulques de Châtillon était plus jeune qu'il ne le paraissait au premier regard – peut-être l'âge de la jeune femme, ou à peine plus. C'était sans doute un chevalier récemment adoubé. Le port noble, il avait des cheveux qui tombaient sous les oreilles, encadrant un visage aux traits juvéniles mais réguliers.

Acceptant volontiers les mets qu'on lui présentait, il mangea avec appétit les prunes et les gâteaux aux épices, tandis qu'Adélaïde observait d'un œil vide son tranchoir sans pouvoir rien y poser. Elle se força à avaler une gorgée de claret, mais dut vite reposer son hanap, car le vin sucré dont elle raffolait lui parut soudain écœurant, et menaça de la faire tousser.

S'essuyant les doigts sur le bord de la nappe, comme le voulait l'usage, le visiteur finit par s'éclaircir la voix et expliquer :

— Dame Adélaïde, je suis ici car Leurs Majestés se soucient de votre avenir. Vous avez plus de vingt ans et n'êtes toujours pas mariée, voilà qui va à l'encontre des usages. L'Église recommande aux femmes de prendre un époux dans la fleur de l'âge, car c'est en devenant mère qu'elles trouvent leur place dans la société.

— Messire, vous ignorez peut-être que je porte le deuil, intervint-elle, les dents serrées.

Il la considéra d'un air compatissant, tandis que le père Ogier murmurait un *Requiescat in pace* et que les autres convives se signaient discrètement. Adélaïde reprit :

— J'ai eu le malheur de perdre mon père puis mon fiancé en peu de temps. Leur absence cruelle...

— ... n'est pas bonne pour une femme, en effet. Voilà plus d'un an qu'ils ont rejoint leur Créateur ?

— Bientôt deux, concéda-t-elle après une hésitation.

Que savaient exactement les souverains ? Que savait ce messager ? Mais la jeune femme jugea plus prudent de se montrer franche. Cette visite n'avait rien d'un hasard, et mentir effrontément à l'envoyé du roi pouvait lui valoir d'importants ennuis.

— C'est bien ce que l'on m'avait dit, reprit le chevalier, confirmant les soupçons de son hôtesse. Ma dame, il est compréhensible que vous ayez eu besoin de temps pour pleurer vos morts, mais ce temps est largement écoulé. Vous n'êtes plus jeune, et vous risquez de laisser votre fief tomber en quenouille.

Adélaïde se raidit imperceptiblement. Pourquoi, mais pourquoi ne la croyait-on pas à hauteur de la tâche ?

— Notre bonne duchesse est pourtant un modèle dans l'administration de son vaste domaine.

Un sourire un peu narquois étira les lèvres de Foulques.

— Ainsi, vous vous trouvez de taille à rivaliser avec la reine ?

La jeune femme baissa les yeux et se mordit l'intérieur des joues pour s'empêcher de répliquer vertement.

— Vous admettrez toutefois que notre souveraine a

convolé en justes noces, et qu'elle a donné une nombreuse descendance à son époux.

Elle était piégée, et par sa propre faute ! Il fallait gagner du temps ; au jeu d'échecs, il était parfois nécessaire de sacrifier une pièce pour assurer sa survie. Elle ferait de même.

— Messire, je comprends les raisons que vous m'avancez, et je vais me ranger à votre avis. Si Leurs Majestés ont pris la peine de vous envoyer ici, auprès de moi qui ne suis qu'une de leurs vassales respectueuses…

Le chevalier haussa un sourcil d'un air railleur.

— … C'est que l'affaire est d'importance. J'accepte donc de prendre un époux.

Autour de la table, un silence abasourdi accueillit ses propos. Adélaïde n'avait jamais caché qu'après la perte de son fiancé elle était très réticente à l'idée de convoler. Elle avait à de nombreuses reprises résisté aux démonstrations du père Ogier et aux supplications de maître Jehan, tous deux inquiets, l'un pour sa condition de femme seule, l'autre pour son rôle à la tête du fief. Pour un peu, elle aurait juré qu'ils étaient de mèche avec ce messager…

Non, corrigea-t-elle intérieurement. *Il n'y a qu'à voir leur mine stupéfaite pour comprendre qu'ils n'y sont pour rien – même si je gage qu'ils se réjouissent de la situation. Mais ils risquent d'attendre longtemps s'ils croient que je vais contracter une union sous peu !*

Gagner du temps, faire profil bas, détourner l'attention : telle était sa nouvelle stratégie. Bien entendu, la cour se souvenait de son existence, à présent, mais peut-être trouverait-elle un parti accommodant. Un noble désargenté, ou un chevalier sans terre… Après tout, elle aurait encore le droit de veiller sur ses propres domaines.

Si elle choisissait de façon avisée.

— Je suis bien aise d'entendre ces sages paroles, ma dame. Le roi et la reine seront enchantés de votre bon vouloir.

— Je suis leur très humble servante. Quant au choix de l'époux, il me semble que…

Foulques l'interrompit d'un geste.

— Ne vous tracassez point : notre bon roi Henri a désigné l'homme qu'il vous destine. C'est un chevalier hardi et un loyal serviteur de la couronne.

Adélaïde en resta un instant bouche bée.

— Mais comment se peut-il que…, parvint-elle à articuler, sans pour autant achever sa phrase.

Le messager la dévisagea avec cette sorte d'indulgence que l'on réservait aux enfants ou aux faibles d'esprit. Elle se força au calme, prenant une profonde inspiration, et poursuivit :

— Qui donc est ce vertueux chevalier ? Ai-je eu l'heur de le rencontrer à la cour ?

— Voilà qui est peu probable, car il n'est au service de notre suzerain que depuis plus de deux ans, mais vous aviez déjà regagné vos terres. Il a su faire preuve de sa valeur sur le champ de bataille : on dit qu'il est parvenu à terrasser dix hommes lors d'un seul assaut !

Quel genre de guerrier peut abattre dix adversaires d'un coup ? Une brute, sans nul doute…

— C'est fort impressionnant, j'en conviens. Je n'ai jamais rien entendu de tel, sauf dans les gestes des preux. Comment s'appelle donc celui qui m'est promis ?

Cette dernière phrase laissa un goût amer dans la bouche de la jeune femme. Elle s'était juré de ne s'unir qu'à un homme qu'elle aurait choisi, ou qui lui agréerait, mais elle se retrouvait acculée. Certes, c'était le lot de la plupart des filles de son âge, mais cela ne l'empêchait pas de regretter une décision qu'elle estimait injuste.

— Il se nomme Bouchard de Missé. C'est le dernier fils d'un seigneur désargenté de Mayenne. Il doit vous rejoindre après la cour que tiendront Leurs Majestés à la Pentecôte.

Ces simples mots éclairèrent la situation sous un tout autre jour : c'était un chevalier sans terre, que le roi récompensait en lui offrant épouse et fief. Trop heureux de recevoir des possessions, jamais il ne la laisserait s'occuper des affaires du domaine. C'était un genre d'union fréquent, mais elle ne put se retenir d'éprouver de la rancune vis-à-vis du souverain. Elle avait le sentiment de n'être qu'une monnaie d'échange : nul ne se souciait de son opinion, et l'on pouvait user d'elle à sa guise.

Adélaïde aurait voulu argumenter, plaider sa cause bien que ce soit illusoire, mais Foulques vida d'un trait son gobelet et se leva.

— Il me faut rentrer à Poitiers avant la nuit. Ma dame, je vous sais gré de votre hospitalité, et m'en ferai l'écho auprès de Leurs Majestés. À n'en pas douter, votre loyale soumission leur semblera bonne.

Il s'inclina devant la jeune femme, qui l'imita en toute hâte, puis salua avec un regard appréciateur Béatrice, qui rougit légèrement. Avec un dernier congé à l'assemblée, le chevalier sortit à grandes enjambées retrouver sa monture.

Un instant désorientée, Adélaïde se précipita à sa suite, cherchant une issue, n'importe laquelle.

— Messire Foulques, attendez, je vous en prie !

Ce dernier, qui avait mis le pied à l'étrier, tourna la tête dans sa direction, l'air interrogateur.

— Avez-vous un message à transmettre à quelqu'un de la cour ? s'enquit-il.

Elle secoua la tête, envoyant une prière au ciel pour

recevoir l'inspiration. Malheureusement, rien ne vint. Se méprenant sur son silence, le messager demanda d'un ton un peu moqueur :

— Auriez-vous promis votre foi à un autre ?

Adélaïde baissa la tête, vaincue, sentant le rouge lui monter aux joues. *Quel sous-entendu déplaisant…*

— C'était bien ce qu'il me semblait, conclut-il en enfourchant son cheval.

Faisant volter l'animal, il esquissa un dernier salut avant de lancer le roncin au trot.

Incapable de bouger, Adélaïde observa longuement la silhouette du cavalier disparaître, se fondant avec la ligne d'horizon. Ce ne fut que lorsque Isabeau vint la prendre par la main, lui desserrant le poing, qu'elle comprit à quel point elle était crispée.

Mais que faire ? Car, à moins d'un miracle, elle était désormais promise à un soudard dont elle ne savait rien, et qui risquait fort de s'approprier son bien.

Chapitre 2

Assise à califourchon sur une mule qui allait en renâclant, Adélaïde se demanda une nouvelle fois pourquoi elle avait eu cette idée saugrenue et, surtout, pourquoi elle avait décidé de la mettre à exécution.

Parce que c'est ta seule issue, voilà pourquoi !

Elle était endolorie de partout. Le monastère n'était éloigné du château que de quelques heures de route, mais le manque d'entraînement et la démarche de l'animal, plus heurtée que celle de sa jument, ne l'épargnaient pas. Sans compter qu'elle était en proie à une nervosité extrême : certes, elle avait fini par persuader son entourage d'accepter son projet et de l'aider à le mettre en pratique, mais elle avait dû lutter bec et ongles, et n'avait aucune certitude quant au résultat.

La mule fit un écart, et elle la retint au dernier moment, serrant les dents, déterminée à ne pas laisser échapper une plainte. Hors de question de donner des arguments à son sénéchal, qui ne l'accompagnait qu'à contrecœur.

Comme appelé par ses réflexions, ce dernier, qui ouvrait le chemin, se retourna sur sa monture.

— Est-ce que tout va bien, ma dame ? Êtes-vous certaine de ne pas vouloir mon cheval ?

Adélaïde retint un geste impatient. Avait-il l'intention

de la trahir ? À croire qu'il faisait tout son possible pour qu'on découvre son identité alors qu'elle avait exigé le secret le plus absolu. Certes, ils traversaient la forêt et n'avaient pas croisé âme qui vive depuis un moment. Elle se força donc à inspirer profondément avant de répondre :

— Maître Jehan, ne vous souciez pas de moi.

Elle avait usé de son ton le plus docile, tête à demi baissée.

La surprise sur le visage de son sénéchal disparut aussi vite qu'elle était arrivée, remplacée par une expression peu amène.

— Alors, pressons, mon enfant, sans quoi, jamais nous n'arriverons avant les vêpres.

La jeune femme réprima un sourire. Il se prêtait au jeu, bon gré, mal gré.

Elle se remémora sa figure quand elle avait exposé ses plans.

— Moi vivant, jamais vous ne courrez des risques aussi insensés ! s'était-il écrié, tant et si bien qu'elle avait craint que la relative discrétion de sa chambre, où elle avait réuni ses fidèles, ne suffise pas à les garder des oreilles curieuses.

Le père Ogier avait renchéri, la mettant en garde contre les périls que courrait son âme si elle allait au bout de son idée.

— Notre Seigneur ne peut pas se réjouir de voir mon fief tomber entre de mauvaises mains, avait-elle tranché, implacable.

Le prêtre n'avait rien ajouté, mais son air outré et ses gestes furibonds avaient suffi à exprimer son virulent désaccord.

Étrangement, le principal soutien était venu des deux femmes les plus proches d'elle : Isabeau avait opiné avec vigueur, soulignant qu'entre deux maux il fallait choisir le moindre. Quant à Béatrice, elle l'avait dévisagée, partagée entre l'admiration et l'appréhension.

— S'il est quelqu'un qui peut accomplir une telle chose, c'est toi, avait-elle soufflé. Je suis prête à t'aider par tous les moyens dont je dispose.

Les arguments d'Isabeau avaient fini par toucher le sénéchal, qui, de très mauvaise grâce, avait consenti à accompagner leur maîtresse dans son voyage – probablement parce qu'il la savait assez entêtée pour partir seule. En revanche, le père Ogier n'avait pas cédé d'un pouce. Le prêtre était parti en maugréant qu'il prierait pour leur salut à tous, et nul ne l'avait revu depuis.

Revenant à la réalité, Adélaïde tenta de trouver une meilleure assiette, sans résultat. Descendre de sa monture et marcher après ce trajet douloureux allait être compliqué, et très certainement pénible. Mais l'heure n'était pas aux plaintes.

Elle était également gênée par ses vêtements, auxquels elle n'était pas habituée. Outre le tissu de laine grossière destiné à dissimuler son rang, elle avait revêtu une tenue d'écuyer : jamais elle n'avait porté de tunique aussi courte, et elle se sentait mise à nu.

Dire que l'on voit mes genoux et même au-delà, songea-t-elle, vaguement honteuse.

Elle avait beau s'efforcer de ne pas y penser, c'était sans doute la partie la plus difficile à assumer de son dessein. Se travestir en garçon lui avait semblé une bonne idée, mais à présent…

J'irai en enfer pour cela, se dit-elle sombrement, avant de se reprendre. *Mais je n'ai pas le choix !*

Profondément absorbée dans ses réflexions, elle avait perdu le fil du temps, si bien que, lorsqu'elle releva la tête, leur but était en vue. Saisie d'un frisson de crainte superstitieuse devant les hautes murailles et les bâtiments imposants, la jeune femme tira sur son capuchon pour dissimuler davantage ses traits et garda les yeux rivés à l'encolure de sa mule. Jehan devait éprouver un trouble similaire, car elle le vit se redresser sur sa selle et serrer la bride à sa monture.

Mettant pied à terre, Adélaïde dut retenir un gémissement de douleur. Jamais elle n'avait eu aussi mal aux jambes. Son serviteur se précipita pour la rattraper par le bras avant que ses genoux cèdent, mais la lâcha presque immédiatement.

Ils attachèrent les bêtes en silence, avant d'aller tirer la cloche du monastère Saint-Martin, leur destination. Les quelques instants qui s'écoulèrent avant que le portier vienne leur ouvrir parurent une éternité à la jeune femme. À chaque battement, elle avait l'impression que son cœur allait éclater dans sa poitrine, ou que la justice divine allait la foudroyer sur place.

Mais il n'en fut rien. Après un rapide coup d'œil par le guichet protégé d'une grille, le religieux venu à leur rencontre ouvrit le lourd battant de chêne et les invita à entrer.

Plus morte que vive, Adélaïde franchit la clôture interdite aux femmes. Si jamais on découvrait son identité, elle était bonne pour le couvent, et Jehan risquait l'échafaud. Rentrant la tête dans les épaules, elle se força à adopter l'attitude d'un humble écuyer.

— Messire, que nous vaut l'honneur de votre visite ?

— N… Je dois voir Arnault. J'ai un message de la plus haute importance à lui remettre.

L'autre hocha la tête d'un air compréhensif.

— Il est au jardin, je vais l'envoyer quérir, répondit-il en sonnant une clochette. Allez donc l'attendre à l'hôtellerie, où vous pourrez vous restaurer.

Après la longue chevauchée, la perspective de reprendre

des forces était extrêmement tentante, mais le sénéchal resta imperturbable.

— Si cela est possible, nous préférons patienter au parloir. Je souhaite rentrer à Sanxay dès la fin de l'entrevue.

Le portier haussa les sourcils. On approchait des vêpres, et l'après-midi était bien entamé. Reprendre la route nécessiterait de se hâter, pour arriver avant la nuit. Toutefois, il n'ajouta rien et se contenta de les mener dans la petite salle voûtée, seulement meublée de deux bancs étroits.

Après son départ, la jeune femme se laissa tomber sur un siège dur, la fatigue s'abattant sur elle.

— Je vous sais gré de votre dévouement, Jehan, mais un peu de repos ne nous aurait pas fait de mal, dit-elle à mi-voix.

Son serviteur la foudroya du regard.

— Et qu'aurions-nous répondu si des pèlerins ou des voyageurs se trouvaient à l'hôtellerie ? Aurait-il fallu ajouter un mensonge et vous faire passer pour un muet ?

Une sueur froide parcourut l'échine d'Adélaïde.

— Je n'y avais pas songé, reconnut-elle, baissant de nouveau la tête.

Décidément, cette entreprise était bien trop téméraire. Elle ne cesserait pas de trembler tant qu'ils seraient entre ces murs. Son compagnon était tout aussi nerveux qu'elle, ne cessant d'arpenter la salle, incapable de demeurer immobile plus de quelques instants.

Enfin, un bruit de pas leur fit tendre l'oreille. La jeune femme hésita : se redresser pour bien apercevoir leur visiteur, ou demeurer en retrait tant qu'ils ne seraient pas seuls ? Des éclats de voix la décidèrent : elle se rencogna contre le mur, tirant sur son chaperon pour obscurcir davantage ses traits, priant pour qu'on ne lui prête pas attention.

Du coin de l'œil, elle aperçut deux paires de chaussures sur le seuil du parloir. Toutefois, un seul homme entra dans la pièce, l'autre faisant demi-tour et tirant le battant. Adélaïde ne se leurrait pas : le convers ou le novice n'irait pas loin, mais il leur offrait un semblant d'intimité dont elle comptait bien tirer parti.

— Maître Jehan ? s'exclama, surpris, le nouveau venu. Vous n'êtes pas à Sanxay ? Est-ce que tout va bien, là-bas ?

Cette voix… Elle n'avait pas changé, constata la jeune femme avec un frisson de… de soulagement ?

Comme son sénéchal saluait leur hôte et tentait de formuler la raison de leur présence sans y parvenir, elle n'y tint plus. Se redressant, Adélaïde repoussa la capuche protectrice pour dévoiler son visage. Soutenant le regard bleu stupéfait de l'homme, elle demanda :

— Messire Arnault… Voulez-vous bien être mon époux ?

Dans le verger du couvent Saint-Martin, Arnault donnait la main à la taille des pommiers. La cloche avait sonné none peu auparavant, et les frères avaient interrompu leurs travaux pour une courte prière, mais chacun avait repris sa tâche. Après la fine pluie du matin, il demeurait une humidité et une fraîcheur qui n'invitaient pas à l'oisiveté.

Le jeune homme s'interrompit un instant et leva les yeux vers le ciel d'un blanc laiteux, goûtant le silence à peine troublé par les coups de serpe. Délié de l'obligation de parler à ses pairs, il pouvait se concentrer sur son activité. Arnault ne reculait pas devant l'effort, punissant son corps par les travaux les plus ardus, poussant parfois jusqu'à la limite de ses forces pour ne plus entendre les pensées qui s'entrechoquaient dans sa tête.

Quand quelqu'un tira sur l'ourlet de sa tunique, il revint au présent. De son perchoir dans l'arbre, il aperçut Hilaire, l'un des frères convers, lui faire signe de le suivre un peu plus loin. Arnault obtempéra, descendant de l'échelle.

— Un visiteur a demandé à te voir, dit le nouveau venu à mi-voix.

Une visite ? Depuis bientôt deux ans qu'il était retiré ici, il n'en recevait que rarement, et à dessein. Peu de gens avaient connaissance de sa décision de fuir le monde.

Le convers dut se méprendre face à son absence de réaction, et précisa :

— Il est déjà venu à plusieurs reprises.

Arnault opina, intrigué. Après avoir signalé d'un geste au frère responsable du verger qu'il devait s'éclipser, il emboîta le pas au religieux. Dans la terre molle, les patins de bois qui garantissaient ses chaussures de cuir de l'humidité et de la boue s'enfonçaient avec un léger bruit déplaisant.

Les deux hommes traversèrent le verger puis longèrent les dortoirs avant d'ôter leurs socques pour pénétrer dans le cloître. Leurs pas résonnaient dans le vaste espace voûté qui desservait la plupart des bâtiments du monastère. Quand Arnault se dirigea vers l'hôtellerie, où l'on accueillait les pèlerins et les voyageurs, Hilaire le tira par la manche et lui désigna le parloir des moines. Surpris, il suivit la direction indiquée, abandonnant son guide sur le seuil. Ce dernier tira la porte et s'éloigna sans faire de commentaire.

Dans la pièce éclairée par d'étroites fenêtres, à peine meublée de quelques bancs, seuls deux visiteurs patientaient. Un homme d'un âge avancé se tenait devant la cheminée, où brûlait un maigre feu.

— Maître Jehan, s'exclama Arnault en s'avançant

vers l'homme âgé, qu'il venait de reconnaître. Vous n'êtes pas à Sanxay ? Est-ce que tout va bien, là-bas ?

Il prit les mains du sénéchal dans les siennes, et s'aperçut qu'elles tremblaient légèrement. Réellement inquiet à présent, il se mit à échafauder toutes sortes de raisonnements pour comprendre la situation.

Arnault connaissait son visiteur depuis fort longtemps et, depuis deux ans, entretenait même une correspondance avec lui. Quelques rares missives, certes, mais assez pour suivre l'état du domaine de Sanxay comme celui de Neuville, son propre fief, qu'il avait confié conjointement au vieux serviteur et à son propre intendant. Mais il avait beau sonder sa mémoire, rien ne lui revenait, rien qui aurait pu justifier la venue apparemment précipitée de maître Jehan.

— Messire Arnault, je vous remercie de nous recevoir...

« Nous » ? Mais de qui parle-t-il... ?

Le jeune homme finit par comprendre qu'il était question de l'adolescent mutique rencogné au fond du parloir. Ses traits juvéniles avaient quelque chose de familier, mais comme tout garçon en train de devenir homme, supposait-il. L'écuyer, quant à lui, paraissait faire son possible pour qu'on l'ignore, et Arnault décida de ne pas lui accorder davantage d'attention.

Toutefois, le sénéchal semblait perdu et cherchait péniblement ses mots, ce qui seyait fort peu à son caractère. Soudain, le jeune homme fut frappé d'une pénible pensée. *Et si maître Jehan commençait à revenir en enfance, comme cela arrive aux vieilles gens ? Cet écuyer est-il présent pour veiller sur sa personne ?*

Songeant que le jeune compagnon de son visiteur saurait peut-être mieux l'éclairer, Arnault chercha un moyen de le héler. Mais celui-ci avait dû enfin s'apercevoir de quelque chose, car il se leva et s'approcha à grands pas.

D'un geste fougueux qui confinait à la fureur, l'adolescent repoussa le chaperon qui dissimulait son visage.

Un menton imberbe… Des yeux clairs… Des traits fins qui, brusquement, firent remonter le passé à la surface.

Par Dieu, comment est-ce possible ? Le diable doit me jouer un tour, car ce que je vois ne saurait exister…

Il tenta de se raisonner. Assurément, ce devait être une illusion, un jeu de lumière ou de son esprit, trop échauffé par les divagations de maître Jehan. Néanmoins, plus il scrutait ce visage, plus il avait le sentiment de se retrouver face à une image d'autrefois, une image qu'il cherchait si soigneusement à éviter.

Arnault ferma brièvement les paupières et secoua la tête, comme pour dissiper l'apparition. Mais, lorsqu'il rouvrit les yeux, elle était toujours là. Menton levé, poings serrés le long du corps, lèvre légèrement tremblante… Il émanait d'elle un mélange de force et de vulnérabilité qui lui serra le cœur.

Surtout, il saisit, dans le regard du sénéchal, une étincelle qui lui confirma ce qu'il redoutait : Adélaïde de Sanxay se tenait devant lui. Vêtue comme un garçon, dans une tunique scandaleusement courte qui dévoilait ses jambes, tête nue et montrant ses cheveux, la jeune fille avait cet air de défi qu'il lui reconnaissait.

Mais avant qu'il puisse lui faire part de sa stupeur de la découvrir dans cette clôture interdite aux femmes, avant qu'il soit en mesure de lui formuler des remontrances ou de l'interroger, celle-ci prit la parole.

— Messire Arnault…

Était-ce un effet de son imagination, ou sa voix était-elle plus grave ? Mais, la dernière fois qu'il l'avait entendue, elle n'avait pas encore subi les coups de la fortune…

Fasciné, Arnault peinait à se concentrer sur les propos de la nouvelle venue. Dans la pénombre du parloir, le feu projetait un éclat doré sur les cheveux bruns noués en tresses. Il avait beau s'intimer de ne pas l'observer, son regard revenait sans cesse à son visage, sa peau laiteuse, ses jambes… Ses jambes dévoilées aux yeux de tous, au nom du ciel !

Il se mordit l'intérieur des joues pour se forcer à oublier ses pensées pécheresses. De toute évidence, son corps sevré depuis trop longtemps se manifestait.

Soudain, le jeune homme se rendit compte que le silence se prolongeait, il se reprocha son manque d'attention. Adélaïde, les joues rouges mais l'air digne, et maître Jehan, la mine défaite, paraissaient attendre une réaction de sa part. Se maudissant de sa distraction, il soutint le regard de la demoiselle de Sanxay.

— Pardonnez-moi, j'ai dû mal entendre.

Il ne l'aurait pas cru possible, mais elle rougit davantage. Il espéra que c'était la honte de son comportement scandaleux qui en était la cause, mais redoutait que ce fût le cas. Qu'avait-elle de si urgent à lui apprendre pour enfreindre tant de règles et mettre en péril son âme et sa renommée ?

Adélaïde déglutit avec difficulté avant de prononcer d'une voix lente :

— J'ai dit : voulez-vous bien être mon époux ?

Chapitre 3

Pendant de longs instants, Arnault fut incapable de proférer le moindre son. Avait-il vraiment bien entendu ? Il en aurait volontiers douté, n'eût été l'attitude abattue de maître Jehan et la gêne croissante de la jeune femme travestie devant lui.

Ce déguisement était d'ailleurs un problème bien plus important que les sornettes qu'elle était venue lui débiter : si quelqu'un la surprenait dans cet accoutrement, si l'on avait vent d'une telle infraction aux règles de la communauté, il serait expulsé d'ici, et elle risquait fort d'être soumise à une forte pénitence, voire d'être enfermée dans un couvent.

Ne sachant comment réagir, il finit par laisser son indignation parler :

— Par Dieu, Adélaïde, êtes-vous devenue folle ? Savez-vous ce que vous risquez en vous présentant en ces lieux ainsi vêtue ? Votre seule présence est une insulte à la sainteté de…

— Croyez-vous que je n'aie pas songé à cela ? s'exclama-t-elle avant de plaquer une main sur sa bouche, comme si elle craignait qu'on l'entende.

À raison ! Tu ferais bien de montrer une prudence

similaire, sans quoi frère Hilaire ira rapporter toute la scène au père abbé.

Le teint de la jeune fille avait viré au rouge vif, mais son regard ne cillait pas. À part lui, Arnault dut s'avouer qu'il admirait sa ténacité, même si cela leur était préjudiciable. Dangereux, même.

Il ne pouvait toutefois pas prendre le risque de forcer ses visiteurs à repartir sur-le-champ, sous peine d'éveiller les soupçons des frères. Vaincu, il se passa une main sur le visage d'un air las, avant de suggérer :

— Voulez-vous vous asseoir, afin de m'exposer clairement les raisons de votre venue ?

Adélaïde demeura immobile, et il crut qu'elle allait refuser, lorsqu'elle se déplaça avec une lenteur calculée jusqu'au banc. En la regardant prendre place, il nota la raideur de sa posture et comprit soudain qu'elle devait être rompue par le voyage. D'un rapide calcul, il estima qu'elle avait passé entre quatre et cinq heures en selle.

Soudain, il éprouva un étonnement mâtiné de fascination devant cette prouesse. Comme toutes les dames de noble lignage, la jeune fille avait appris à monter, mais elle n'était pas habituée aux longues chevauchées. Sa réflexion s'interrompit brusquement lorsqu'il comprit de quelle façon elle avait dû se tenir sur sa monture… *Quelle impudeur !* songea-t-il, alors même que son corps semblait éprouver une nouvelle poussée de fièvre.

S'adossant aux pierres fraîches du mur, Arnault se força à la mesure, révulsé par ses réactions. Après bientôt deux ans en compagnie des frères, il apparaissait incapable de se plier aux règles que ceux-ci observaient, en particulier l'abstinence. *Et la bienséance*, se tança-t-il intérieurement.

À son côté, Adélaïde frémit, et il revint au présent. Avait-elle froid ? D'instinct, il lui prit les mains, et s'aperçut qu'elles étaient glacées. Il les aurait tout de même lâchées s'il n'avait pas croisé le regard de sa compagne à cet instant : elle paraissait soudain si jeune, si perdue, lui rappelant la jeune fille qu'elle avait été, qu'il n'avait pas su protéger…

Elle toussota pour s'éclaircir la voix et se lança dans son récit. À mesure qu'elle parlait, Arnault prenait conscience de la situation quasi inextricable dans laquelle elle se retrouvait. Pas étonnant qu'elle ait eu recours à un moyen désespéré pour venir lui demander de l'aide !

— Quel est le nom de votre promis ? demanda-t-il lorsqu'elle s'interrompit pour reprendre son souffle.

— Bouchard de Missé, murmura-t-elle. Je ne connais que sa réputation de preux, mais je dois vous avouer qu'elle ne suffit pas à me tranquilliser.

Arnault sentit son cœur s'arrêter. Il avait assez croisé Bouchard lors de joutes ou dans des campements militaires pour savoir que celui-ci n'était guère fréquentable. Devait-il le lui dire ? Ajouter davantage à ses craintes ? Ou au contraire l'engager à respecter le souhait de leur suzerain ? Il ne pouvait tout de même pas l'inciter à la rébellion !

— Je vois qu'il ne vous est pas étranger, reprit la jeune fille, perspicace.

Ses prunelles noisette étaient empreintes d'une lassitude qui trahissait son abattement. Incapable de soutenir son expression, il se leva et se mit à faire les cent pas dans la salle. Que faire ? Comment agir ?

Comme il restait plongé dans ses réflexions, Adélaïde se mit debout à son tour et le rejoignit, se plaçant face à lui.

— Messire… Je sais que mon initiative était malvenue, mais je n'ai plus personne…

Sa voix se fêla, et Arnault sentit la culpabilité l'étreindre. Sans lui, elle aurait encore quelqu'un.

— Malgré tout, j'ai besoin d'aide, et, même si l'on m'a

suggéré de me recommander à Dieu et de me soumettre aux ordres de nos souverains, j'avoue qu'il me fallait agir.

Si elle n'avait pas été aussi tendue, il aurait probablement esquissé un sourire. Adélaïde n'était pas femme à endurer patiemment les vicissitudes de la vie, petites ou grandes.

Elle prit une profonde inspiration avant de poursuivre :

— Voilà pourquoi je suis venue vous trouver. J'ai besoin que quelqu'un se prétende mon époux un moment – quelques semaines, tout au plus – afin de détourner la menace que représente Bouchard. J'ai bien conscience que le mariage est un état nécessaire, et je compte m'y conformer, mais selon mon choix.

Arnault ferma les yeux un instant. Cette fois-ci, il avait bien entendu. Malheureusement.

Le pire dans cette situation était sans doute qu'il ne se sentait pas aussi scandalisé qu'il aurait dû l'être. Incarner le sauveur, venir en aide à l'orpheline... Tout cela relevait de son serment de chevalier. Et il devait s'avouer que jouer ce rôle pour Adélaïde revêtait un attrait tout particulier.

Se reprenant, il croisa les bras et puisa dans le souvenir de ses longues heures de pénitence pour répondre. Mais la jeune fille ne lui en laissa pas l'occasion, concluant sa supplique :

— Si vous ne le faites pas pour moi, faites-le en mémoire d'Amaury.

Amaury.

Le nom était enfin prononcé à voix haute. Ce fantôme qui rôdait entre eux depuis deux ans revenait enfin à la vie, ne serait-ce que quelques instants. Adélaïde avait conscience qu'il s'agissait d'un coup bas, car elle savait combien Arnault avait vénéré son frère aîné, son propre fiancé, mais elle était aux abois.

Face à elle, Arnault s'était décomposé, et elle en éprouva une vive culpabilité. Elle aurait aimé prendre le temps d'évoquer le défunt, d'expliquer calmement sa situation... Mais elle brûlait de frustration et de colère, et la patience n'avait jamais été son fort.

Le teint cireux, celui qui aurait dû devenir son frère par mariage parut tituber avant de se reprendre un peu. Il ouvrit la bouche comme pour parler, mais aucun son n'en sortit.

Se mordant la lèvre, Adélaïde s'efforça de poursuivre :

— Je sais que je vous demande un sacrifice, d'abord en vous forçant à quitter votre retraite, puis en espérant que vous m'aiderez alors que je vous rappelle des souvenirs douloureux. Je vous en prie, pour cette unique fois, agissez tel le frère que vous étiez voué à incarner.

Sans réfléchir, elle s'agenouilla et joignit les mains.

— Protégez votre sœur, Arnault. Je vous en supplie humblement.

Elle entendit maître Jehan pousser une exclamation stupéfaite, et elle en aurait presque ri. Mais la situation était trop grave pour prêter aux réjouissances.

— Ma dame, vous ne pouvez pas vous humilier de la sorte !

La jeune femme décocha un regard noir à son sénéchal. Voulait-il alerter tout le monastère de sa présence en ces murs ? Par ailleurs, de quel droit l'empêchait-il d'agir comme elle l'entendait ?

Pourtant, dans le fond de son cœur, elle comprenait qu'il soit choqué de la voir agir ainsi : elle se présentait en suppliante devant un homme qui n'était pas son suzerain. C'était créer un dangereux précédent, risquer d'affaiblir sa position déjà précaire...

Mais avait-elle le choix ? Elle devait faire fléchir Arnault à tout prix et, d'instinct, elle savait pouvoir se fier à lui. N'avaient-ils pas pleuré Amaury ensemble ? Ne s'était-il pas toujours montré d'une parfaite courtoisie à son égard ?

Il se hâta de lui saisir les mains et, comme tout à l'heure, elle fut surprise de la force et de la chaleur de ses paumes, qui faisaient naître un délicieux frisson. Bien entendu, ils se connaissaient, avaient joué ensemble, enfants, s'étaient parfois attrapé la main ou le bras, mais jamais ils n'avaient eu de contact si franc. Elle voulait croire que c'était un effet de sa solitude, même si une petite voix intérieure lui murmurait qu'il y avait autre chose. Avait-elle éprouvé des sensations identiques avec Amaury ? À la vérité, elle ne se rappelait plus. Il s'était écoulé tant de temps et il était survenu tant d'événements douloureux ou violents que sa mémoire était comme brouillée.

Deux ans plus tôt, elle n'était encore qu'une enfant… Choyée, protégée des coups du sort, insouciante, et largement inconsciente des vicissitudes de l'existence.

D'un geste, Arnault la remit debout et s'inclina, comme pour lui marquer son respect. En dépit de son expression solennelle, elle décela un pli qui lui barrait la bouche, et un éclat douteux dans ses prunelles. Si elle en doutait encore, l'évocation d'Amaury l'avait profondément troublé.

Pourquoi n'était-elle pas aussi touchée que lui ? Pourquoi ses pensées s'égaraient-elles de façon diabolique ? Au lieu de se concentrer sur la mission qu'elle s'était assignée, son attention semblait captivée par l'apparence physique de son interlocuteur.

Par tous les saints, à quoi songes-tu ? Tu t'es déjà assez ridiculisée ! s'admonesta-t-elle.

Peut-être cette distraction n'était-elle qu'un moyen comme un autre de tromper son angoisse, songea la jeune femme en observant les traits d'Arnault. Ce dernier prit une profonde inspiration, et elle se raidit imperceptiblement.

— Adélaïde, je ne suis pas votre frère, je n'ai jamais pu le devenir…, commença-t-il d'une voix enrouée.

Elle ferma les paupières, prise de vertige. C'était fini. Il allait lui annoncer son refus et la renvoyer sur ses terres, où elle serait bientôt forcée de convoler. Des larmes lui brûlaient les yeux, mais elle se força à respirer lentement, refusant de montrer son désarroi.

Adélaïde oscillait entre l'envie de hurler et celle de s'effondrer. Elle savait depuis le début que son entreprise était un peu désespérée, certainement folle, mais découvrir que cet homme qui la connaissait depuis son enfance, qui avait été comme un frère, pouvait se montrer aussi étroit d'esprit l'accablait.

Savait-il qu'en agissant de la sorte il la condamnait ? Non, bien sûr… Il aurait la certitude d'avoir agi « pour son bien », en la sermonnant sur l'importance du sacrement du mariage et de la vie conjugale. Mais pourrait-elle survivre à une union fondée sur la contrainte et le désamour ? Elle y croyait si peu…

Face à elle, Arnault poursuivait sa harangue, mais c'était comme si on lui avait plongé la tête sous l'eau et que les sons lui parvenaient de façon déformée et étouffée. Et puis quel intérêt, de prêter attention à des propos qui la vouaient à sa perte ? Elle avait besoin d'espérance, pas d'un nouveau sermon sur le devoir d'obéissance à son seigneur et à Dieu…

Pourtant, quelque chose dans le ton du jeune homme la poussa à prêter l'oreille. Adélaïde n'avait pas le sentiment d'entendre de mépris, ni même cette vague condescendance des hommes de son rang envers les pucelles, forcément ignorantes de la vie.

Soudain, elle se rendit compte qu'elle s'était recroquevillée, comme si elle s'attendait à recevoir un coup, physique ou moral.

— Je suis néanmoins chevalier, et mon serment m'ordonne de venir en aide à ceux qui me le réclament. Il est donc juste que j'accueille favorablement votre requête.

Elle se redressa, croyant avoir mal compris. Mais, lorsqu'elle croisa le regard d'Arnault, elle n'y vit que de la sincérité, et – se trompait-elle ? – de la chaleur, qui parut se diffuser à ses membres engourdis.

Pour la première fois depuis des jours, elle sentit son corps se dénouer. C'était bel et bien fini, songea-t-elle. Ses tribulations arrivaient à terme et, bientôt, Bouchard de Missé ne serait qu'un désagréable souvenir.

— Nous devons convenir d'un prétexte pour vous faire venir à Sanxay..., dit-elle, réfléchissant à haute voix pour déterminer quelle fable crédible ils pourraient élaborer en si peu de temps.

Mais ses efforts furent interrompus sur-le-champ, car Arnault reprit :

— J'y mets toutefois une condition.

Chapitre 4

Une condition ?

Adélaïde se tut, dans l'expectative. Elle aurait dû se douter que ce ne serait pas aussi simple. Mais elle s'était mise à la merci du jeune homme auquel elle avait la faiblesse de faire confiance. Elle releva la tête pour l'interroger du regard.

Étrangement, ce dernier paraissait soudain plus grand, plus noble, comme si un poids lui était ôté des épaules. Ou comme si… Comme s'il retrouvait son statut de chevalier, auquel il avait renoncé en se retirant ici.

— Nous prononcerons les vœux de rigueur.

Elle faillit s'étrangler et dut s'empêcher de crier à pleins poumons.

— Vous souhaitez prononcer des vœux de mariage pour me permettre de me dérober à une union ? Quelle est cette folie ?

— C'est le diable qui vous inspire ! s'écria en même temps Jehan.

Le vieux serviteur avait l'air encore plus choqué que lorsque sa protégée s'était agenouillée. Toute cette affaire prenait vilaine tournure et commençait à sentir le soufre…

Toutefois, Arnault semblait parfaitement maître de

lui. Son visage arborait une expression volontaire qui ravivait ses souvenirs du fougueux écuyer qu'il avait été. Son maintien ne trahissait aucune hésitation.

Levant une main pour ramener le calme, il expliqua :

— Il y a deux raisons à ce choix. Tout d'abord, je me refuse à mentir et à jurer devant notre souverain que nous sommes unis alors que ce n'est pas le cas. En outre, si nous devons pousser cette mascarade jusqu'au bout, il me faudra loger à Sanxay, auprès de vous.

La jeune femme frémit à cette perspective. C'était à cause de l'angoisse, bien entendu.

— Cependant, je ne puis quitter le monastère sur l'heure, alors que vous devez vous en retourner avant la nuit. Si au cours de notre séparation votre promis devait arriver, vous auriez de quoi le contrecarrer.

— Je persiste à croire que c'est l'œuvre du démon, intervint le sénéchal. Que ferez-vous une fois à Sanxay ? Jusqu'où comptez-vous jouer cette farce ?

Adélaïde déglutit pour ravaler le nœud qui s'était formé dans sa gorge, ne sachant si maître Jehan s'adressait à elle ou au chevalier. Elle devait reconnaître que ce dernier avait davantage réfléchi qu'elle aux conséquences de leur mensonge. Néanmoins…

Il ne peut pas être sérieux ! Comment pense-t-il me dégager de cette union ?

Comme si ses pensées étaient inscrites sur son visage, Arnault se voulut apaisant :

— Tranquillisez-vous, je ne vais pas exercer mes droits conjugaux, dit-il, la faisant rougir jusqu'à la racine des cheveux. D'autant que, si le mariage n'est pas consommé, nous pouvons le faire annuler.

L'image d'Arnault seul avec elle dans sa chambre à la nuit tombée surgit très inopportunément dans son esprit, pendant que son sénéchal poussait une exclamation outrée.

— Maître Jehan, je vous en conjure, parlez moins fort, dit-elle d'un ton plus sec qu'elle ne l'aurait voulu.

Mais elle n'allait pas s'excuser. Cette étrange négociation exigeait toutes ses facultés.

Arnault avait présenté son point de vue, et c'était une façon de voir les choses. Pourtant, la jeune femme avait des réticences. Toute sa vie, on lui avait répété qu'elle devrait se marier, que cet acte était sacré et indissoluble. Ce n'était pas un engagement à prendre à la légère…

— Je vous accorde que nous sommes entourés d'hommes de Dieu, mais aucun n'acceptera de célébrer ce mariage, rétorqua-t-elle. On me fera plutôt enfermer !

Avait-elle vu un sourire se dessiner sur les lèvres de son interlocuteur ? *Fort bien, qu'il goûte le tour comique de la situation, mais il n'y a guère de quoi rire !*

— Nul ne vous fera enfermer, car vous ne serez pas assez stupide pour éventer notre secret.

« Notre secret »… Ces mots lui firent presque l'effet d'une étreinte charnelle, déclenchant un nouveau frisson. Avait-elle la fièvre ? s'inquiéta-t-elle en portant la main à son front.

Arnault dut se méprendre sur son geste, car lui se saisit de sa paume avec douceur et lui effleura le front.

— Adélaïde, reprit-il d'un ton plus aimable, quoique ferme. Je puis vous aider à endosser ce fardeau, à détourner la menace qui vous guette, mais si vous luttez à chaque pas, si vous m'affrontez dès que vous ouvrez la bouche…

Il laissa sa phrase en suspens, mais elle n'avait pas besoin qu'il achève pour comprendre. Elle était précisément venue lui réclamer son aide et, alors qu'il lui offrait une issue inespérée, elle se lançait dans des arguties interminables.

Se sentant fléchir, elle se mit à faire les cent pas. Comment céder à une telle proposition ? Mais comment la refuser ? *Ai-je le choix ?*

— Ma dame, nous pouvons encore mettre un terme à l'entretien et nous en retourner, intervint alors Jchan.

Considérant tour à tour les deux hommes, la voix de la raison et la voix de sa propre folie, elle hésita. Mais le souvenir de la colère qu'elle avait ressentie à l'annonce de ses fiançailles, et qui brûlait toujours dans son cœur, fit pencher la balance.

— Non, dit-elle avec fermeté. Mais si messire Arnault veut bien trouver quelqu'un pour officier…

Volontairement, elle instilla une note moqueuse à sa voix, pour mettre au défi le chevalier d'aller jusqu'au bout de l'entreprise. Ce dernier se passa une main sur le visage, avant d'expliquer avec douceur :

— Nul besoin d'un prêtre, Adélaïde. C'est la coutume, mais un simple échange de vœux devant témoins suffit… et ce sera bien assez pour votre stratagème.

Le cœur battant à tout rompre, elle protesta encore :

— Mais vous n'avez pas de témoin !

— Maître Jehan, voulez-vous bien procéder ? s'enquit Arnault.

Le sénéchal avait l'air réticent, et Adélaïde se demanda si elle devait le supplier de n'en rien faire ou lui enjoindre de s'exécuter. À sa grande surprise, le vieil homme s'approcha d'eux et prit leurs deux mains droites avec autorité.

Soudain, elle éprouva une sensation étrange : c'était comme si ses pieds étaient collés aux dalles de pierre, mais que son âme s'élevait très haut. Dans le même temps, elle prit conscience que l'échange qui se déroulait ancrait son projet dans la réalité. Elle serait donc réellement mariée, fût-ce de nom, à Arnault ?

Ne te soucie pas de cela, seule compte la possibilité de repousser Bouchard.

Prenant une profonde inspiration, la jeune femme se força à se détendre. Dans un coin de sa tête, elle songea de façon incongrue qu'elle aurait aimé porter une robe plutôt que cette tunique d'écuyer sans éclat et ces chausses montantes.

— Messire Arnault, voulez-vous épouser dame Adélaïde ?

Soudain, les cloches se mirent à sonner les vêpres. Les deux « fiancés » échangèrent un regard, et le jeune homme hocha la tête.

— Je le veux, répondit-il d'une voix assez forte pour être distinguée par-dessus le vacarme, avant d'aviser sa compagne. Adélaïde, veux-tu m'épouser ?

Ce fut comme si le sol se dérobait sous ses pieds. Rien ne l'avait préparée à cet instant, surtout pas ces deux dernières années. Quelle ironie, de découvrir qu'elle s'était mise en route ce matin pour éviter une union et qu'elle repartirait d'ici mariée.

En même temps, elle fut touchée qu'il s'adresse à elle comme à l'époque insouciante de leur enfance, lorsqu'ils ne songeaient qu'à jouer et se taquiner en compagnie d'Amaury. Il lui sembla qu'un peu de leur ancienne intimité lui était restituée.

Pourtant, elle s'engageait dans une voie qui n'avait rien d'enfantin.

— Oui, Arnault, souffla-t-elle, tremblant presque.

Jehan et lui durent se pencher pour l'entendre, mais elle avait consenti. Elle était à la fois libérée de son prétendant et liée à ce nouvel homme qu'elle redoutait de mieux connaître.

Les cloches s'étaient-elles tues ? Pourtant, elle avait l'impression qu'elles ne cessaient de retentir, faisant trembler les murs et le sol, l'ébranlant au plus profond d'elle-même. C'est à peine si elle se rendit compte que la cérémonie se poursuivait, jusqu'à ce qu'un anneau glisse à son doigt.

Baissant les yeux, elle découvrit Arnault en train de lui passer une fine bague en or sertie d'un grenat. L'anneau était trop grand pour elle, davantage prévu pour une main d'homme, mais il conservait la chaleur de celui qui l'avait porté jusqu'à présent.

— Il faudra t'en contenter, mais ce sera une preuve supplémentaire.

Arnault et maître Jehan échangèrent quelques mots qu'elle ne suivit pas, perdue dans sa contemplation du bijou, abasourdie par l'énormité de ce qu'elle venait de faire.

— Vous devez vous en retourner, maintenant, intima-t-il gentiment.

Levant sa main, qu'il n'avait pas lâchée, il lui embrassa le bout des doigts.

Songeuse, Adélaïde se laissa entraîner hors du parloir, se demandant ce qu'elle venait exactement de mettre en branle.

Les cloches se turent enfin, et Arnault, resté figé depuis que sa visiteuse avait disparu, se ressaisit. En hâte, il se dirigea vers la chapelle d'où montaient les chants. Pris dans un tourbillon de pensées, il parcourut la courte distance sans y prêter attention.

Les moines étaient à leurs places respectives, et il aurait dû se trouver non loin d'eux, mais il préféra demeurer à l'écart, parmi les quelques pèlerins et visiteurs venus assister au service. Son retard avait certainement été remarqué, et il devrait s'en expliquer. Toutefois, ce n'était pas sa première préoccupation.

Adélaïde... La revoir l'avait plongé dans un état complexe, qu'il répugnait à examiner. Il faudrait pourtant y venir, s'il souhaitait s'acquitter de son devoir.

Tout en accomplissant de façon mécanique les gestes du rituel, il songea à ce qu'elle lui avait révélé de sa situation pour le moins précaire. Et à ce qu'elle avait tu.

Arnault ne se faisait guère d'illusions : si elle l'avait pu, sa nouvelle « épousée » n'aurait jamais fait appel à lui. Ou plutôt pas de son propre chef. Et il était évident que maître Jehan, avec lequel il avait conservé des relations ces deux dernières années, n'était pas favorable au projet de sa dame de venir le trouver.

Ainsi, elle était seule, dépourvue des soutiens normaux et nécessaires pour permettre à un noble de tenir son domaine et son rang. Elle n'avait plus de famille depuis les décès successifs de son père et son fiancé, et ne lui demeuraient fidèles que d'anciens serviteurs de la maison.

Elle avait besoin de son aide, se répétait-il, tentant de se convaincre qu'il avait pris la bonne décision en choisissant de la soutenir dans son projet de fausse union. Mais... Était-elle si fausse que cela ? Et quelle folie s'était emparée de lui, pour qu'il pousse la jeune femme à prononcer des vœux qui les liaient si étroitement ? Certes, ils n'étaient pas allés jusqu'au sacrement, et l'argument d'Arnault, qui ne voulait pas se parjurer, était tout à fait valable...

Reconnais plutôt que tu as vu là un prétexte tout trouvé, lui souffla sa conscience.

Mais devait-il pour autant abandonner la jeune femme qui avait pris tant de risques pour lui réclamer assistance ?

Frustré, le chevalier poussa un soupir au moment où retentissait enfin le *Ite, missa est.* La messe était dite, et chacun retournait à ses tâches dans un silence à peine troublé par les bruits de pas et le froissement de tissu. Arnault était libre de ses mouvements avant le repas, qu'il prendrait au réfectoire avec les autres membres de la communauté. Au lieu de regagner la cellule qui lui avait été accordée comme une faveur, il décida d'aller trouver le père abbé.

Eu égard à son rang, ce dernier disposait d'un logis à part, où il recevait les hôtes de marque et les visiteurs, mais aussi les frères et ceux vivant sur les terres de l'abbaye. Arnault fut introduit dans la pièce principale par un convers.

Laissé seul, il patienta en observant cet endroit où il s'était rendu à plusieurs reprises, mais qu'il semblait découvrir d'un œil neuf. La salle faisait la taille de deux cellules accolées. Elle était sobrement meublée d'une table à tréteaux et d'escabelles et comprenait, fait notable, une cheminée et une fenêtre assez grande pour donner du jour.

Plongé dans sa contemplation des ornements liturgiques exposés contre un mur, Arnault n'entendit pas tout de suite la porte, et fut ramené à la réalité par un raclement de gorge.

— Mon père ! s'exclama-t-il en se retournant pour saluer l'abbé et baiser l'anneau qui marquait son rang.

Eudes de Saint-Martin était un peu plus âgé que lui, et sa tonsure laissait encore apercevoir des cheveux bruns striés de gris. Une discrète amitié s'était nouée entre eux, et le religieux l'accueillit avec un sourire aimable.

— Arnault, quelle nouvelle si pressante as-tu reçue pour venir me trouver à cette heure ? Et… pour justifier ton retard aux vêpres ? s'enquit-il.

Le chevalier frémit, craignant d'avoir été trahi, avant de se souvenir que les rumeurs circulaient vite au monastère, surtout quand elles concernaient des étrangers à la communauté.

— Maître Jehan, le sénéchal d'A… de Sanxay, est venu me trouver. Sa dame a besoin d'aide et s'est tournée vers moi en vertu des liens familiaux qui nous unissent.

Nul besoin de préciser qui était la dame de Sanxay. Eudes jouait également le rôle de son confesseur et, en bon administrateur de ses terres, se tenait au fait des histoires entre fiefs et de la politique royale. Il était même fort possible qu'il soit déjà au courant de ce projet de mariage…

L'abbé haussa un sourcil, mais ne commenta pas. Arnault se sentit tenu d'ajouter :

— Je lui ai promis assistance. C'est-à-dire que j'ai promis à son sénéchal que j'irais la voir en personne.

— Ta pénitence est donc achevée ?

Le jeune homme déglutit, mal à l'aise. Avec ce prétendu mariage, il devrait probablement faire amende honorable une fois de plus.

— Je l'ignore, répondit-il en pesant ses propos. Mais je ne peux pas rester sourd à sa supplique ! Elle ne peut se tourner vers personne d'autre…

— Tu en parles comme si tu l'avais vue récemment.

Cette fois-ci, Arnault frémit. Il avait failli se trahir, et trahir la confiance d'Adélaïde.

— Son sénéchal s'est montré convaincant.

D'un ton de confidence, il ajouta :

— Je le crois dérouté par l'état de sa dame, il n'a cessé de me dire qu'elle était éplorée et en grande agitation.

— Alors que vas-tu faire ? Et, d'ailleurs, pour quelle affaire si urgente ta dame a-t-elle besoin de ton soutien ?

— Ce n'est pas « ma » dame, rétorqua Arnault, presque par habitude.

Il lui semblait avoir eu cette discussion bien des fois au cours des deux dernières années.

Que faire ? Avouer la vérité ? Non, impossible. Eudes avait beau être son confesseur, et un ami, il ne pouvait toutefois se résoudre à divulguer le projet fantasque de la jeune femme – ni la façon dont lui-même s'était laissé convaincre.

Ou pire.

— Un seigneur lui cherche querelle, finit-il par expliquer de façon vague, veillant à ne pas mentir. Elle pense que ma présence à ses côtés peut dissuader l'impudent et lui faire ravaler son audace.

L'abbé eut la bonne grâce d'avoir l'air convaincu. D'un hochement de tête, il fit mine de trouver la situation tout à fait normale. S'il n'était pas rare qu'une femme demeure sous la coupe de sa parentèle masculine, il était moins courant qu'elle entretienne des liens avec la famille de son fiancé disparu.

Sentant qu'il s'aventurait sur un terrain glissant, le jeune homme se mit à chercher une façon polie de quitter les lieux quand la cloche retentit une nouvelle fois pour appeler moines et novices au réfectoire. Avec un discret soupir de soulagement, il prit congé, mais Eudes le questionna encore :

— Quand comptes-tu partir ?

— D'ici un jour ou deux, le temps de mettre mes affaires en ordre…

— Et as-tu l'intention de revenir ?

Les cloches s'étaient tues, et le silence n'en était que plus assourdissant, donnant à Arnault la sensation d'avoir le tournis. Mais l'embarras d'une réponse lui fut épargné lorsque le convers toqua fermement avant de passer la tête par l'entrebâillement de la porte pour savoir si son maître désirait prendre son repas seul dans sa chambre.

— Je ne sais pas encore, murmura le chevalier, autant pour lui-même que pour empêcher le nouveau venu de le comprendre.

L'abbé l'avait-il entendu ? Difficile à dire, mais Arnault ne s'attarda pas pour s'en assurer. D'un pas déterminé, sautant le repas, il regagna sa cellule et entreprit de rassembler les quelques possessions qu'il avait conservées ici.

Demain, à l'aube, il quitterait le monastère. Mais pas pour se rendre à Sanxay. Il devait avant tout retrouver la société, reprendre son rang et son nom. Il devait cesser d'être Arnault le pénitent pour redevenir le chevalier de Neuville. Non, le *seigneur* de Neuville. Cette perspective l'embarrassait, lui qui avait mis tant de soin à se retirer du monde, tant de peine à s'oublier… Toutefois, il ne pouvait nier qu'il se sentait un peu grisé.

Pour Adélaïde, se promit-il.

Mais il aurait été bien en peine d'expliquer ce serment.

Chapitre 5

Quand le peigne de corne lui échappa pour la troisième fois, Adélaïde poussa un profond soupir de frustration. On était dimanche, et elle devait s'apprêter pour la messe, toutefois, il lui semblait qu'elle n'y parviendrait jamais. Ses doigts étaient gourds et malhabiles, et son esprit, incapable de s'astreindre à cette tâche.

— Laisse-moi t'aider, proposa une voix amicale.

Elle releva la tête pour découvrir Béatrice, sa jeune cousine, parfaite image de noblesse et de modestie dans sa longue robe vert tendre et sous son voile immaculé. Celle-ci lui souriait avec sympathie, comme si elle compatissait à ses inquiétudes.

Incapable de proférer un mot sans qu'il y pointe de la dureté ou de l'impatience, Adélaïde hocha la tête et s'abandonna à ses soins. À chaque passage du peigne, à chaque nœud défait, c'était comme si un poids quittait ses épaules.

Son expédition au monastère remontait à dix jours et, si au tout début elle s'était gardée de trop compter les heures, elle avait désormais le sentiment de tourner en rond comme un animal en cage. Que pouvait bien faire Arnault pour ne pas paraître au domaine ? Avait-il rencontré un obstacle, avait-il eu un changement de cœur ?

Mais, lorsqu'ils s'étaient quittés, elle était persuadée de sa bonne foi.

— Aïe !

Un nœud plus récalcitrant que d'autres la ramena à la réalité.

— Pardonne-moi, on dirait que tu t'es battue avec des chats, tant ta chevelure est emmêlée, lui reprocha doucement Béatrice.

Il s'écoula encore quelques instants de silence avant que cette dernière l'interroge :

— Tu n'as plus d'espérance ?

Adélaïde tressaillit, piquée au vif. Elle n'avait rien dit, à personne. Juste après leur départ du monastère, elle avait fait jurer le secret à son sénéchal, qui en avait paru soulagé. Désormais, elle avait le cœur en émoi, le corps en éveil et l'esprit sans cesse à l'affût… Elle ne dormait plus guère, et d'un sommeil agité, où Bouchard prenait le visage d'Arnault, et dont elle s'éveillait brûlante et glacée tout à la fois.

Pourtant, elle n'était pas la seule à souffrir de cette incertitude. Tous ici dépendaient d'elle et de ses décisions, ils avaient le droit de savoir à quoi s'attendre.

Dix jours de silence et d'espérances… pour rien. Autant partager avec sa cousine – et Isabeau, qui faisait mine de s'affairer à l'autre bout de la chambre mais qui, elle en était sûre, n'en perdait pas une miette – le peu qu'elle pouvait avouer. Qu'elle *osait* avouer.

— Le seigneur de Neuville a accepté de me venir en aide, en mémoire de son frère…

Béatrice et Isabeau esquissèrent un discret signe de croix, mais Adélaïde poursuivit sur sa lancée :

— Malheureusement, vu le temps qu'il a passé loin de ses terres, il devait avant toute chose mettre ses affaires en ordre. Je souhaite seulement qu'aucun inconvénient n'ait provoqué son retard.

— Ainsi, il doit se présenter ici ? demanda sa cousine avec curiosité.

La dame se mordit la lèvre – elle en avait trop dit ! Ou pas assez…

Prudence, tu joues un jeu bien dangereux, ma fille. Prends garde de ne pas être punie par là où tu as péché !

Fermant les yeux comme si elle s'abandonnait aux mains habiles de Béatrice, qui lui tressait les cheveux, elle reprit d'un ton qu'elle voulait assuré :

— En effet, il est certaines questions dont il vaut mieux discuter en face… Loin des oreilles indiscrètes.

Isabeau toussota discrètement. De toute évidence, elle avait saisi la pique.

— À quoi ressemble-t-il ? Est-il beau sire ?

Adélaïde éprouva une désagréable sensation en entendant les interrogations de sa cousine. Elle avait remarqué chez cette dernière une fascination pour les histoires de preux et les héros des chansons de geste que l'on racontait à la veillée. Mais elle n'avait que quinze ans et, bien qu'ayant connu des deuils, elle avait vécu jusqu'ici une existence protégée…

Comme toi au même âge, se rappela-t-elle. *Un peu de miséricorde ne serait pas malvenue. Et cette curiosité est bien naturelle.*

À contrecœur, elle décida de répondre de son mieux.

— Ma foi, il est bien fait de sa personne, même s'il ne ressemblait ni à un grand seigneur ni à un chevalier. Souviens-toi qu'il vit dans un monastère depuis deux ans. Il ressemble quelque peu à feu son frère, mais en plus ordinaire.

Plus… humain.

— Le seigneur Amaury, Dieu ait son âme, était beau

comme un ange, intervint Isabeau, qui ne faisait même plus semblant de ne pas écouter.

Si Arnault avait toujours conservé une distance respectueuse vis-à-vis d'elle, la jeune femme devait reconnaître que la beauté de son défunt fiancé avait quelque chose d'intimidant. Au même titre que sa réputation de chevalier exemplaire. Elle avait toujours eu peine à croire qu'il l'avait distinguée... Mais leurs pères en avaient décidé ainsi bien longtemps avant qu'ils soient en âge de comprendre ce que cela signifiait.

Dans son dos, elle entendit sa cousine pousser une petite exclamation ravie, et se retourna pour la voir presser une main sur son cœur.

— Que signifie... ?

Béatrice eut le bon goût de piquer un fard sans un mot. Mais Isabeau se hâta de surenchérir :

— Même s'il n'a qu'un peu du beau visage de son frère, il ne doit pas être désagréable à regarder. Et vous cherchez toujours un époux...

Ce fut au tour d'Adélaïde de s'empourprer, mais pour des raisons que ses suivantes ne pouvaient soupçonner.

Quand je pense que j'ai été assez téméraire pour prononcer des vœux qui me lient à lui...

— Trêve de sottises, s'écria-t-elle, tant pour se donner une contenance que pour changer de sujet.

Car comment avouer que le silence d'Arnault et son retard la mettaient sur des charbons ardents ? Elle avait fondé tous ses espoirs sur lui, et il demeurait absent. Sans parler de ces pensées étranges et parfois impies qui l'assaillaient quand elle ne s'y attendait pas...

Isabeau maugréa à voix basse mais obtempéra, tandis que Béatrice se hâtait de terminer sa coiffure et de lui attacher son voile. Adélaïde se leva, lissant à deux mains la riche étoffe de sa robe. Elle tritura les deux tresses qui retombaient sur sa poitrine, bien qu'elles soient parfaitement en place, et prit une profonde inspiration.

— Allons-y, le Seigneur n'attend pas.

L'oratoire n'était qu'à quelques pas du logis seigneurial. Premier bâtiment achevé quand le premier seigneur de Sanxay avait choisi de faire édifier sa demeure ici, l'endroit n'avait guère évolué depuis. C'était une petite bâtisse en pierre surmontée d'un toit de chaume et dotée d'ouvertures voûtées qui procuraient de la lumière.

Ce n'était pas une chapelle, car la famille d'Adélaïde ne disposait ni du prestige ni des ressources pour entretenir un tel lieu, mais il avait fière allure avec ses colonnettes et sa porte en chêne.

Comme chaque dimanche, le père Ogier se tenait près du battant ouvert, attendant que son ouaille la plus distinguée le rejoigne. Adélaïde avait conscience qu'il ne débuterait jamais la célébration sans elle, et mettait un point d'honneur à arriver la première.

Mais, ce matin-là, la jeune femme avait l'impression d'avoir les pieds lestés de plomb et d'être incapable de franchir la courte distance qui la séparait de la maison divine. Il restait deux dimanches avant la Pentecôte. Deux dimanches de sursis, après quoi son fiancé – le vrai, celui imposé par les souverains – se présenterait et elle serait fort en peine de s'en débarrasser.

Comme si sa cousine avait conscience de son hésitation, celle-ci s'enhardit à lui prendre le bras pour la guider. En temps normal, Adélaïde se serait laissé faire, mais il lui semblait qu'un pas de plus signifierait qu'elle renonçait…

Reprends-toi, s'admonesta-t-elle. *Rien n'est encore joué. Arnault l'a promis sur son honneur.*

Elle était toujours en pleines tergiversations lorsqu'un des hommes de guet s'approcha d'elle. Reconnaissant

Ghislain, qui l'avait avertie de la venue du messager royal, elle se raidit imperceptiblement, redoutant une autre mauvaise nouvelle.

— Ma dame, des cavaliers approchent, annonça-t-il.

Adélaïde ferma les yeux, prise de vertige. Ainsi, cela recommençait ? Sa tranquillité allait de nouveau être bouleversée.

— Combien sont-ils ? Ont-ils une bannière que tu aurais reconnue ? demanda-t-elle, comme dans un rêve.

— J'ai compté cinq hommes d'armes : deux à cheval, les autres à pied. Ils ont des armoiries, mais ce blason m'est inconnu. Il est de sinople à tour d'or.

La jeune femme redressa brusquement la tête, comme pour s'assurer qu'elle avait bien entendu.

— Tu en es certain ? Tu n'as pas confondu avec une autre couleur ?

— Sûr, ma dame. On dit que j'ai le meilleur œil à cinq lieues à la ronde. Faut-il fermer les portes ? demanda le guetteur d'un ton anxieux.

Le blason des Neuville.

Arnault.

Il avait tenu parole.

— Non, faites-leur bon accueil, je les attendais, répondit-elle, alors que le soulagement l'envahissait. Béatrice, fais prévenir le père Ogier, et explique-lui que nous allons attendre nos visiteurs pour célébrer la messe.

Sa suivante s'éclipsa en hâte, et Adélaïde donna quelques ordres pour faciliter l'arrivée des cavaliers. Bientôt, un nuage de poussière caractéristique fut visible depuis la cour.

Le cœur s'emballant à mesure que le convoi des Neuville approchait, la jeune femme scruta le groupe, tâchant de discerner son « époux ». Ce mot lui paraissait toujours étrange, et elle n'avait pas encore eu le courage de le prononcer à voix haute. Comment allait-elle s'en sortir devant la maisonnée au grand complet ?

La nouvelle avait fait le tour du village, et ceux qui patientaient déjà aux abords de l'oratoire se massaient autour d'elle, curieux de découvrir ces visiteurs qui paraissaient les bienvenus.

Enfin, ils franchirent la porte, forçant les villageois les plus proches à reculer. Les cinq hommes avançaient au pas, un en tête, puis les autres deux à deux, les piétons fermant la marche. Ils étaient en armes, vêtus de hauberts de mailles et coiffés de casques à nasal, le bouclier attaché autour du cou. L'un d'eux tenait un étendard aux couleurs un peu fanées mais reconnaissables, représentant la tour jaune sur fond vert.

Sentant ses mains trembler, la maîtresse des lieux les serra devant elle et s'efforça de redresser les épaules, prenant un air qu'elle espérait digne mais qu'elle sentait crispé.

Le meneur du groupe inclina la tête, puis descendit de sa monture, qu'un des hommes d'Adélaïde était venu retenir par le mors.

Il s'approcha de la jeune femme et ôta ses gants et son casque, repoussant la coiffe de mailles qui lui protégeait la nuque.

Arnault.

L'obscurité du cloître ne lui rendait pas justice, songea-t-elle de façon saugrenue. Son visage était hâlé par la vie au grand air, rendant le bleu de ses yeux plus vif que dans son souvenir. Sous la cale rembourrée, ses cheveux bruns, trop courts pour un noble, étaient un peu ébouriffés et une mèche était collée à sa tempe.

Dans cet attirail militaire, il paraissait plus grand, plus viril. Avait-elle déjà remarqué la puissance de ses épaules, la ligne volontaire de la mâchoire ?

Un toussotement à côté d'elle la ramena à la réalité. Elle se racla la gorge avant d'annoncer :

— Messire Arnault de Neuville, c'est une joie de vous accueillir en ces murs. Soyez, vous et vos hommes, les bienvenus à Sanxay.

Il haussa un sourcil, l'air un peu amusé, mais respecta les formes.

— Soyez-en remerciée, dame. Laissez-moi vous présenter mes hommes : Ganelon, mon porte-étendard et frère de lait, puis Albéric, Raymond et Norbert.

Adélaïde les salua comme il se devait et fit de son mieux pour retenir ces nouveaux visages. Elle sentait la curiosité monter autour d'elle, le sentiment collectif la poussant presque vers Arnault. Sans s'en rendre compte, elle avança d'un pas.

Avec naturel, le chevalier lui prit la main et la porta à ses lèvres sans la quitter des yeux, provoquant un frisson délicieux qui se propagea le long de son dos. La jeune femme sentait qu'elle devait dire quelque chose, expliquer la présence des hommes d'armes et, surtout, la familiarité de leur chef, alors qu'elle n'avait pas entretenu de relations avec les Neuville depuis bientôt deux ans.

Mais sa voix était éteinte, sa langue paraissait collée à son palais, comme si elle avait mangé un fruit enrobé de miel.

— Ma mie, cela fait trop longtemps que nous avons été séparés, et je me réjouis de nos retrouvailles. Il est temps d'annoncer la bonne nouvelle.

Une rumeur se propagea immédiatement, qui retomba dès que le père Ogier, demeuré sur le côté, s'avança pour dévisager les deux jeunes gens.

— Et quelle est donc cette nouvelle ? demanda-t-il d'un ton presque accusateur.

Arnault ne perdit pas contenance et soutint son regard inquisiteur.

— Mais celle de nos noces, bien entendu. Dame Adélaïde m'a fait l'honneur de devenir mon épouse.

Cette fois, des exclamations de stupeur retentirent, et tous se mirent à parler en même temps. Toutefois, le prêtre changea d'expression, et s'empourpra.

— Voilà une union bien rapide, commenta-t-il à voix basse, les dents serrées.

— À quoi bon attendre ? Vous n'êtes pas sans savoir que dame Adélaïde a depuis longtemps passé l'âge des épousailles.

Autour d'eux, la confusion augmenta, et maître Jehan ordonna aux villageois et aux soldats de gagner l'oratoire car le service débuterait bientôt. Toutefois, bien peu lui obéirent, tant la scène sortait de l'ordinaire.

— Justement, quel est l'avis de dame Adélaïde sur ce point ? interrogea Ogier, qui contenait à grand mal sa contrariété. J'avais cru comprendre qu'elle n'était pas pressée de devenir une épouse.

Quand je pense qu'il était là lorsque j'ai exposé mon projet, songea-t-elle, elle-même gagnée par la colère.

— Il faut savoir se soumettre à la Providence, dit-elle benoîtement, retrouvant l'usage de la parole.

La réponse n'eut pas l'air de plaire au religieux. Réprimant sa fureur, il reprit :

— Et je suppose que cette union a reçu la bénédiction du Seigneur ?

— Adélaïde et moi avons échangé nos vœux selon l'antique façon, déclara Arnault d'un ton définitif.

L'Église tentait tant bien que mal d'imposer le sacrement du mariage, mais celui-ci était encore souvent négligé lorsqu'une union était conclue à la hâte, ou le degré de parentèle, un peu trop proche. Le père Ogier s'efforçait de faire respecter cet usage à ses paroissiens, et avait compté sur les épousailles de sa dame pour imposer un précédent.

Cherchant sans doute à éviter un conflit ouvert avec sa suzeraine et le nouvel époux de celle ci, le prêtre tourna les talons sans rien ajouter, se dirigeant à grands pas vers l'oratoire. Adélaïde allait lui emboîter le pas, mais Arnault la retint.

— Laisse-le fulminer, conseilla-t-il. Il se calmera bientôt, et devra se ranger de ton côté s'il souhaite garder sa cure.

La jeune femme observa la main du chevalier, qui n'avait pas lâché la sienne, l'imprégnant de sa chaleur. Ce contact prolongé était nouveau pour elle. Certes, elle l'avait touché au monastère, et cela l'avait bouleversée. Mais le faire à présent en plein jour, devant témoins... C'était une expérience étourdissante.

— Tu trembles, murmura-t-il. Pardonne-moi d'avoir fait un éclat, mais je craignais que tu n'oses pas affirmer notre union.

Elle en resta bouche bée.

— Comment as-tu su ?

Du pouce, il lui caressa doucement l'intérieur du poignet. Il ne semblait pas y prêter attention, mais Adélaïde avait du mal à se concentrer sur autre chose.

— On aurait dit une biche aux abois. Tu semblais prête à tout abandonner.

La honte la submergea. Si le courage lui manquait maintenant, qu'en serait-il lorsqu'il faudrait affronter Bouchard ?

La cloche se mit à sonner furieusement avant qu'elle puisse répondre. De toute évidence, le père Ogier les rappelait à l'ordre. Chacun se hâta vers le petit édifice, et le silence se fit peu à peu dans la cour.

Arnault lui lâcha la main et lui tendit son poing fermé. La jeune femme posa la paume dessus, le laissant l'escorter. Le prêtre apparut sur le seuil pour les accueillir.

Mais, une fois qu'ils furent parvenus à sa hauteur, il croisa les bras avec détermination.

— Vous n'entrerez pas dans la maison de Dieu, affirma-t-il. Je refuse la présence de deux pécheurs, qui plus est en état de péché mortel, et je refuserai tout sacrement tant que vous n'aurez pas fait pénitence !

— Vous nous laisserez passer ! s'écria Arnault, en colère à son tour.

— Je ne réponds qu'à dame Adélaïde ! vociféra le religieux.

Stupéfaite, cette dernière sentit un voile noir s'abattre devant ses yeux, sa poitrine se contracter, et se mit à suffoquer. Privée d'air, elle sentit ses genoux céder, et serait tombée si un bras passé autour de sa taille ne l'avait pas rattrapée.

Mais l'émotion était trop vive, et elle se trouva mal.

Chapitre 6

En voyant apparaître la tour de Sanxay, Arnault avait éprouvé un sentiment proche de celui du marin rentrant au port. Un mélange de joie d'arriver, de soulagement d'avoir cheminé sans encombre et d'appréhension à l'idée de l'accueil qu'on lui ferait.

Lorsqu'il avait juré à Adélaïde de lui venir en aide, il n'avait pas songé une seconde que la tâche serait aussi complexe. Il avait d'abord dû rejoindre son fief, Neuville, où il lui avait fallu rétablir son autorité, que l'absence avait estompée. Il avait confié le donjon et les terres à son intendant et, si celui-ci était d'une parfaite fidélité, on ne pouvait pas en dire autant de certains de ses officiers…

Dix jours interminables s'étaient écoulés, et il avait certainement suscité plus d'interrogations et d'incompréhension qu'il n'était sage en hâtant autant que possible son départ. Il avait même été sur le point de partir seul ou accompagné d'un seul serviteur, mais Ganelon l'en avait dissuadé.

Toutefois, s'il avait éprouvé une certaine nervosité à l'idée de revoir la jeune femme – son épouse, désormais –, rien n'aurait pu le préparer à la confrontation qui s'en était suivie.

Décochant un regard noir au prêtre qui se tenait, raide comme un piquet, devant la petite chapelle domaniale, Arnault se força à contenir sa colère et à se concentrer sur Adélaïde. Celle-ci s'était trouvée mal et, sans y réfléchir, il la rattrapa par la taille, en dépit de la maille métallique qui lui couvrait le bras et s'enfonçait probablement dans la chair délicate.

La jeune femme émit un gémissement étouffé et chancela, si bien qu'il resserra sa prise. Sa main glissa entre les lacets qui fermaient la robe sur le flanc, et ses doigts nus rencontrèrent la fine chemise, s'imprégnant de la chaleur de la peau sous le tissu.

Arnault eut l'impression d'être frappé par la foudre. Toutefois, il n'eut pas le temps de s'attarder sur l'intimité de ce geste, car il sentit un bras menu se glisser au-dessus du sien pour soutenir la dame de Sanxay. Jetant un rapide coup d'œil, il aperçut une forme féminine, sans doute une suivante, mais dont le voile dissimulait les traits.

— Ramenons-la à l'intérieur, murmura la nouvelle venue.

Grâce à leurs efforts conjoints, et au milieu d'un silence profond, ils gagnèrent le logis seigneurial.

Les hommes d'armes furent les premiers à sortir de leur hébétude et les escortèrent jusqu'à la porte, sans pour autant franchir le seuil, car ils n'y avaient pas été invités. Leur mouvement avait poussé certains sujets d'Adélaïde à se reprendre et à leur emboîter le pas. Sitôt dans la grande salle, Arnault fut rejoint par une matrone à l'air imposant, qui le congédia aimablement mais fermement, puis il observa les trois femmes gravir, non sans mal, l'escalier raide menant à l'étage sous le toit.

Une main se referma sur son bras, et il réprima un sursaut. Se retournant, il avisa maître Jehan, qui semblait avoir vieilli de plusieurs années en seulement quelques jours.

— Venez donc vous asseoir, messire, suggéra-t-il.

Jetant un coup d'œil méfiant aux curieux, le chevalier hocha la tête avant de lancer d'une voix forte :

— Allez recevoir la communion. Dame Adélaïde est entre de bonnes mains et se repose.

À dire vrai, il n'était assuré ni de l'un ni de l'autre, mais son annonce eut l'effet escompté car, en quelques instants, l'endroit se vida. Ses propres hommes, après un signe discret, s'étaient aussi exécutés, quoique à contrecœur.

D'un pas lourd, il gagna l'un des bancs installés contre la muraille tout en ôtant la cale rembourrée qui d'ordinaire protégeait sa tête du métal, puis se passa une main dans les cheveux. Il s'était efforcé de projeter l'image d'un jeune seigneur sûr de lui et presque arrogant, mais il devait s'avouer que les deux années passées au monastère l'avaient rouillé.

Il observa la grande salle, vaste et assez basse de plafond, mais d'une propreté rutilante. Au sol, on avait répandu des herbes et des fleurs odorantes sur les carreaux d'argile rouges et noirs. Les panneaux de bois qui obturaient les étroites fenêtres la nuit ou par mauvais temps étaient ouverts, et laissaient entrer la lumière, éclairage renforcé par le feu qui flambait dans la cheminée du mur oriental.

Il régnait un silence inhabituel pour une maisonnée de cette taille, mais Arnault s'en délecta, tentant de rétablir un peu d'ordre dans ses pensées. De toute évidence, Adélaïde était aimée et respectée de ses gens, et cela le réconfortait, même s'il devait subir une certaine méfiance de leur part. Sa première tâche consisterait donc à les amadouer – sans compter l'obstacle que représentait le prêtre…

— Tenez, messire.

Il tressaillit en entendant la voix du sénéchal. Absorbé par ses réflexions, il ne s'était pas rendu compte que celui-ci s'était éloigné et lui tendait à présent un gobelet rempli d'un breuvage à l'odeur herbacée.

Le chevalier accepta la boisson avec reconnaissance, avant d'avaler le vin aromatisé à la sauge.

— Je n'espérais plus votre venue, souffla à mi-voix le serviteur, bien qu'ils soient seuls.

— À dire vrai, moi non plus, concéda Arnault.

Sans entrer dans les détails, il lui confia les difficultés inattendues auxquelles il avait été confronté.

— Comment se porte notre affaire ? A-t-on ouï parler de ce Bouchard ?

Jehan secoua négativement la tête.

— Rien depuis la visite du messager et votre… rencontre avec dame Adélaïde.

Rencontre. Quelle façon pudique de qualifier les choses.

— Le seigneur de Missé doit se présenter après la Pentecôte, que nous célébrerons dans deux semaines. C'est fort court ! S'il décide de se montrer impatient, il pourrait bien être là avant que la cloche ait fini de retentir… Quel accueil lui ferez-vous ?

— Mais celui d'un époux face à un homme qui prétend s'unir à son épouse, rétorqua Arnault avec une désinvolture qu'il était loin de ressentir.

S'il devait être honnête avec lui-même, il avait évité avec soin de trop y réfléchir. S'il était déterminé à éviter à sa protégée un mariage forcé, la perspective d'affronter le prétendant et, à travers lui, les souverains n'était guère réjouissante. Serait-il capable d'aller jusqu'au bout ?

Il le faut. Pour Adélaïde. Et pour Amaury.

Au souvenir de son frère, il se rembrunit, et n'entendit pas tout de suite qu'on l'appelait.

— Ma dame a demandé après vous, dit une voix au timbre clair.

Redressant la tête, il se retrouva face à une jeune femme d'une beauté stupéfiante. Teint laiteux, grands yeux bleus, longues tresses d'un blond doré... Elle incarnait cette perfection physique des héroïnes de chansons de geste. Pourtant, en l'observant, Arnault n'éprouva qu'une vague admiration vite dissipée.

Il se leva pour la rejoindre. De près, elle semblait si jeune. Presque une enfant, le regard perdu et les mains nouées dans son giron. Elle n'avait rien de cette assurance presque crâne et de cette détermination qu'il avait vues chez Adélaïde.

— Comment t'appelles-tu ?

— Béatrice, messire. Adélaïde est ma cousine, par nos mères.

Une parente pauvre, recueillie par charité et par solidarité familiale. Si elle avait de la chance, sa beauté lui permettrait de trouver un époux qui l'accepterait sans dot...

— Merci du soin que tu prends de ta maîtresse. Mène-moi à elle.

Un éclair de surprise passa dans les prunelles bleues, mais la jeune fille ne dit rien et tourna les talons, soulevant les plis de son ample robe. Il la suivit, gravissant les marches raides pour déboucher à l'étage, plongé dans une semi-pénombre.

Toujours silencieuse, faisant à peine grincer le parquet sous son pas léger, Béatrice traversa une vaste pièce commune qui devait accueillir les servantes la nuit, puis se dirigea vers la chambre seigneuriale que devait occuper Adélaïde. Mais, à sa surprise, sa guide s'arrêta devant une pièce aux dimensions plus réduites.

La soupente n'était pas grande, mais offrait un certain confort et davantage d'intimité qu'une salle commune. Fermée par une porte, disposant de sa propre fenêtre et d'une cheminée, c'était sans doute l'une des chambres réservées aux enfants du seigneur de Sanxay.

Brusquement, il se demanda ce que cela ferait d'élever des enfants ici. D'entendre résonner les rires et les pas précipités sur les planches de bois, de se pencher sur un berceau…

Cesse tes divagations. Ce n'est pas l'objet de ta visite.

Non, l'objet de sa visite reposait dans le lit aux courtines à demi fermées. Adélaïde s'agita un peu quand il franchit le seuil, et il craignit de l'avoir effrayée.

Dans son dos, le grincement du battant que l'on tirait lui fit comprendre qu'ils étaient seuls. En tête à tête. Comme il était naturel entre époux.

Il déglutit, soudain mal à l'aise. Dans quelle situation s'était-il placé ? Non qu'il ne se soit jamais trouvé seul avec une femme, mais avec une damoiselle noble… C'était autre chose.

Une dame. Elle est mariée, à présent. Avec toi.

Prenant une inspiration, il s'approcha lentement du lit, comme si chaque pas scellait un peu plus sa destinée. Adélaïde était adossée à un large coussin, les couvertures tirées jusqu'à la naissance de la poitrine. Ses nattes étaient un peu en désordre, laissant échapper quelques mèches, et elle ne portait qu'une chemise. Cette chemise qu'il avait tâtée par erreur un peu plus tôt…

D'un seul coup, ses sangs s'échauffèrent, et son corps lui rappela qu'il nourrissait encore des appétits charnels. Embarrassé par sa réaction, Arnault avisa une escabelle et s'assit au chevet de la jeune femme.

— Pardon, dit-elle à mi-voix.

— De quoi t'excuses-tu ?

— Je déteste dévoiler ainsi ma faiblesse. J'aurais dû mieux tenir tête au père Ogier, ne pas le laisser nous humilier, ni t'insulter.

— J'aurais dû m'y attendre... Notre union est pour le moins rapide et surprenante, il est normal que tout le monde n'y souscrive pas.

— Mais, sans son appui, mes gens risquent de se rebeller ! Ou à tout le moins de parler dans notre dos.

— Je n'en suis pas si sûr... Tu as visiblement su gagner leur loyauté, car nul n'a osé suivre le prêtre dans ses imprécations. Tes serfs paraissaient surtout stupéfaits de cet éclat.

— Peut-être...

Elle était très pâle, presque aussi blanche que les draps de lin, les traits tirés, les paupières mi-closes. Il y avait en elle une sorte de fragilité, d'abandon, qui la rendait encore plus chère à ses yeux.

— Il faut le croire, Adélaïde. Tu dois montrer que cette soutane ne te fait pas peur. Nous en ferons la démonstration.

Elle redressa légèrement la tête, intriguée.

— Nous ?

— Je n'ai pas accepté cette mascarade pour rester passif et te laisser te démener seule face à tes ennuis. Tant que nous serons mariés, je te devrai assistance et protection.

— Tout comme je te dois obéissance et fidélité ? rétorqua-t-elle d'un ton cassant.

Arnault se mordit la lèvre. En rappelant l'essence des vœux conjugaux, il n'avait pas souhaité établir sa domination sur la jeune femme, seulement l'assurer de son aide.

Lui prenant doucement la main, pour la laisser l'esquiver si elle ne se sentait pas à l'aise, il reprit d'un ton calme :

— Tu ne l'as pas juré, tu n'y es pas tenue. Pour ma part, j'ai fait ce serment en mon cœur en prononçant mes vœux.

Comme tout à l'heure dans la cour, il se remit à lui caresser l'intérieur du poignet, décrivant de lents cercles avec son pouce. S'il avait agi par réflexe un peu plus tôt, il avait désormais parfaitement conscience de ses gestes, savourant la sensation satinée de sa peau contre la sienne, plus rugueuse, se réjouissant intérieurement de cet instant dérobé.

À quoi joues-tu ? Tu es ici pour la protéger, par pour la séduire ! s'admonesta-t-il.

Pourtant, elle demeurait calme, distante, presque, comme si ce contact ne la chavirait pas autant que lui. Ou comme si elle s'abandonnait…

Mais un coup d'œil à sa compagne lui fit découvrir une autre réalité. Paupières fermées, visage serein, elle s'était endormie. Une émotion nouvelle monta en lui, qu'il n'aurait su définir. Oui, c'était un abandon, mais pas celui auquel il songeait à peine quelques secondes auparavant. Adélaïde était épuisée, mais elle avait suffisamment confiance en lui pour s'endormir en sa présence.

Il fallait partir. S'éclipser discrètement sans l'éveiller.

Toutefois, Arnault demeurait là, à l'observer, conscient d'être un intrus, mais incapable de s'en aller.

Derrière la porte, une planche grinça, sans doute parce que la jeune suivante s'impatientait. Dans le lit, Adélaïde poussa un léger soupir qui lui noua le ventre. Soupirerait-elle de la même façon entre ses bras ?

Va-t'en ! Tu n'as plus rien à faire ici.

— Repose-toi, je suis là, murmura-t-il.

Portant doucement à ses lèvres la main de la jeune

femme qu'il tenait encore, il y déposa un baiser fervent avant de regagner la salle commune.

Sitôt la porte tirée, Adélaïde rouvrit les yeux.

Seigneur, qu'était-il arrivé ? Elle était en train de parler avec Arnault des affaires de son fief quand celui-ci s'était mis à la toucher, et...

Elle s'empourpra jusqu'à la racine des cheveux. Un simple contact de sa paume sur la sienne et elle avait perdu l'esprit, son corps s'échauffant brusquement sous les couvertures. Pour ne pas se trahir, elle s'était forcée à feindre l'indifférence et le sommeil.

Mais comment être indifférente alors qu'il lui semblait que les lèvres du chevalier l'avaient marquée au fer rouge ? Comment ignorer un tel bouleversement de ses sens quand elle ne rêvait que d'une chose : recommencer ?

Il fallait être prudente. Garder ses distances. Surveiller ses propres actes.

Toutefois, il fallait aussi feindre la vie conjugale...

La porte s'ouvrit doucement, et elle s'arracha à ses réflexions. Béatrice était sur le seuil, un peu décontenancée.

— Messire Arnault a dit que tu dormais... Je venais m'assurer que tu allais bien.

— Oui, ne t'en fais pas. J'ai été secouée par cet éclat du père Ogier, mais je vais me rétablir.

Sa cousine approcha, notant la présence de l'escabelle qu'Arnault avait oublié de replacer contre le mur. Sans un mot, elle s'acquitta de cette tâche avant de l'aviser.

— Tu es encore très pâle. Un peu de repos ne te ferait pas de mal.

— Sais-tu comment ont réagi les membres de la mesnie en découvrant l'existence d'Arnault et notre... mariage ?

Le mot lui restait toujours difficile à prononcer. Le poids du mensonge, sans doute.

— L'office s'achèvera bientôt ; tu n'es pas restée évanouie bien longtemps.

Adélaïde repoussa ses couvertures et fit mine de se lever.

— Je dois assister au repas ! Il est crucial que je sois présente pour affirmer la présence d'Arnault à Sanxay.

Béatrice haussa un sourcil d'un air dubitatif.

— Je ne suis pas certaine que tu sois en état de…

— Si, il le faut ! Aide-moi à m'habiller.

Comme sa suivante lui passait sa cotte, Adélaïde reprit :

— Tu ne m'as pas encore donné ton opinion sur mon nouvel époux.

Béatrice s'immobilisa un instant, avant de reprendre sa tâche sans rien dire. Adélaïde se retourna et la dévisagea.

— Ma cousine, tu as affirmé que tu me soutiendrais, et je t'en suis reconnaissante. J'ai conscience que cette union n'a pas été bénie par l'Église, qu'elle est sans doute précipitée et étrange, mais j'ai besoin de ton aide. Faire accepter Arnault ne sera pas tâche aisée, surtout avec le père Ogier qui crie à l'anathème. Je t'en prie, même si tu ne l'apprécies pas, fais-lui bonne figure.

La jeune fille baissa les yeux, avant de répondre du bout des lèvres :

— Je m'y efforcerai, je te le promets.

Chapitre 7

La chambre commune qui réunissait toutes les femmes du logis bruissait de conversations. Le temps était clair, et le soleil commençait à chauffer les terres, mais même la pluie n'aurait pas découragé les suivantes d'Adélaïde de laisser le volet de bois ouvert pour mieux discerner les cris et les appels des hommes qui s'exerçaient dans la cour.

Arnault était arrivé à peine cinq jours plus tôt, mais sa présence avait bouleversé l'équilibre qui prévalait jusqu'à présent. Bien entendu, il était le seigneur, sinon en titre, du moins en vertu de leur « mariage », et cela seul lui accordait une place particulière. Il en avait d'ailleurs fait usage immédiatement, en décidant de réunir ses propres hommes et la petite garnison du domaine pour l'entraînement. Si cela l'avait un peu décontenancée, la jeune femme devait avouer qu'elle en était plutôt soulagée, car c'était une tâche qu'elle n'avait jamais pu accomplir elle-même et pour laquelle elle avait dû se reposer sur le maître d'armes.

Mais surtout il avait cette autorité naturelle, une façon paisible de commander sans pour autant élever la voix, qui lui avait rallié les suffrages, alors même que le père Ogier n'avait pas cédé d'un pouce sur ses principes. Le prêtre s'était enfermé dans le silence et sortait à peine de l'oratoire. Il devait vivre comme un désaveu l'accueil que la maisonnée avait réservé au couple illégitime – du moins à ses yeux…

Un tumulte retentit dehors, et plusieurs servantes abandonnèrent leur ouvrage pour se précipiter vers les lucarnes. En bas, Ganelon et Ghislain s'affrontaient au corps à corps, suscitant encouragements et huées des spectateurs.

Inconsciemment, Adélaïde les imita, mais elle cherchait Arnault du regard. Celui-ci se tenait légèrement en retrait, jaugeant les adversaires, donnant quelques conseils. À son côté se trouvaient Jehan et Hervé, le commandant de la garnison, et tous trois paraissaient absorbés par leur combat.

Nanette, une servante un peu plus hardie, poussa un cri et se mit à applaudir, attirant l'attention des soldats. Comme ceux-ci se mettaient à répondre, Arnault leva les yeux et se mit à dévisager Adélaïde. Un sourire passa sur ses lèvres, et il la salua d'un signe de tête.

Sa réaction déclencha de nouvelles exclamations, et la jeune femme se sentit rougir, mais elle s'efforça de rendre son salut à son prétendu époux. Dans son dos, elle entendit soudain Isabeau taper dans ses mains.

— Allons, mes filles, remettons-nous à l'ouvrage. Cette laine ne va pas se filer toute seule !

Les servantes regagnèrent leurs places, assises en rond à même le sol, certaines filant, d'autres cardant ou formant les écheveaux. Bientôt, il serait temps de teindre et de tisser…

Adélaïde attendit quelques secondes avant de regagner son métier à broder, dans l'espoir que la brûlure de ses joues se dissipe.

— Notre dame a bien de la chance d'avoir un tel

galant, s'écria Nanette avec son habituel franc-parler. Pour sûr que, si j'avais un si bel homme à réchauffer, je traînerais à l'ouvrage !

Toutes pouffèrent, à l'exception de Béatrice, qui arborait toujours un air sombre. Ces plaisanteries se voulaient bon enfant, et Adélaïde ne fut pas en reste :

— Dis-moi, n'es-tu pas promise à Ghislain ? Que dirait-il s'il t'entendait ?

Avec un haussement d'épaules, Nanette rétorqua :

— On peut toujours changer d'avis.

Sa compagne, qui faisait tourner sa quenouille tout en parlant, ajouta :

— En tout cas, vu les regards que le seigneur et la dame s'échangent, ils se tiendront chaud cet hiver !

— Oui, qui sait si nous n'aurons pas bientôt un héritier à Sanxay ?

En un clin d'œil, le rouge revint aux joues d'Adélaïde, suscitant quelques gloussements des autres femmes. Car, depuis ce baiser à la main pendant qu'elle feignait de dormir, Arnault n'avait pas esquissé le moindre geste en sa direction. Il se contentait de l'accompagner à sa place lors des repas, où il siégeait à côté d'elle au haut bout de la table, et lui donnait un chaste baiser sur le front au moment de se séparer le soir.

Oui, ils dormaient chacun de leur côté. Elle avait fait octroyer à son époux la chambre seigneuriale, autrefois habitée par son père, et qu'elle n'avait jamais eu le courage d'occuper. Cet endroit lui avait toujours paru trop grand, trop pesant, peut-être…

Devait-elle se désespérer du manque d'empressement d'Arnault ? Il se comportait avec elle en parfait époux et chevalier, mais ils ne partageaient pas la moindre intimité. Depuis le premier dimanche, ils n'avaient même pas réussi à échanger quelques mots en tête à tête. Elle aurait dû s'en réjouir après avoir découvert combien elle était sensible au charme du jeune seigneur, mais quelque chose, au fond d'elle, regrettait cruellement cette distance.

— Ma dame, je vous souhaite de tenir votre enfant dans un an d'ici, lui dit avec chaleur une femme.

Un enfant ? Voilà qui lui semblait tout à coup désirable, mais aussi incongru. La chambre des dames était l'endroit où l'on devisait de tout et de rien, des tracas et soucis de la vie féminine, et c'était là qu'elle avait appris, de façon informelle, comment se nouaient les relations entre personnes des deux sexes. Puisque Arnault et elle ne partageaient pas la même couche, comment pourrait-elle concevoir ?

Son cœur se serra. Elle comprenait qu'elle avait tiré un trait sur cette possibilité en décidant de contracter une fausse union : dès que son stratagème serait éventé, plus aucun prétendant ne voudrait d'elle…

C'est bien ce que tu voulais ? Décider seule de ton destin. La vie ne va pas sans sacrifice, surtout quand on est une femme.

Comme les plaisanteries sur le sujet d'une éventuelle grossesse se poursuivaient, Adélaïde fut soudain frappée d'une chose : il était impossible que les servantes, dont certaines dormaient dans cette pièce, ne se soient pas rendu compte que ses relations conjugales étaient… étranges, à dire le moins. Se pouvait-il qu'elles aient décidé de faire comme si de rien n'était, par égard pour elle ? Ou quelqu'un le leur avait-il suggéré ?

Observant le petit groupe d'un œil neuf, elle tenta de déchiffrer les expressions de chacune. Mais hormis Isabeau, qui reprenait la petite Bertille sur son travail, et sa cousine, toujours sombre, aucune ne semblait se moquer d'elle, ni la considérer avec malice.

Et si les gens de la mesnie attendaient un héritier pour eux, davantage que pour elle ? Cela faisait deux ans qu'elle était à la tête du fief, mais, si elle venait à disparaître, celui-ci tomberait en déshérence, et qu'adviendrait-il d'eux ?

Un peu ébranlée par ces réflexions, Adélaïde abandonna son métier et se releva. Elle glissa quelques mots à l'oreille de Béatrice, qui acquiesça avec un pâle sourire, puis s'engagea dans l'escalier.

Elle avait d'abord envisagé de s'installer dans le beau jardin clos situé derrière le logis et qu'elle considérait comme son refuge, mais se rendit compte qu'elle avait besoin de mouvement. Sur un coup de tête, Adélaïde gagna la tour de guet. En contournant sa base, elle savait trouver un étroit sentier longeant le mur, et le plus souvent désert. Quoi qu'il en soit, les soldats s'entraînaient toujours, et elle ne croiserait personne.

Toutefois, comme elle ne voulait pas être aperçue, elle suivit son premier dessein, et gagna le jardin, qu'elle traversa pour trouver la porte donnant sur le sentier, froissant au passage quelques feuilles de menthe qui embaumaient l'air. La jeune femme fut surprise de découvrir que le chemin était plus large, dégagé des nombreuses broussailles qui l'encombraient mais, du même coup, lui garantissaient l'anonymat.

Elle n'eut pas besoin de s'interroger longtemps sur ce changement : de toute évidence, Arnault prenait son rôle de seigneur à cœur. Cela faisait un moment que la tâche devait être effectuée, ne serait-ce que pour prévenir les incendies, mais la jeune femme, uniquement préoccupée de ces fiançailles indésirables, l'avait oubliée.

Si elle en était reconnaissante à son « époux », elle ne pouvait réprimer un certain agacement à l'idée que celui-ci avait pris cette décision sans au moins l'en avertir.

Je suis encore maîtresse chez moi ! Et qu'ont fait mes gens ? N'y en avait-il donc aucun pour me prévenir ?

Ils avaient obéi à leur seigneur, le nouvel époux de leur maîtresse, comprit-elle. Et si elle s'était montrée trop hardie, avec son stratagème ? Et si, pour éviter d'épouser un homme dont elle ne voulait pas, cherchant à préserver sa liberté, elle s'était livrée corps et biens à un autre ?

Une sueur froide lui parcourut l'échine.

Arnault serait incapable d'une telle duplicité, tenta-t-elle de se rassurer.

Vraiment ? lui souffla une petite voix.

Troublée, elle pressa le pas, les yeux rivés au sol, plongée dans de désagréables réflexions. Ce fut ainsi qu'elle faillit se heurter à Ghislain, qui s'était adossé à la palissade.

Le jeune homme se redressa immédiatement à son arrivée.

— Pardonnez-moi, ma dame, je me croyais seul.

— Tu es tout pardonné, je songeais à mon époux, répondit-elle en se forçant à sourire.

Autant donner à son entourage ce qu'il attendait d'elle : la félicité conjugale, et la sécurité procurée par un nouveau seigneur.

Pourtant, le soldat se rembrunit et se contenta de hocher la tête. Interloquée, Adélaïde l'observa un peu plus attentivement. Il était vêtu d'une simple chemise, plaquée sur son torse par la sueur, les épaules légèrement voûtées. Chose rare, il était tête nue, et ses courts cheveux blonds étaient en bataille, comme s'il avait dû fournir un effort important…

— Je gage que l'entraînement a été difficile ? reprit-elle d'un ton amical.

Ghislain tressaillit, avant de nier farouchement.

— Pas du tout, ma dame, c'est juste que…

Il s'interrompit, visiblement mal à l'aise. Se remémorant les échanges dans la chambre des dames, elle compléta :

— C'est que l'arrivée d'un nouveau seigneur et de son escorte qui décident de reprendre la garnison en main ne plaît pas à tout le monde.

Il se passa une main sur le visage, et Adélaïde songea qu'elle le plaçait dans une situation impossible : critiquer son seigneur ou mentir à sa dame. Elle décida de changer de sujet.

— J'ai parlé avec Nanette tantôt. Je pense qu'elle se languit de toi.

Ce n'était pas tout à fait vrai, mais nécessité faisait loi. Adélaïde révisa pourtant bien vite son jugement en voyant la figure de Ghislain s'allonger.

— Dame, elle se sera montrée fausse. Elle n'a d'yeux que pour le valet de votre époux.

La jeune femme se mordit la lèvre. Ce n'était vraiment pas l'issue qu'elle avait escomptée. Devant elle, le soldat paraissait tellement désemparé qu'elle ne put réprimer un geste amical. Lui serrant la main, elle commenta d'une voix douce :

— Le chemin est semé d'embûches, mais je suis certaine que tout ira pour le mieux. Laisse-lui le temps de se lasser de la nouveauté…

Il la dévisagea, plein d'espoir.

— Vous croyez ?

Comme elle allait acquiescer avec toute la conviction dont elle était capable, une voix s'éleva non loin d'eux.

— Ghislain, je ne prends pas la peine de t'entraîner pour que tu contes fleurette à ma dame ! Va donc remettre ton équipement.

Adélaïde se retourna d'un bloc.

— Arnault ! Que fais-tu ici ?

Un pli dur barrait la bouche du chevalier, tandis

que Ghislain pâlissait puis rougissait, en proie à des sentiments mêlés. Être surpris seul en compagnie de la femme de son seigneur pouvait lui causer bien du tort.

— Je suis à la recherche d'un de mes soldats, qui devrait être dans la cour à s'exercer, et non se cacher dans un recoin avec mon épouse, tança-t-il vertement.

D'un coup d'œil impérieux, il renvoya l'intéressé, avant d'aviser la jeune femme.

— Quant à vous, mon épouse, je souhaiterais davantage de considération de votre part.

Il avait prononcé ce mot d'un ton sarcastique qui agaça Adélaïde.

— Que te prend-il de me parler sur ce ton ? Te voilà bien placé pour me faire des reproches ! Ce domaine est mon fief, même si nous sommes censément « mariés » ! De quel droit interviens-tu sans même m'en parler ?

Il la regarda comme si elle l'avait frappé, et elle en éprouva presque du remords, mais elle était trop... trop frustrée par cette intimité qu'elle désirait tout en la redoutant, trop bouleversée pour réfléchir posément, trop irritée de voir ses propres faiblesses soulignées par les agissements d'Arnault.

Emportée par plusieurs jours de rancœur et d'angoisses contenues, elle explosa :

— Et que dire de notre relation ? C'est à peine si je te vois ! Comptes-tu ensuite badiner avec mes servantes ?

Adélaïde avait conscience d'aller trop loin et de se montrer à la fois injuste et irrationnelle. Mais c'était plus fort qu'elle. À bout de souffle, elle se tut, attendant et redoutant la réaction d'Arnault.

Ce dernier croisa les bras et pencha la tête comme pour l'examiner. Elle remarqua les reflets dorés dans ses cheveux que soulignait le soleil, l'éclat bleuté de ses prunelles, le hâle de sa peau qui soulignait ses traits virils…

Dire que je lui suis indifférente ! songea-t-elle, pleine de regrets. Mais, dans le même temps, elle savait que cela valait mieux pour eux. Il faudrait réprimer ses propres émois, les oublier.

Arnault avait cessé de l'observer. Il se retourna et, d'une voix forte, ordonna :

— Ganelon, mon cheval !

Adélaïde en était stupéfaite. Ainsi, il mettait fin à leur confrontation avant même que celle-ci débute pour de bon !

— Tu n'as rien à me répondre ? lança-t-elle, partagée entre le regret et la colère.

— Bien au contraire, rétorqua-t-il sans se montrer plus disert.

Puis il la prit par le coude et l'entraîna.

— Viens, lui enjoignit-il.

Abasourdie, elle envisagea de résister, de trépigner, mais se laissa faire. À quoi bon faire une scène devant tout le monde, alors qu'il était évident que l'on guettait leurs moindres faits et gestes ? La jeune femme raidit le dos et leva le menton, avançant d'un pas lent, regardant droit devant elle. Du coin de l'œil, elle crut discerner un sourire qui effleurait les lèvres d'Arnault, mais s'interdit de tourner la tête pour vérifier.

Un silence irréel planait sur la cour, et elle dut résister à l'envie de fuir à toutes jambes. Elle avait raison, tous les observaient. Si elle était habituée depuis sa plus tendre enfance à ce genre d'attentions, celle-ci lui pesait lourdement alors qu'elle aurait voulu être seule pour s'expliquer avec son compagnon.

Ce dernier paraissait insensible à ses tourments

intérieurs. Ils arrivèrent enfin à hauteur de Ganelon, qui tenait le cheval d'Arnault par la bride.

— Et, à présent, que suis-je censée faire ? Te souhaiter bonne route et te saluer d'un baiser ?

Arnault écarquilla légèrement les yeux, et elle se mordit la lèvre, gênée de sa témérité. Le feu qui semblait couver jour et nuit en elle se raviva, et elle dut lutter contre les images que sa suggestion avait suscitées.

Mais le chevalier y paraissait insensible. D'un mouvement leste, il se hissa en selle, et, par réflexe, elle recula.

Toutefois, elle n'alla pas bien loin. Arnault se pencha et, avec vivacité, lui saisit la main pour l'attirer à lui.

— À présent, nous partons, souffla-t-il, son visage sévère penché vers le sien.

Un frisson la parcourut. Partir ? Tous les deux ? Mais où ?

— Allons, on nous observe, reprit-il d'un ton impatient.

Pourquoi était-elle si faible ? Adélaïde aurait voulu argumenter, s'opposer à lui, mais sa curiosité et… son désir d'être près de lui eurent raison d'elle. Prenant appui sur le pied du cavalier, elle se hissa devant lui avec son aide.

Sans un mot, il referma un bras autour de sa taille et pressa les flancs de sa monture, qui les emporta.

Chapitre 8

Arnault dissimulait sa colère derrière une feinte froideur qui mobilisait tous ses efforts. Il aurait voulu élever la voix, se répandre en récriminations, mais ce n'était pas une attitude digne de lui et, surtout, digne d'Adélaïde.

Lorsqu'il l'avait aperçue en compagnie de ce jeune soldat à peine couvert d'une chemise, lui serrant la main comme à un ami de cœur, son sang n'avait fait qu'un tour. Tenait-elle à le ridiculiser devant toute la maisonnée en faisant des grâces à ce jouvenceau ?

Et s'il était la véritable raison de son refus de se marier ? C'était peut-être après lui qu'elle soupirait…

Pourquoi était-il incapable de penser clairement en sa présence ? En son absence aussi, fallait-il reconnaître : à Sanxay, tout lui évoquait la maîtresse des lieux, depuis le son de sa voix lorsqu'elle donnait des ordres jusqu'au dévouement des soldats de la garnison et aux plaisanteries des servantes.

Involontairement, il contracta les muscles, plaquant un peu plus la jeune femme contre lui. Elle tenta de se dégager, se contorsionnant, suscitant un délicieux mouvement de friction qui l'échauffa soudain. Et ce parfum de menthe qui semblait monter de sa peau pour le tourmenter !

Le petit trot de son cheval soulevait le voile d'Adélaïde par moments, découvrant sa nuque. Arnault brûlait de l'envie d'y poser les lèvres, de goûter enfin la peau à l'aspect velouté. Mais il n'en avait pas le droit, même si ce désir le tenaillait et le réveillait la nuit.

Sous sa paume, sa compagne s'était raidie, et il se força à relâcher légèrement son étreinte. De toute évidence, contrairement à lui, elle n'appréciait pas cette proximité. Elle se tourna pour lui demander :

— Où m'emmènes-tu ?

— Tu verras bien.

Pour être franc, il ne savait pas exactement lui-même où il les entraînait. Il décida de se fier à son instinct.

Le reste de la chevauchée se déroula dans le silence, la jeune femme refusant de le regarder davantage, toujours raidie devant lui, tandis qu'il s'efforçait d'ignorer les pulsions qui le traversaient. Ils parcoururent près de deux lieues jusqu'à ce qu'il décide brusquement d'arrêter son destrier.

Ils se trouvaient à proximité d'une rivière bordée de quelques arbres qui offraient une ombre bienvenue. L'eau murmurait doucement, le chant des oiseaux se faisait entendre, et ils étaient seuls.

Arnault descendit de son cheval, puis tendit les bras pour aider Adélaïde à en faire autant. Il y eut un instant d'hésitation, d'un côté comme de l'autre, mais elle finit par prendre appui sur ses épaules tandis qu'il la saisissait à la taille et la soulevait avec aisance.

Lorsqu'il la posa à terre, elle chancela, mais reprit l'équilibre avant qu'il puisse l'aider. Puis elle observa les alentours et ouvrit la bouche, poussant une exclamation stupéfaite.

— C'est ici que j'ai vu Amaury pour la dernière fois.

Affolé, Arnault scruta le paysage, et se rendit compte

que son instinct lui avait joué un vilain tour : il se rappelait ce jour où son frère était allé trouver sa promise pour lui faire ses adieux et lui jurer qu'à son retour leur mariage serait célébré. Il avait accompagné son aîné et, au lieu de rebrousser chemin, s'était dissimulé un peu plus loin pour tenter de saisir leur conversation.

Quelle erreur ! Jamais tu ne te déferas du souvenir d'Amaury, jamais elle ne l'oubliera.

Se maudissant, il s'efforça d'atténuer les effets de sa bêtise.

— Je n'ai pas voulu te remémorer des souvenirs douloureux. Je cherchais simplement un endroit à l'écart où nous pourrions discuter sans être importunés.

La jeune femme esquissa un sourire.

— Il avait eu le même dessein : m'entretenir seul à seule. J'avais même cru qu'il chercherait à me dérober un baiser, mais il s'est contenté de me tenir la main, avoua-t-elle en rougissant à ce souvenir.

Alors que lui ne rêvait que de la serrer dans ses bras et de couvrir chaque parcelle de son corps de baisers, songea-t-il, partagé entre le désespoir et le désir. Pour cacher son trouble, il attrapa son cheval par la bride et l'attacha à l'ombre, avant de le débarrasser de sa selle et de le bouchonner avec une poignée d'herbe.

— Puis-je savoir pourquoi tu avais à ce point besoin de nous éloigner du château ? demanda-t-elle au bout d'un moment.

Arnault s'interrompit dans sa tâche mais ne répondit pas immédiatement. Il flatta l'encolure de l'animal et, quand il se retourna, découvrit qu'Adélaïde s'était assise sur une pierre plate et avait ôté ses chaussures et ses bas. Ses pieds trempaient dans la rivière et, pour éviter de la mouiller, elle avait retroussé le bas de sa robe, laissant un soupçon de peau nue visible entre la chainse et la surface de l'eau. Il déglutit avec peine. Cherchait-elle donc à le tourmenter ?

Jetant sa poignée d'herbe, il la rejoignit. Fallait-il s'asseoir à son côté, au risque de trop s'approcher, ou conserver ses distances ? Il choisit finalement de se placer un peu en contrebas, sans lui faire face. La chaleur persistante et les émotions qui l'agitaient lui faisaient contempler la rivière avec envie – que n'aurait-il donné pour s'y plonger !

Sur un coup de tête, il se mit à défaire les attaches de son gambison, cette tunique doublée de crin qu'il portait pour l'entraînement. Il fit de même avec sa tunique et se retrouva en chemise. Absorbée dans la contemplation des reflets sur l'onde, Adélaïde ne lui prêtait aucune attention. Songeait-elle encore aux adieux d'Amaury ?

Elle a surtout davantage de jugement que toi ! Souviens-toi que tu lui dois des explications.

— Nous sommes sans cesse épiés, au château. C'était à prévoir, mais il n'est pas aisé de parler quand chacun croit deviner les mots que nous échangeons.

— Quel est donc ce sujet si grave ? reprit-elle d'un ton lointain, comme si elle était perdue dans ses pensées.

— Notre mariage, bien entendu ! Ou plutôt notre prétendu mariage.

Cela parut la tirer de sa rêverie. Elle l'avisa enfin, et marqua un temps d'arrêt en le voyant, le détaillant lentement. Son apparence ne sembla d'abord pas l'émouvoir, mais elle écarquilla les yeux et plissa les paupières avant de se détourner.

— Eh bien, notre mariage ? le pressa-t-elle.

— Rappelle-toi que nous devons être au-dessus de tout soupçon et ne pas prêter le flanc aux critiques. La position dans laquelle je t'ai surprise…

— Je te demande pardon ? s'emporta-t-elle en se mettant vivement debout.

Ses pieds nus et humides laissaient des traces sur la pierre, mais elle ne le remarqua pas.

— Adélaïde, reprit-il d'un ton qu'il voulait conciliant. Tu dois bien te rendre compte à quel point il était compromettant pour ta réputation de te retrouver en tête à tête avec ce soldat…

— Ghislain, rétorqua-t-elle d'un ton sec, et il se crispa.

— Ghislain, si tu veux. Quoi qu'il en soit, tes gens font déjà des gorges chaudes de notre vie conjugale, que vont-ils croire après ce triste épisode ?

— Cela ne les concerne pas !

— Au contraire, cela les concerne directement.

La jeune femme se figea un instant, comme pour mesurer ses propos.

— Peut-être croiront-ils la vérité ! Ghislain a l'humeur triste ces jours-ci, et il est de mon devoir de dame de m'enquérir de sa santé.

— Sa santé ? En lui prenant la main et en le guignant ? lança-t-il en s'étranglant.

— Moi, le guigner ? Mais pour qui me prends-tu ? Crois-tu que je n'aie jamais vu d'homme en chemise, ou même à demi nu, lors des travaux aux champs, l'été ? Je ne suis pas une de ces fragiles demoiselles qui n'ont jamais vu que la cour !

Arnault avança d'un pas, puis d'un autre. Elle ne bougea pas, se contentant de lever le menton.

— Tiens, il était aussi vêtu que toi, et tu n'as guère montré de vergogne à te débarrasser de tes vêtements, tantôt.

— Je suis ton époux, Adélaïde, j'en ai le droit.

— Quant à moi, j'ai le devoir de satisfaire mon époux, c'est cela ? s'écria-t-elle avec hargne.

Comment en étaient-ils arrivés là ? Il n'avait pas souhaité cela. Il voulait avoir une discussion posée avec sa protégée, lui réexpliquer que son attitude était scrutée par tous…

La jalousie l'étouffait, comprit-il soudain. Il avait toutes les peines du monde à se tenir éloigné d'Adélaïde, et la première fois qu'il l'apercevait en la croyant seule, où il voulait en profiter pour s'enquérir d'elle seul à seule, il la découvrait presque dans les bras d'un autre ! La morsure au cœur qu'il avait éprouvée en la voyant pleine de sollicitude envers Ghislain alors qu'elle se montrait distante avec lui l'avait cruellement blessé.

Se passant une main sur le visage, il tenta de se reprendre, d'apaiser la tension entre eux. Mais elle ne lui en laissa pas le temps. Emportée par son indignation, la jeune femme s'écria tout en effaçant la distance entre eux :

— Je ne me laisserai pas dicter ma conduite !

Elle ponctua cette affirmation d'une bourrade, posant les paumes à plat sur son torse pour le repousser.

Arnault ne recula pas. Sans réfléchir, il lui saisit les poignets d'une main et glissa l'autre bras autour des épaules d'Adélaïde, la pressant contre lui. Ils se dévisagèrent quelques secondes, leurs souffles se mêlant. Il sonda son regard : s'il y avait eu la moindre trace de peur dans ses prunelles, il l'aurait immédiatement lâchée. Mais il n'y décela que de la chaleur et un soupçon de défi.

La tentation était trop grande. Baissant la tête, il pressa les lèvres sur celles de sa compagne.

Plaquée contre Arnault, Adélaïde avait l'impression de suffoquer tandis que son cœur enflait. Était-il vraiment en train de l'embrasser ? Elle n'osait y croire. Cela faisait des jours que son corps se languissait de la présence du chevalier, qu'elle revivait chaque nuit les brefs contacts qu'ils avaient eus, et voilà qu'il lui donnait enfin ce qu'elle avait désiré ?

Le bras qui lui enserrait les épaules glissa au milieu de son dos, la paume remontant sous son voile. Lorsqu'il toucha sa nuque et glissa les doigts à la base de ses tresses, ce fut comme si la foudre l'avait frappée.

Mais cela ne voulait pas dire qu'elle demeurait figée et passive. Au moment où elle sentit la pression des lèvres d'Arnault diminuer, elle se hissa sur la pointe des pieds pour ne pas interrompre ce baiser. C'était sans doute la seule étreinte qu'ils partageraient, et elle ne voulait rien en perdre.

Libérant ses poignets, elle lui passa les bras autour du cou, pendant qu'il lui caressait le flanc, faisant naître des frissons incoercibles. Elle était émue, une boule se formant au fond de sa gorge. Soudain, elle comprenait pourquoi ses servantes ne cessaient de parler de leurs amis, et pourquoi l'Église proscrivait les comportements lascifs…

Cette pensée aurait dû calmer son ardeur, mais Arnault insinua alors les doigts sous les lacets de sa cotte, réveillant d'autres sensations, plus anciennes mais tout aussi brûlantes. Le souvenir d'une caresse similaire la fit doucement gémir, et son compagnon resserra davantage son étreinte.

Sous ses paumes, elle sentait les muscles durs de ses épaules, la chaleur de sa peau au travers du lin de sa chemise. Enhardie, elle passa les doigts dans ses mèches brunes, presque surprise de les trouver semblables aux siens. Mais elle caressa ensuite la joue rugueuse, arrachant un grognement guttural à son époux.

À son tour, avec des précautions infinies comme s'il craignait qu'elle prenne la fuite, il prit son visage en coupe dans ses mains. Submergée par l'intimité de ce geste, Adélaïde s'interrompit un instant, plongeant dans le regard bleu. Malgré le désir évident dans ses iris, Arnault paraissait tout à fait maître de lui, ce qui la troubla profondément.

Et si tout ceci n'était qu'une farce, un moyen de détourner sa colère ? Pouvait-on feindre la passion ?

Mais Arnault reprit leur étreinte, effaçant pour le moment ses pensées encombrantes. Il se montrait plus pressant, et elle sentait monter en elle une faim inconnue.

Soudain, un bruit de tissu déchiré la fit tressaillir. Dans sa précipitation, le chevalier avait agrippé son voile et, tirant dessus, l'avait arraché à ses épingles, la laissant tête nue.

Paniquée, Adélaïde leva la main comme pour protéger ses cheveux des regards. Certes, il en avait déjà eu un aperçu, mais bref et dans la pénombre du couvent, pas en plein jour comme maintenant. Jamais une femme n'aurait osé se présenter ainsi, à part dans l'intimité la plus étroite avec un époux…

Mais il est ton époux ! Et vous étiez plutôt intimes il y a quelques instants à peine.

C'était là que le bât blessait. Ils n'étaient pas censés se rapprocher. Elle n'aurait pas dû céder à sa curiosité.

D'une main tremblante, elle saisit le voile qu'Arnault avait ramassé et lui tendait, puis s'efforça de le rajuster de son mieux. Elle fixa les épingles à tâtons, priant pour qu'on ne remarque pas le désordre de sa tenue, qui ferait forcément jaser.

Ils ne se lâchaient pas des yeux, le souffle court, le sang aux joues. Le chevalier pencha la tête, et elle crut qu'il allait reprendre là où ils s'étaient interrompus, désirant et redoutant à la fois cette possibilité.

Toutefois, il se contenta d'appuyer le front contre le sien, lui tenant les avant-bras. Paupières fermées, il prit une profonde inspiration, et elle l'imita. Immédiatement, elle fut submergée par son odeur, qui raviva les sensations de leur baiser. Mais c'étaient là de dangereux souvenirs.

— C'était..., finit-il par dire, avant de s'interrompre, comme à court de mots.

Sentant qu'elle pouvait une fois encore céder à la tentation, Adélaïde se força à être raisonnable. Il fallait couper court à cette folie avant qu'elle ne les emporte. Se redressant, elle lâcha son compagnon et recula d'un pas, avant de compléter :

— Une erreur. C'était une erreur, bien entendu.

Une erreur merveilleuse, bouleversante. Mais une erreur tout de même.

Arnault avait-il l'air peiné ? Elle devait se méprendre car, très vite, il retrouva son calme. Lui tournant le dos, il entreprit de ramasser sa tunique, tout en lui lançant :

— Tu devrais remettre tes chaussures, il faut rentrer.

Bien qu'elle soit persuadée d'avoir pris la bonne décision, Adélaïde était blessée de sa froideur. De toute évidence, cette étreinte ne l'avait guère affecté, alors qu'elle-même était encore tremblante.

Serrant les dents, elle se rhabilla, décidée à ne plus jamais tomber dans le piège du désir.

Que penser, que croire ? Arnault était tourmenté, il ne savait plus comment se comporter envers sa prétendue épouse.

Dès l'instant où il avait commencé ce baiser, il avait su qu'il commettait une grave erreur, mais la réaction passionnée d'Adélaïde avait balayé ses scrupules. Il était tel un assoiffé s'abreuvant à une source d'eau pure, incapable d'étancher sa soif et de mesurer ses ardeurs.

Pourtant, alors que ces quelques instants d'intimité troublante l'avaient bouleversé, sa compagne paraissait maîtresse d'elle-même. Fallait-il comprendre par là qu'elle avait agi par simple curiosité ?

Il ne devait pas oublier qu'Amaury l'avait déjà amenée ici ! C'était peut-être son frère qu'elle cherchait dans ses bras.

Cette idée lui poignit vivement le cœur. Jamais il ne pourrait être à la hauteur de cet aîné dont l'ombre planait sur eux – d'ailleurs, il était le seul à blâmer pour sa souffrance. N'avait-il pas accepté de tremper dans le stratagème de la jeune femme ? N'était-il pas à l'origine de leur baiser ?

Avec un soupir, Arnault se remit en selle et aida Adélaïde à prendre place. Son voile lui frôlait le menton, évoquant l'instant où il l'avait vue tête nue, vulnérable et offerte à son regard.

Dis plutôt à ta concupiscence !

Heureusement qu'elle lui tournait le dos et semblait décidée à ne rien dire, car il piqua un fard comme un jouvenceau dépourvu d'expérience.

Alors qu'il avait pressé son cheval pour quitter Sanxay, il laissa l'animal aller au pas, peu désireux de retrouver la foule du château, les coups d'œil inquisiteurs, les allusions à peine voilées et les plaisanteries grasses. Il s'attendait à un trajet silencieux et interminable mais, après un quart de lieue, Adélaïde prit la parole sans se retourner :

— Je me suis emportée pour de mauvaises raisons : je sais que tu accomplis les tâches dévolues à mon époux. Mais je te serais reconnaissante de m'en tenir avisée.

Lui tendait-elle un rameau d'olivier ? Si elle arrivait à ignorer la folie qui les avait saisis, il devait être capable d'en faire autant. Parler de la vie au château, discuter des affaires du domaine, voilà qui était à sa portée.

Ils conversaient encore lorsqu'ils franchirent les portes

une heure plus tard. S'il était soulagé d'avoir rétabli des relations normales avec la jeune femme, Arnault détesta les regards entendus que leur valut la tenue froissée de sa compagne. Car, s'il avait fait la paix avec son épouse, il avait désormais l'assurance de passer quelques nuits solitaires et déplaisantes.

Chapitre 9

Agenouillée sur les dalles fraîches de l'oratoire, mains jointes, yeux fermés, Béatrice s'efforçait de prier, en vain. Elle s'était éclipsée peu avant l'aube, dans l'espoir de ne croiser personne et d'apaiser son tourment.

Mais à présent qu'elle était seule, dans ce silence d'ordinaire apaisant, elle avait beau réciter sans y réfléchir les mots consacrés, elle n'éprouvait aucun soulagement. Elle était absorbée par un tourbillon de pensées dont elle n'arrivait pas à s'extirper.

Un bruit de pas la fit sursauter. Le père Ogier se tenait devant elle, une expression de surprise sur le visage. Depuis bientôt huit jours qu'il avait fait un esclandre à propos des noces de sa cousine, personne n'était venu se recueillir ici, hormis le dimanche. À leur façon, les membres de la maisonnée lui avaient fait savoir qu'ils soutenaient leur dame et son nouveau seigneur.

— Qu'y a-t-il, mon enfant ? As-tu besoin de te confesser ?

Elle ouvrit la bouche mais la referma aussitôt.

Oui. Non !

Comment avouer l'angoisse qui lui dévorait l'âme ? Elle avait tellement honte…

Sentant les larmes lui monter aux yeux, la jeune

fille esquissa un signe de dénégation, et fit mine de se replonger dans ses oraisons. Le prêtre poussa un soupir mais n'insista pas, sans doute pour ne pas perdre son unique ouaille.

Béatrice avait perdu toute joie de vivre depuis l'arrivée du seigneur de Neuville, dont elle était tombée profondément amoureuse. Elle avait certes tout de suite été frappée par sa prestance, la noblesse de ses manières, sa droiture. Mais elle avait surtout succombé à sa bienveillance et à sa façon de la considérer comme une personne à part entière.

Depuis longtemps, sa beauté la poursuivait comme une malédiction : attirant la concupiscence des uns, suscitant la jalousie des autres... Elle ne se faisait ainsi guère d'illusions sur les raisons qui avaient poussé la nouvelle épouse de son père à la faire envoyer à Sanxay. Pourtant, le chevalier la voyait comme un être à part entière : il ne s'était permis aucune familiarité, la traitait avec amabilité, peut-être même avec affection, et ne manquait jamais de s'enquérir d'elle.

Toutefois, cette aimable courtoisie qui lui avait tout d'abord tant plu lui avait rapidement pesé. La jeune fille était dans la confidence et savait que le mariage d'Arnault et de sa cousine n'en était pas vraiment un. Et elle ne pouvait se défendre de prier, d'espérer que peut-être... Peut-être le nouveau seigneur trouverait en elle une meilleure épouse qu'Adélaïde. Après tout, cette dernière ne semblait guère empressée auprès de son mari.

Cette simple idée l'avait bouleversée. Toute sa vie, on lui avait enseigné à ne pas convoiter ce qui n'était pas sien, et à ne pas nourrir de concupiscence, et voilà que ces deux sentiments avaient fait irruption dans son existence ! Elle s'était donc repliée sur elle-même dans l'espoir d'étouffer ces passions… Elle pensait même y être parvenue.

Malheureusement, son affliction avait augmenté depuis que le couple avait disparu tout un après-midi. Les commérages étaient allés bon train, certains allant jusqu'à compter le nombre de lunes jusqu'à la naissance d'un éventuel héritier. Ces grivoiseries, ainsi que l'entente nouvelle entre sa cousine et le chevalier, lui avaient fendu le cœur.

Le pire était survenu la nuit suivante. Adélaïde ne cessait de se retourner dans le lit qu'elles partageaient, et elle-même ne trouvait pas le sommeil. Lassée, et peut-être poussée par une curiosité douloureuse, elle avait fini par interroger sa cousine.

— Que t'arrive-t-il ? Ton seigneur aurait-il fait ou dit quelque chose qui te déplaît ?

— Pourquoi cette question ? avait rétorqué la jeune femme, sur la défensive.

— Votre escapade n'a échappé à personne au château. Et tu sembles avoir l'esprit ailleurs, depuis votre retour.

Dans l'obscurité, elle ne pouvait pas discerner le visage de sa compagne, mais son silence prolongé était révélateur.

— Il m'a embrassée, avait fini par avouer Adélaïde dans un souffle.

Comment décrire la stupéfaction, le sentiment de trahison, la douleur qu'elle avait alors éprouvée ? Le souffle coupé, Béatrice avait eu l'impression d'être frappée au cœur, et s'était recroquevillée. Toutefois, son épreuve ne s'était pas arrêtée là, car sa cousine, sans doute libérée par l'aveu, lui avait raconté toute l'aventure, insistant sur le trouble des sens et sur les profondes interrogations qui la minaient.

— Tu comprends, avait-elle expliqué. Nous ne devons

pas nous rapprocher de la sorte, sans quoi, jamais nous ne pourrons dissoudre cette union !

Non, elle n'était pas certaine de comprendre. Mais la jeune fille s'était raccrochée à l'interdit que sa cousine s'était imposé. Serrant la main d'Adélaïde avec force, elle avait répondu d'un ton neutre :

— Alors il faut demeurer sur tes gardes. Tu peux, tu dois te montrer cordiale avec lui, mais ne lui accorde rien de plus.

— Je ne lui ai rien accordé, avait faiblement protesté sa compagne, même si Béatrice en doutait fortement. Néanmoins, tu as raison, et je tâcherai d'agir selon ton conseil.

Sur ce, sa cousine avait fini par s'endormir, la laissant en proie à une angoisse inconnue, qui ne cessait de la ronger depuis. Elle n'avait pu trouver le sommeil et s'était imaginé recevoir ce fameux baiser du chevalier, et en avait frémi.

Béatrice était jalouse ! Elle aurait tant voulu être celle qu'Arnault avait distinguée… Car elle ferait une meilleure épouse qu'Adélaïde, elle en était convaincue. Jamais elle ne se montrerait aussi revêche et entêtée.

Un coup de tonnerre la fit sursauter et revenir à la réalité. Il faisait très sombre dans l'oratoire, et le père Ogier était revenu près d'elle.

— Mon enfant, ta piété t'honore, mais tu devrais te hâter de regagner le logis : un violent orage s'annonce.

Comme pour souligner ses propos, un éclair illumina le ciel et la pluie commença à tomber. La jeune fille frissonna et obtempéra, traversant la cour en hâte.

Cela faisait plusieurs heures qu'il pleuvait sans discontinuer, et Adélaïde sentait monter l'inquiétude.

Au matin, chacun avait vaqué à ses occupations, les femmes étaient demeurées aux cuisines ou à l'étage, tandis qu'Arnault emmenait les hommes jeunes et robustes cureter les fossés et creuser des tranchées pour éviter que les maisons soient submergées.

Mais la mi-journée était passée et la pluie ne semblait pas vouloir se calmer. Si cela ne cessait pas bientôt, les récoltes allaient en pâtir, et tout le domaine avec !

Une sourde anxiété s'était répandue dans l'enceinte, les uns demeurant confinés chez eux, les autres occupant la salle commune, n'osant parler haut, guettant les humeurs du ciel. Elle-même se rongeait les sangs en attendant de pouvoir aller constater les dégâts. Car il y en aurait, elle ne se leurrait pas.

Être contrainte à l'inaction lui déplaisait fortement. Depuis bientôt cinq jours qu'Arnault et elle s'étaient embrassés, elle s'était toujours efforcée de s'occuper pour ne pas trop réfléchir à ces instants d'intimité. Et voilà qu'elle ne pouvait ni sortir ni s'isoler. Harcelée par des souvenirs aux moments les plus inopportuns, elle faisait de son mieux pour les réprimer, et y parvenait assez bien. Mais cette journée qui n'en finissait pas menaçait de faire voler en éclats ce fragile équilibre.

Elle devait trouver une activité, si possible à l'écart, au plus vite. Ruminant ces réflexions, elle passa de nouveau en revue tous les détails qu'il faudrait vérifier après l'intempérie, lorsqu'une pensée lui traversa l'esprit.

La garance !

Son père avait fait l'acquisition à prix fort de semences de cette plante tinctoriale trois ans plus tôt, dans l'espoir d'en tirer la couleur rouge si prisée des nobles – et, pour cette première tentative, l'ancien seigneur avait préféré confier les précieuses plantes à sa fille, dont les talents d'herboriste étaient connus. Celle-ci avait choisi de placer ces végétaux rares dans le jardin de simples accolé au logis. La récolte des racines était prévue pour dans un mois... À condition que celles-ci ne pourrissent pas sous ce déluge. Il fallait impérativement évacuer l'eau qui devait imprégner la terre.

La gorge nouée, la jeune femme comprit qu'il lui fallait aller voir immédiatement ce qu'il en était. Oui, elle aurait pu confier cette tâche ingrate à quelqu'un d'autre, comme Isabeau, mais elle éprouvait une culpabilité lancinante à l'idée d'avoir négligé son devoir, comme si elle avait parjuré un serment fait à son père. Et, sous le déluge, elle n'imaginerait plus les mains d'Arnault sur sa taille...

Toutefois, elle ne pouvait pas sortir dans cette tenue, sans quoi elle serait trempée avant même d'avoir atteint le carré de garance. En hâte, elle gravit l'escalier et entreprit de changer de robe, en choisissant une plus robuste, qui la gênerait moins dans ses mouvements. Elle ôta son voile et noua un linge autour de sa tête, à la façon des femmes du commun.

Comme elle allait redescendre pour gagner le jardin, elle entendit qu'on toquait à la porte de sa chambre. S'apprêtant à congédier sa cousine ou Isabeau, elle fut stupéfaite de découvrir Arnault sur le seuil.

Ce dernier avait les cheveux humides mais portait une tunique propre. Elle ne l'avait pas entendu monter – dire qu'ils s'étaient changés en même temps ! Adélaïde déglutit avec difficulté en l'imaginant en chemise... ou sans.

— Que fais-tu ici ? Je te croyais avec la garnison.

— Nous avons fini, et les hommes ont bien mérité un peu de repos au sec et à l'abri. Béatrice leur a fait servir du vin et des fruits. Je devrais te retourner la question : pourquoi as-tu l'air de vouloir sortir alors que le ciel se déchaîne ?

Ils avaient beau avoir conclu une sorte de trêve, elle n'allait pas lui demander la permission pour tout – d'autant qu'il allait essayer de la dissuader, elle en était certaine.

— Cela me regarde, rétorqua-t-elle avec un peu d'humeur.

Arnault entra dans la pièce et s'arrêta à deux pas d'elle.

— Non, cela me regarde aussi. Je me suis engagé à te protéger, et j'avoue que te voir mettre ta santé en péril ne me réjouit pas. Comment t'occuperas-tu de ton domaine et de tes gens si tu es clouée au lit par la fièvre ?

Elle se mordit la lèvre. Il n'avait pas tort…

Rappelle-toi, tu voulais sortir pour l'éviter.

Pourquoi n'arrivait-elle plus à réfléchir normalement dès qu'Arnault se trouvait près d'elle ? À cet instant, il était assez proche pour qu'elle perçoive son odeur à chaque inspiration, sente la chaleur émaner de son corps, soit transpercée par son regard bleu qui la scrutait sans gêne… Mais trop loin pour qu'elle puisse le toucher, assouvir la faim qui la dévorait dès qu'elle passait quelques instants avec lui.

Depuis leur escapade, elle veillait à n'être jamais seule en sa compagnie, ce qui ne l'empêchait pas de revivre leur baiser chaque nuit. Un baiser si vivace dans sa mémoire que plus jamais elle n'associerait le bord de la rivière avec Amaury.

Elle avait cru un temps se défaire de ce poids en racontant toute l'affaire à Béatrice, mais cette simple évocation avait fait resurgir la passion de leur étreinte. En outre, sa cousine condamnait clairement son comportement, et lui adressait à peine la parole.

— Adélaïde, réponds-moi, je t'en prie, insista-t-il.

Pourquoi fallait-il qu'il se montre aussi courtois ? Ne

pouvait-il, au moins une fois, se comporter comme une brute, et lui donner la force de renoncer à son attirance ?

Sans s'en rendre compte, elle se mit à observer sa bouche, se demandant si ses lèvres seraient aussi douces et fermes que dans son souvenir. S'ils devaient de nouveau s'embrasser, serait-il exigeant ou séducteur ?

Un frisson la parcourut. Son esprit s'aventurait sur un chemin particulièrement dangereux. Trop émue pour parler sans se trahir, elle se contenta de lui décocher un regard noir en gagnant la porte.

Au moment où elle le dépassait, Arnault la saisit par le poignet pour l'obliger à lui faire face.

— Adélaïde, il suffit ! Tes petits jeux commencent à m'agacer. Nous nous sommes entendus l'autre jour, il me semble.

L'autre jour ! Elle en tremblait rien que d'y penser.

— Justement, non ! contra-t-elle. Nous n'avons rien décidé ; tu sembles t'être déterminé à faire comme si de rien n'était.

La jeune femme se mordit la lèvre. Ce n'était pas exactement ce qu'elle avait envisagé de dire. Arnault plissa les yeux.

— Tu aurais voulu des excuses ? J'ai cru que tu préférerais oublier cet incident.

Elle ferma brièvement les paupières : elle s'était piégée toute seule.

— Je n'arrive pas à l'oublier, murmura-t-elle, presque malgré elle.

Dieu, que cette femme était exaspérante ! Chaque fois qu'il pensait l'avoir cernée, avoir saisi la façon dont elle réfléchissait, elle le déroutait. Dire qu'il était convaincu depuis leur étreinte qu'il lui était indifférent ou, à tout le moins, que l'incident n'avait eu aucune influence sur elle.

Ainsi qu'il l'avait pressenti, Arnault était tourmenté par le souvenir de leur baiser, et s'était plus d'une fois réveillé en proie à un rêve immoral dont Adélaïde était la protagoniste. Il avait tenté de se débarrasser de sa frustration en s'épuisant, mais à Sanxay il était impossible d'échapper à la jeune femme.

C'était encore pire à présent qu'il la touchait, alors qu'il s'était formellement interdit de recommencer. Il la sentait trembler dans sa main, sans pouvoir la lâcher. Mais était-ce de la peur ? En sondant son regard, il eut l'impression d'y déceler un désir hésitant.

Et cet aveu qui le mettait sur des charbons ardents ! N'arrivait-elle pas à oublier parce que ce souvenir était désagréable et impur, ou parce que, comme lui, elle brûlait d'envie de recommencer ?

Rien qu'un pas, rien qu'un geste… Pouvoir l'effleurer, lui caresser la joue, retrouver le velouté de sa peau sous ses doigts, la tiédeur de son souffle mêlé au sien… La tentation était si forte qu'il dut serrer les dents et bander les muscles pour rester immobile.

Un soudain éclat se mit à briller dans les prunelles d'Adélaïde, qui souffla :

— Ce n'est pas bien… Je ne devrais pas te pousser ainsi à bout alors que tu ne cherches qu'à m'aider. Je sais bien que c'est ton devoir envers Amaury qui t'anime.

Elle esquissa un sourire qui ne montait pas jusqu'à ses yeux.

Arnault en eut le souffle coupé. Elle croyait donc que seul l'honneur familial le poussait à agir ? Alors même qu'il l'avait embrassée à en perdre haleine ?

Belle notion de l'honneur…

Il la lâcha comme s'il venait de se brûler, et regretta immédiatement le contact physique avec la jeune femme. Cette dernière pressa son poignet contre sa poitrine, et il se prit à rêver que c'était sa paume qui se trouvait là, nichée entre ses seins.

Il suffit ! s'admonesta-t-il.

Sans s'en rendre compte, il s'était encore rapproché d'elle. Il n'était plus qu'à un pas, et elle le dévisageait, non avec cet air défiant qu'il lui connaissait bien, mais dans l'expectative, attendant sa prochaine décision.

D'aussi près, dans cette immobilité presque parfaite, il pouvait s'attarder sur les détails. Ses iris noisette étaient rehaussés d'éclats mordorés, frangés de longs cils. Sa coiffe dissimulait ses tresses mais laissait le cou et le menton dégagés, invitant à la caresse. Elle serrait les poings, comme pour se retenir de faire quelque chose… ou réprimer sa colère.

N'y tenant plus, il tendit le bras, les yeux rivés aux siens, pour la toucher, ne serait-ce qu'une fois…

Un toussotement se fit entendre dans la pièce voisine, et tous deux tressaillirent. Le feu aux joues, Adélaïde recula de quelques pas, refermant les bras autour d'elle.

— Qui est là ? lança-t-elle.

Arnault était désemparé, déboussolé. S'il n'avait pas su que son comportement susciterait les commérages, il se serait précipité dehors pour apaiser ses ardeurs et retrouver son calme.

Ou bien il aurait fermé la porte au nez de l'importun et se serait empressé de séduire la jeune femme.

— C'est moi, Béatrice, répondit une voix étouffée.

Seigneur, ils avaient failli être découverts par la pupille d'Adélaïde. Heureusement que celle-ci avait eu la présence d'esprit de s'annoncer.

— Nous avons reçu de mauvaises nouvelles, reprit-elle. La chaumine que Landry occupe avec sa famille est envahie par les eaux, et on ignore où ils sont.

— Il faut aller les aider ! s'écria Adélaïde, sa voix le ramenant à la raison.

Au diable ses états d'âme et son désir pour la jeune femme. Des vies étaient en jeu.

— Dis à Ganelon de faire seller mon cheval, je m'y rends sur-le-champ, ordonna-t-il.

Chapitre 10

Adélaïde ne prit pas la peine de demander la permission d'accompagner les hommes. Elle emboîta le pas à Arnault, soulagée de s'être changée, et se précipita dans la salle commune. Là, elle alpagua un palefrenier :

— Fais préparer ma monture, ordonna-t-elle d'un ton qui ne souffrait pas de réplique, avant de sortir dans la cour.

La pluie s'était muée en légère bruine, le ciel se dégageait peu à peu, mais il faudrait plusieurs jours avant que tout sèche. Quoi qu'il en soit, la priorité était de retrouver la famille disparue.

— Tu devrais retourner te mettre à l'abri, lui lança Arnault, qui venait de remarquer sa présence.

Comment pouvait-il se montrer aussi froid et détaché alors qu'il était sur le point de l'embrasser quelques instants plus tôt ? Le cœur de la jeune femme se serra. Pendant leur tête-à-tête, elle avait avoué sa faiblesse, le tourment délicieux de leur étreinte, mais en vain.

— Ils sont sous ma responsabilité, je leur dois assistance et protection. J'irai, que tu le veuilles ou non ! s'exclama-t-elle avec hargne.

Elle se mordit la lèvre, stupéfaite de sa propre attitude,

tandis que son compagnon écarquillait les yeux. Le désir et la frustration la rendaient mauvaise.

— Bien entendu, répondit Arnault d'un ton neutre assorti d'un bref hochement de tête.

Puis il se désintéressa tout à fait d'elle, tandis qu'Adélaïde bouillonnait intérieurement.

Regarde-moi, parle-moi !

Elle était pitoyable, songea-t-elle. Depuis la mort de son père et d'Amaury, elle était indépendante, de corps et d'esprit. Or, avec l'arrivée d'Arnault, c'était comme si elle avait constamment besoin de s'assurer de lui, de sa présence, de son regard.

Adélaïde avait besoin de lui. Et cela ne lui plaisait pas du tout.

Étouffant ses sentiments, elle se hissa en selle avec l'aide du palefrenier. Tout plutôt que de laisser Arnault la toucher ; elle n'était pas certaine d'avoir assez de maîtrise d'elle-même pour supporter l'épreuve.

— Prends ceci, mon enfant. Ce pourra être utile.

Isabeau lui tendit une besace en toile remplie de linges et de remèdes – distribuer les secours était le rôle d'Adélaïde, et elle l'exerçait en général avec talent. Elle aurait dû y penser elle-même, mais elle était trop désorientée par l'attitude d'Arnault.

À l'un des membres de l'escorte, la suivante alla confier des couvertures, et à un autre, des provisions. Ils étaient huit en tout.

La petite troupe se mit en route, avançant prudemment sur les chemins détrempés et boueux. À mesure qu'ils progressaient, la jeune femme était douloureusement frappée de l'état de ses terres : des champs inondés, des chaumines inhabitables… Tout restaurer exigerait du temps et, surtout, des moyens financiers qu'elle n'était pas certaine de posséder.

Tu verras cela plus tard. Pour le moment, il faut secourir et protéger ceux qui en ont besoin.

Tout en chevauchant, elle se mit à réfléchir aux mesures à prendre, et se dit qu'il serait peut-être plus avisé de faire demi-tour et de s'atteler immédiatement à la tâche. Mais quelque chose la retenait.

Maître Jehan et Isabeau sont tout à fait capables de te remplacer au château. Tu as affirmé haut et fort que tu irais secourir la famille de Landry, il n'est pas temps de faillir.

Était-ce… de la fierté ? Ou la nécessité de réaffirmer son rang de dame de Sanxay ? Arnault l'avait-il dépouillée de ses prérogatives ?

Non, pas volontairement… Mais chacun se tournait naturellement vers lui. Adélaïde la première, dut-elle reconnaître en son for intérieur. Si la présence du chevalier était un soulagement, cette situation ne devait pas s'éterniser, sans quoi la jeune femme aurait toutes les peines du monde à retrouver son autorité.

Il ne restait que quelques jours avant la Pentecôte, se rappela-t-elle. Bouchard de Missé ne manquerait pas de se présenter bientôt. Une fois ses prétentions contrariées, elle serait libérée de cette parodie de mariage et pourrait reprendre le cours ordinaire de sa vie.

Si tant est que celle-ci redevienne ordinaire…

Nul ne parlait, comme s'ils étaient tous accablés par l'aspect désolé des terres et des maisons. Elle-même plongée dans ses pensées, Adélaïde ne sut combien de temps ils avaient chevauché lorsque Arnault arrêta sa monture.

Devant le spectacle affligeant, sa gorge se noua.

Landry était meunier, et occupait la petite maison attenante au moulin, juste au bord de la rivière. Mais celle-ci était sortie de son lit et avait envahi les deux bâtiments, d'où n'émanait aucune trace de vie. La scène n'était toutefois pas silencieuse, tant l'eau qui déferlait faisait de bruit.

La roue tournait à toute vitesse, entraînée par la violence des flots, et Adélaïde craignit que cela ne l'endommage. Mais le mal était déjà fait : l'axe de la meule était brisé, et le moulin fonctionnait à vide.

Arnault et le reste de l'escorte mirent pied à terre et se préparèrent à fouiller les lieux. Adélaïde aurait voulu se joindre à eux, mais il lui semblait plus judicieux de préparer ses remèdes pour le cas où il y aurait des personnes à soigner. Ghislain se présenta pour l'aider à descendre de son cheval, s'attirant un regard en coin du chevalier.

Que lui importe ! songea-t-elle rageusement.

Tandis qu'elle inspectait sa besace pour en faire l'inventaire, les hommes avancèrent avec précaution jusqu'à la maisonnette. À mesure qu'ils progressaient, ils s'enfonçaient davantage dans l'eau, jusqu'à en avoir au-dessus des genoux en arrivant à leur but. Normalement, une telle hauteur ne devait pas avoir empêché la famille de quitter les lieux…

Mais Adélaïde savait que, pour ces gens, quitter leur maison revenait à abandonner toutes leurs maigres possessions. C'était un choix difficile, cruel, et parfois impossible. Dans son souvenir, Landry et sa femme avaient quatre enfants en bas âge. Elle espérait de toutes ses forces qu'ils avaient pu s'en aller.

Le fracas de l'eau étouffait tous les autres sons à mesure qu'on approchait de la chaumière. Arnault avançait à pas prudents, les semelles de ses chaussures manquant de glisser à chaque pas, la laine de ses chausses et de sa tunique imbibée d'eau le lestant d'un poids supplémentaire.

La porte était fermée, les volets, clos. C'était une

visite sans doute inutile : soit la famille avait fui ailleurs qu'au château, soit…

Il secoua la tête. Non. Il refusait de croire qu'ils avaient pu mourir, coincés dans leur maison. C'était une idée trop pénible. Il n'osait même pas imaginer la réaction d'Adélaïde si tel était le cas.

Repenser à la jeune femme lui raviva les sangs : il avait été à deux doigts de l'embrasser, une fois encore. Le désir qu'il ressentait pour elle refusait de se dissiper, il semblait même croître au même rythme que sa frustration. Jamais il n'avait éprouvé cela, pas même au cours des deux années passées au monastère.

Et ce Ghislain qui ne cessait de tourner autour de ses jupes ! songea-t-il avec rage.

Il cogna sèchement au battant, sans trop attendre de réponse.

Toutefois, un bruit étouffé se fit entendre, incompréhensible, mais suffisamment significatif pour qu'ils prêtent tous attention. Hervé alla taper au volet, suscitant une nouvelle réponse.

— Ils sont dedans, ouvrez-leur ! s'écria Arnault en se mettant à pousser sur la porte, qui ne céda pas d'un pouce.

D'autres vinrent lui prêter main-forte, mais le bois avait gonflé, empêchant de déplacer le battant, et les hommes peinaient dans l'eau. Hervé s'empara alors de la petite hache dont il s'était muni et, après avoir crié une mise en garde, se mit à démolir le volet. À l'intérieur, des cris s'élevèrent, mais bientôt une ouverture apparut.

Poussant les débris de bois dans la chaumière, ils purent jeter un œil à la scène désolante qui se jouait là : la femme, dans l'eau jusqu'aux cuisses, serrait contre elle un bébé maintenu par un linge noué en travers de sa poitrine. Elle tenait par la main un enfant d'environ deux ans assis sur une petite table à tréteaux menaçant de se renverser à chaque mouvement brusque. Le petit avait le nez et les yeux rouges, comme s'il avait pleuré, et des mèches humides étaient plaquées sur son front. La fille aînée, qui pouvait avoir sept ou huit ans, et son frère un peu plus jeune se tenaient debout sur ce qui devait être un coffre, l'air plus effrayé que soulagé.

— Grâce à Dieu, nous sommes sauvés, s'exclama la femme.

Rapidement, Arnault évalua la situation.

— Ghislain, tu es le plus élancé, passe par la fenêtre et fais sortir les enfants, nous les ramènerons un par un auprès de dame Adélaïde. Thierry, tu emmèneras le premier et préviendras ta maîtresse de ce qui l'attend. Quant aux autres, du nerf ! Il faut décoincer cette porte.

— Mon homme, s'écria la rescapée. Il était au moulin pour mettre les grains à l'abri, il n'est pas revenu.

Le chevalier se mordit la lèvre. Voilà qui expliquerait que la famille soit restée sur place au lieu de fuir… Mais il redoutait de ne découvrir personne en vie au moulin. Toutefois, il s'efforça de ne rien laisser paraître de son inquiétude.

— Nous allons d'abord te sortir de là avec tes enfants. C'est ce que voudrait ton époux.

Elle hocha timidement la tête, puis laissa les secours s'organiser.

Ghislain se hissa par l'ouverture, et alla chercher l'aînée, dont le regard grave et les traits tirés disaient assez quelle épreuve ils avaient vécue. L'enfant fut rapidement emmenée, et Arnault ne put s'empêcher de jeter un coup d'œil derrière lui et de s'assurer qu'Adélaïde était en mesure de s'occuper de la petite.

De loin, il la vit poser une couverture sur le sol encore trempé, puis en déployer une autre pour frictionner sa protégée. Elle semblait lui parler avec douceur, tout en s'affairant avec efficacité, observant, examinant.

Dans la poitrine du chevalier, une impression de chaleur se diffusa, un mélange de soulagement, d'admiration et… d'autre chose, qu'il ne voulait pas définir.

Il fut arraché à sa distraction par des pleurs. Le deuxième enfant était terrorisé et se débattait, mais le soldat parvint tout de même à le sortir de la maison, et il fut emmené à son tour. Arnault était tenté de se charger de cette tâche pour retrouver Adélaïde et l'épauler, mais sa place était ici. Et, de toute évidence, la jeune femme n'avait pas besoin de lui, puisqu'elle avait demandé à Thierry de demeurer auprès d'elle.

Le troisième enfant fut évacué sans dommage, de même que le bébé, malgré les réticences de la mère. Il fallait désormais faire sortir cette dernière, mais l'ouverture était trop étroite, et l'effort, trop pénible pour elle, alors qu'elle venait de passer plusieurs heures dans l'eau à tenter de survivre.

De nouveau, les hommes rassemblèrent leurs forces pour abattre la porte. Cette fois-ci, vu que Ghislain se tenait de l'autre côté, il put les aider à dégager ce qui coinçait, faisant levier avec le tranchant de la hache. Après de longues minutes d'efforts, le battant céda soudain, et le jeune homme fit un bond de côté pour éviter la culbute.

Arnault fut le premier à entrer, constatant les dommages infligés à la chaumière : il n'était plus question d'habiter ici avant longtemps, et il faudrait peut-être même rebâtir intégralement l'édifice. La famille aurait besoin d'un nouveau toit et…

Il s'arrêta net.

Pourquoi s'impliquait-il autant dans les affaires de Sanxay, alors même qu'il n'avait pas vécu à Neuville depuis deux ans ? Difficile de prétendre qu'il agissait de façon parfaitement désintéressée. Mais il s'était attaché aux lieux, aux gens. Et, surtout, à la maîtresse du fief.

Il voulait qu'Adélaïde voie en lui quelqu'un sur qui elle pourrait se reposer, et peut-être même davantage.

Ce n'est pas le moment pour ce genre de divagations ! s'intima-t-il.

Se reprenant, le chevalier aida la meunière désemparée à sortir de chez elle, et la confia aux soins d'un soldat. D'un coup d'œil, il évalua la situation. Le petit groupe des rescapés avait crû, mais Adélaïde semblait se débrouiller pour l'instant.

Il fallait encore fouiller le moulin, ce qui s'annonçait comme le plus pénible. Arnault et le reste de ses hommes se dirigèrent vers le bâtiment au bord de la rivière. C'était une marche difficile, car, si près de la rive, la force de l'eau menaçait de les emporter. Ils s'étaient attachés les uns aux autres avec une corde pour résister au flot grondant.

La porte du moulin était ouverte, mais il était impossible de distinguer le moindre bruit hormis celui de la rivière débordante. Ils mirent encore du temps à franchir le seuil, pour découvrir une scène pitoyable.

L'axe de la roue avait cédé sous la pression trop forte, et c'était miracle que la roue elle-même ne soit pas brisée. La meule était en partie immergée, et ne fonctionnerait pas de sitôt. À seulement quelques semaines des moissons, c'était une véritable catastrophe.

Mais Landry n'était nulle part. Avait-il été emporté ?

— Détachez-vous, ordonna Arnault, la gorge serrée. Il faut sonder l'eau pour le retrouver.

La tâche était ardue, d'autant que peu d'hommes savaient nager et qu'un faux pas pouvait être fatal, mais nul ne regimba. Sans un mot, ses compagnons s'attelèrent à la tâche, pendant que le chevalier et Hervé ressortaient de la bâtisse pour en faire le tour.

Dehors, Arnault chercha de nouveau Adélaïde, et s'aperçut avec stupéfaction qu'elle était seule. Nulle trace de Thierry, qui se devait de l'aider et de veiller sur elle, pas plus que des enfants ni de l'épouse du meunier.

Comme il faisait mine de la rejoindre pour réclamer des explications, il sentit une main se poser sur son avant-bras.

— Seigneur, dame Adélaïde a sans doute envoyé Thierry au château.

Il se sentit honteux d'être découvert. Tous étaient là pour venir en aide aux rescapés et chercher ce pauvre Landry, mais lui ne se souciait que de sa soi-disant épouse… Ses hommes auraient beau jeu de dire qu'il était infatué de la jeune femme !

Adélaïde s'en est peut-être rendu compte elle-même, songea-t-il avec une pointe d'angoisse.

Mais ce n'était pas le moment de songer à cela. Il remercia son compagnon.

— Ce n'est rien, messire, répondit ce dernier. Nous tenons tous à la dame, et nous veillons sur elle à notre façon.

S'agissait-il d'une mise en garde voilée ?

Arnault secoua la tête pour se défaire de ces pensées incongrues, et tenta de se concentrer sur leur mission. Toutefois, les recherches à l'extérieur ne donnaient rien. Face à la violence de la rivière, ils durent même rebrousser chemin.

De retour dans le moulin, leurs compagnons n'avaient pas plus avancé qu'eux.

— Landry a dû s'enfuir, suggéra l'un d'eux.

— Et abandonner femme et enfants ? Cela ne lui ressemble pas.

— La chaumine était condamnée, il a pu croire qu'ils étaient déjà réfugiés au château.

— Ou se noyer en tentant de sauver le moulin, marmonna Arnault à mi-voix, de plus en plus inquiet.

La fouille était terminée et, la mort dans l'âme, le chevalier s'apprêtait à ordonner le départ quand une idée lui traversa l'esprit.

— Où Landry entrepose-t-il les grains ? Les sacs ont-ils tous été emportés ?

Il y eut un moment de silence, puis un jeune palefrenier répondit :

— Je crois qu'il en place sous le toit, dit-il, joignant le geste à la parole.

Tous levèrent la tête pour découvrir une ouverture qui devait être accessible à l'aide d'une échelle, probablement détruite ou emportée.

— Il faut monter, annonça quelqu'un.

— Je peux m'en charger, affirma Ghislain.

Le jeune homme était assez leste pour y parvenir.

— Et si tu glisses et te blesses alors qu'il n'y a personne ? fit valoir un autre.

Mais il n'était plus temps d'atermoyer, et Arnault donna son assentiment à cette périlleuse entreprise, réclamant toutefois qu'on utilise la corde pour assurer le grimpeur. Ce dernier se mit rapidement à l'œuvre, prenant d'abord son élan avec l'aide de ses compagnons, puis s'appuyant sur les irrégularités de la muraille.

Dans un silence concentré, tous suivaient sa progression avec appréhension. Lorsque enfin Ghislain se hissa sur les planches de la soupente, un soupir de soulagement collectif parcourut la petite troupe.

— L'échelle est ici, je vous la descends, annonça le jeune homme, joignant le geste à la parole.

Avant même que celle-ci soit correctement installée, Ghislain poussa une exclamation étouffée.

— Il est là-haut ! Je ne sais s'il vit encore…

Tous se signèrent, puis Arnault agrippa le premier barreau de l'échelle et commença à monter. Une fois en haut, il prit quelques instants pour laisser ses yeux s'habituer à la faible luminosité. La soupente n'était percée que d'une étroite fenêtre qui diffusait un jour chiche.

À sa gauche se trouvait une forme massive à côté de laquelle Ghislain s'était agenouillé, visiblement désemparé. S'approchant, Arnault découvrit un homme de large carrure étendu sur le dos, les vêtements gorgés d'eau, juste à côté d'un amas de sacs.

— Je pense qu'il a essayé de mettre le grain à l'abri, murmura le jeune homme d'une voix blanche.

Le chevalier lui posa une main sur l'épaule pour le réconforter, avant de saisir la paume du meunier. Celle-ci était glacée et raide, ce qui n'augurait rien de bon, mais, quand il approcha l'oreille de sa bouche, il perçut un léger souffle.

— Par Dieu, il respire ! Que l'on aille quérir un médecin au plus vite.

Une hésitation passa sur le visage de son compagnon.

— Messire, un médecin mettrait trop de temps… Seuls les moines de Saint-Martin acceptent de nous soigner, et il faudrait le transporter jusque-là.

Arnault se força au calme. La situation était critique, l'homme pouvait trépasser à tout instant, et un voyage prolongé ne lui ferait de toute évidence aucun bien. En bas, la voix forte d'Hervé résonna :

— Il faut le sortir d'ici pour que dame Adélaïde puisse l'examiner. C'est la meilleure *medica* à dix lieues à la ronde.

Curieusement, il répugnait à cette idée. Non qu'il

doute des compétences de la jeune femme, car il l'avait observée un peu avec les enfants. Mais la confronter à la souffrance, à une mort éventuelle, lui déplaisait fortement.

Elle avait pourtant assisté son père tout au long de sa maladie et surmonté la mort d'Amaury.

Cherchait-il à la protéger ou à conserver d'elle l'image de la jeune fille encore innocente qu'il avait chérie ?

Avec un soupir, il finit par se ranger aux raisons de ses hommes. S'il y avait encore un espoir de sauver le meunier, celui-ci reposait entre les mains de la jeune femme.

— Il faudra l'amener jusqu'à l'ouverture du sol et le faire glisser le long de l'échelle. Que deux hommes nous rejoignent !

À quatre, ils se mirent au travail, glissant avec d'infinies précautions une corde autour de la taille du blessé afin de le retenir. Puis ils se placèrent aux jambes et aux bras pour se saisir de lui et le soulever.

Au moment où ils l'empoignèrent, Landry poussa un hurlement. De toute évidence, le meunier était encore vie.

Chapitre 11

La famille de Landry était en sécurité. Après s'être assurée que tous étaient en état de voyager, Adélaïde avait envoyé les enfants et leur mère, qui n'avait pas été facile à convaincre, au château, escortés par Thierry. Elle en avait profité pour lui demander de revenir avec des renforts et des remèdes supplémentaires.

Les rescapés devraient se remettre de leur épreuve… Si tant est que l'on retrouve le meunier en vie. Tous avaient froid et étaient épuisés, mais ils s'en tiraient sans blessures. Il faudrait encore surveiller leur santé pendant plusieurs jours, mais ils ne couraient pas de danger immédiat.

Avec angoisse, elle osa couler un regard vers le moulin où tous les hommes s'étaient engouffrés depuis un moment, et dont aucune nouvelle ne lui parvenait.

Plus tôt, elle avait aperçu devant le bâtiment Arnault, le visage fermé, et son cœur s'était serré d'inquiétude. Elle aurait voulu lui témoigner par une parole ou un geste amical qu'elle comprenait ses soucis, et qu'elle lui était reconnaissante de la peine qu'il prenait pour les gens de Sanxay.

Après ces moments d'intense activité, la solitude forcée la faisait de nouveau réfléchir à leur récent tête-à-tête. Comment pouvait-elle perdre ses moyens chaque fois qu'elle se retrouvait avec lui ? Devant témoins, elle parvenait à donner le change, mais lorsqu'ils n'étaient que tous les deux…

Un frisson qui n'était pas dû à l'humidité ambiante lui parcourut l'échine. Adélaïde avait entendu les servantes évoquer durant des heures l'effet que leur faisaient les hommes, parler de ce désir qui semblait faire perdre la tête à la plus sensée. De toute évidence, et malgré ses efforts, elle en était désormais la proie.

Elle ferma les yeux un bref instant, revoyant les prunelles bleues qui brillaient d'un éclat presque carnassier, la mâchoire volontaire qu'elle s'était retenue de toutes ses forces de caresser, et son propre cœur qui cognait comme s'il voulait jaillir de sa poitrine. Prenant une inspiration tremblante, elle se força au calme : Arnault était occupé et ne serait pas témoin de sa faiblesse.

Pourtant, il faudrait tôt ou tard remédier à cette attirance de plus en plus problématique. Elle effectua un rapide calcul sur ses doigts : la Pentecôte n'était plus qu'à cinq jours de là.

D'ici une semaine, tu seras libre. Aie le bon sens de tenir jusqu'à cette date, s'admonesta-t-elle.

Adélaïde fut tirée de son introspection par un appel.

— Ma dame ! s'écriait Hervé. Nous avons trouvé Landry.

En elle, le soulagement le disputa au choc et à l'angoisse. Si le meunier avait été bien portant, l'homme d'armes n'aurait pas fait tant de bruit.

— Comment va-t-il ? demanda-t-elle alors que le chef de la garnison marchait encore pour la rejoindre.

Ce dernier s'arrêta à sa hauteur et reprit son souffle avant d'expliquer :

— Il était pâmé lorsque nous l'avons découvert, mais

ne semblait souffrir d'aucun mal. On ignore encore pourquoi, il était dans la soupente du moulin et a dû se blesser car, dès que nous avons tenté de le déplacer, il s'est mis à hurler.

— Oh ! Seigneur, murmura la jeune femme en se signant rapidement.

— Les hommes essayent de vous l'amener, mais cela prendra du temps. Messire Arnault m'a demandé d'aller chercher deux montures pour installer une litière.

— Surtout pas ! s'exclama Adélaïde avec une force qui surprit son interlocuteur.

Radoucie, elle reprit :

— Fabriquer une litière est une excellente idée, mais il faut d'abord s'assurer que Landry est en état d'être transporté. Si jamais vous aggravez sa blessure en le menant aux chevaux, ce sera peine perdue.

Hervé hocha la tête, un peu stupéfait. Elle en profita pour commander :

— Aide-moi à monter en selle et va sur-le-champ prévenir le seigneur de tout arrêter. Que nul ne touche Landry avant mon arrivée, pas même pour le faire boire.

— Ma dame, vous ne pouvez pas y aller…

— Et pourquoi donc ? J'ai peut-être la capacité de le soigner, et je pense bien être la seule ici.

— Mais c'est que… il y a de l'eau partout et ce n'est pas sûr pour vous.

Il esquiva un instant son regard avant de compléter :

— Messire Arnault réclamera ma tête si je vous fais courir le moindre risque.

Encore ! songea-t-elle, exaspérée.

— Je suis encore maîtresse ici, et j'entends que l'on exécute mes ordres ! Tu diras à mon seigneur que c'est exactement ce que tu as fait, s'il te cherche querelle.

Tout en parlant, Adélaïde remonta ses jupes, qu'elle

coinça dans sa ceinture. Sa chemise lui arrivait aux mollets, préservant sa dignité – du moins tant qu'elle ne serait pas mouillée ; mais elle comptait sur la discrétion et le dévouement de ses hommes pour qu'ils détournent les yeux.

D'un pas déterminé, elle se dirigea vers sa monture, obligeant Hervé à la suivre pour l'aider à monter, avant de repartir en vitesse vers le moulin.

Il ne fallut à la jeune femme que quelques minutes pour le rejoindre. L'eau était haute, mais sa violence semblait s'être un peu calmée depuis leur arrivée en milieu d'après-midi, et sa jument ne renâclait pas. Elle fut accueillie par Arnault, dont l'expression courroucée ne fit que renforcer sa détermination.

— Tu n'aurais pas dû venir, siffla-t-il, les dents serrées. Gagner la soupente est dangereux et je ne te laisserai pas…

— Que les choses soient claires : Landry a besoin de soins, et c'est pour cela que tu m'as fait prévenir. S'il s'est mis à crier quand vous l'avez bougé alors qu'il était évanoui, c'est qu'il doit souffrir horriblement. Je peux au moins remédier à cela.

Sans s'attarder davantage, elle lui tendit les rênes et se laissa glisser de selle, espérant qu'il la rattraperait avant qu'elle se couvre de ridicule. Heureusement pour elle, Arnault avait assez d'éducation et de chevalerie pour réagir de cette façon précise. Cette fois-ci, pourtant, il la lâcha dès que ses pieds touchèrent le sol.

L'eau était glacée et lui arrivait au-dessus des genoux, et la jeune femme ne put retenir une exclamation de surprise.

Ainsi, personne ne verra ta chemise, tenta-t-elle de se consoler.

Son « époux » lui tint le bras pour l'aider à conserver

son équilibre tandis qu'elle serrait contre elle la besace contenant ses remèdes. Elle espérait de toutes ses forces qu'elle n'aurait pas un besoin immédiat des autres affaires qu'Isabeau avait confiées à la petite troupe.

— Thierry doit revenir du château avec des renforts, dit-elle en aparté.

Arnault ne répondit pas, mais une pression un peu plus forte sur son bras lui marqua qu'il avait entendu. Un nouveau frisson la parcourut, qu'elle réprima aussitôt.

Un silence accueillit son arrivée, et elle fut incapable de dire si les hommes trouvaient son acte brave ou déplacé. Elle chassa cette pensée de son esprit, entreprit l'ascension de l'échelle, aussi périlleuse qu'Hervé la lui avait décrite. Ce fut le souffle court et prise d'un léger vertige qu'elle atteignit la soupente. Mais elle se reprit vivement et secoua la tête pour recouvrer ses esprits.

Sa besace avait été confiée à un soldat plus agile qu'elle et l'attendait près du blessé. Adélaïde s'approcha et se mit à préparer ses affaires tout en lui parlant d'un ton apaisant, expliquant rapidement ce qu'elle allait faire. Puis elle avisa Ghislain.

— A-t-il retrouvé connaissance ?

— Non, ma dame. Il a crié lorsque nous lui avons saisi les membres, mais je ne saurais dire où il souffre.

— Sa cotte et ses chausses sont trempées, il faut les lui ôter, mais en les décousant avec un couteau. On risquerait sinon de raviver la douleur et la blessure.

À son côté, elle sentit Arnault se crisper, tandis que les autres s'exécutaient. Le chevalier l'entraîna près de la lucarne.

— Es-tu certaine qu'il soit nécessaire de le dénuder ?

— Que crains-tu : que cela attente à sa pudeur ou à la mienne ? rétorqua-t-elle avec agacement.

Arnault eut la bonne grâce d'avoir l'air penaud. Elle poursuivit :

— Landry ne saigne pas, il a dû se rompre quelque chose, mais je ne pourrai le vérifier qu'en le palpant. Et ses vêtements trempés ne l'aideront pas à se rétablir.

Puis, sans plus se soucier de son compagnon, elle tourna les talons et revint au chevet du blessé. Les hommes n'avaient pas chômé, car celui-ci était désormais en chemise et braies, ses vêtements amoncelés dans un coin.

Adélaïde s'agenouilla, sentant sa chemise lui coller aux jambes et l'eau dégoutter de ses chausses. Avec des gestes assurés, elle se mit à tâter une jambe après l'autre, puis un bras, faisant jouer avec précaution les différentes articulations. Parvenue à l'épaule, elle arracha un gémissement pitoyable au meunier.

Redoublant de prudence, elle glissa la paume d'une épaule à l'autre, et suscita une nouvelle plainte. La jeune femme écarta le col de la chemise et vit la déformation de l'os et la coloration bleutée trahissant l'épanchement de sang sous la peau.

Elle se redressa légèrement et prit une profonde inspiration avant d'annoncer :

— L'os entre l'épaule et le cou est bel et bien cassé. Je vais devoir le panser pour que la fracture ne bouge pas.

Levant les yeux pour soutenir le regard d'Arnault, elle ajouta :

— Vous devrez l'immobiliser pendant que j'opère.

— J'ai vu de telles blessures sur le champ de bataille, elles sont très douloureuses mais guérissent bien, affirma le chevalier.

— As-tu vu un médecin à l'œuvre ? Pourrais-tu m'assister ?

Son compagnon marqua un temps d'hésitation, avant d'acquiescer.

— Je suis à tes ordres. Que veux-tu que je fasse ?

Adélaïde savoura un instant ces paroles. Qu'il aurait été plaisant de les entendre dans un autre contexte… Arnault lui toucha le bras, la faisant tressaillir.

— Est-ce que ça ira ? Tu sembles troublée.

Elle hocha la tête sans répondre, ne sachant pas si sa voix serait assez ferme. La jeune femme se força au calme, puis se mit à envisager la situation avec l'œil d'une guérisseuse, donnant des instructions au fur et à mesure.

— Ôtez-lui sa chainse. Ghislain, fais-lui mordre cette lime, dit-elle en lui tendant l'objet, et veille à ce qu'il ne la lâche pas. Faites monter deux hommes robustes pour qu'ils se couchent sur ses jambes, et un autre pour qu'il tienne le bras intact.

Dans son dos, Arnault veillait à ce qu'on exécute ses ordres promptement. Elle avait beau être certaine que son savoir n'était pas remis en cause, l'aide de son faux époux lui faisait gagner un temps considérable, et aplanissait les difficultés.

De son sac, Adélaïde tira plusieurs rouleaux de pansements, ainsi qu'un flacon cacheté. Elle agissait avec des gestes précis pour dissimuler le tremblement de ses mains – si elle avait déjà traité ce genre de blessure, jamais encore elle n'avait agi seule. Or elle savait à quel point son intervention était cruciale pour que le meunier retrouve un jour une existence normale.

— Arnault, une fois que j'aurai réaligné l'os, je veux que tu immobilises le bras blessé dans la position que je t'indiquerai. Tu m'aideras aussi à faire le pansement.

À mi-voix, elle prononça une prière rapide, que tous conclurent d'un « amen » convaincu et retentissant. Puis elle prit une profonde inspiration pour s'éclaircir l'esprit.

Une main se posa sur son poignet, sa chaleur se diffusant partout en elle.

— Tout va bien se passer, lui chuchota Arnault à l'oreille. Tu sais le faire.

Étrangement, cette certitude tranquille l'apaisa, et la jeune femme eut soudain l'impression de voir parfaitement les tâches qu'elle devrait accomplir pour obtenir le meilleur résultat.

Landry était torse nu, maintenu en place par les soldats, qui la dévisageaient avec une sorte d'anxiété. Décachetant la fiole, elle versa de l'eau ardente[1] sur ses mains et intima à Arnault de faire de même, afin de se débarrasser des humeurs nocives, puis se sécha avec un linge blanc.

Adélaïde se plaça à hauteur de l'épaule blessée et saisit avec fermeté le haut du bras. D'un geste vif, elle tira pour remettre l'os en place, suscitant un cri de douleur aigu.

Continue, ne t'arrête pas à cela, s'intima-t-elle alors même que son corps était parcouru de frissons. Elle se mordit la lèvre pour retrouver sa concentration.

Repliant le bras, elle posa la paume sur l'autre épaule et fit signe à Arnault de maintenir la posture, tandis que Landry gémissait de plus belle. La jeune femme attrapa le premier bandage et, avec précision, se mit à l'enrouler en travers du torse du meunier, tantôt sur une épaule, tantôt sur l'autre, passant parfois le linge à son compagnon pour qu'il le glisse sous la carrure du blessé. Un deuxième puis un troisième bandeau furent nécessaires, mais enfin elle assura le pansement en le nouant, avant de se redresser lentement.

Autour d'elle, les hommes la dévisageaient avec un respect nouveau. Arnault… Arnault semblait la voir pour la première fois, comme ce jour pas si lointain où elle avait fait son apparition dans le parloir du monastère.

1. Terme désignant l'alcool obtenu par distillation.

Elle n'en avait pas fini pour autant. D'un ton qu'elle s'efforça de maîtriser, elle donna ses instructions :

— Installez-le sur la litière et attachez-le dessus pour le redescendre. Puis il faudra porter le brancard à la force des bras avant de pouvoir le suspendre entre deux chevaux et regagner Sanxay au pas. Réchauffez-le, car il a passé trop de temps dans ses vêtements mouillés, et le corps a besoin de rééquilibrer ses humeurs.

À son côté, son époux répartit les tâches avant d'ôter sa tunique en laine pour en couvrir le meunier. Adélaïde fut touchée de son geste mais, plus encore, elle sentit une onde de chaleur en le voyant dans cette tenue. Non parce que celle-ci était choquante, mais parce qu'elle lui rappelait cette intimité qu'elle désirait et redoutait, ces quelques instants de tête-à-tête qui avaient précédé les longues heures d'angoisse.

Sans pouvoir s'en empêcher, elle chercha la ligne des épaules, la contraction des muscles sous le lin, la peau plus claire dans l'ouverture du vêtement... Son bas-ventre se contracta presque douloureusement, contredisant tous les raisonnements sensés qu'elle pouvait faire.

Dehors, le jour diminuait et, bientôt, l'on n'y verrait plus goutte. La jeune femme fut soulagée de pouvoir ainsi dissimuler sa rougeur et s'activa à ranger ses remèdes pour se donner une contenance. Quand elle eut fini, comme les hommes commençaient la lente descente de Landry jusqu'aux montures, elle rassembla les vêtements oubliés dans un coin et en fit un ballot.

Le meunier avait déjà tant perdu..., songea-t-elle tandis que son cœur se serrait. Elle se jura d'aider la famille si meurtrie par l'inondation.

Avec difficulté, Adélaïde se releva, les muscles endoloris par la tension, l'humidité et la fatigue la faisant chanceler. Un bras se glissa autour de sa taille et, sans trop comprendre comment, elle se retrouva tout contre Arnault.

— Tu t'es épuisée, aujourd'hui. Dès notre retour au château, je veux que tu reposes.

D'aussi près, elle sentait son odeur, cette fragrance grisante qui n'appartenait qu'à lui et l'empêchait de réfléchir. Sa barbe avait poussé, et elle devinait plus qu'elle ne voyait les poils naissants. Ses yeux étaient complètement dans l'ombre, mais il n'était pas difficile d'imaginer leur bleu profond, et peut-être un éclat particulier…

S'il décidait de tirer parti de leur proximité, elle ne serait pas en état de résister, comprit-elle. D'ailleurs, elle n'en avait pas vraiment envie. Ses bonnes résolutions semblaient fondre comme neige au soleil dès que le chevalier la touchait.

Ce dernier lui frôla la joue du bout des doigts, comme s'il craignait de la briser. Il déglutit et ouvrit la bouche comme pour parler lorsqu'une voix se fit entendre :

— Messire, le brancard est prêt, nous pouvons aider dame Adélaïde à regagner sa monture.

Arnault jura dans sa barbe, mais acquiesça avec fermeté. Entraînant la jeune femme jusqu'à l'échelle, il lui prit son sac pour le donner à l'un des hommes qui patientaient, qui le reçut sans encombre.

— Je vais te précéder et tu descendras avec moi. Dans ton état, je crains que tu ne glisses et fasses une chute.

Elle opina sans mot dire, soudain vidée de toute son énergie. Arnault prit place comme annoncé, avant de lui faire signe de le rejoindre. La jeune femme se laissa glisser sur le premier barreau et aurait certainement perdu l'équilibre si une paume chaude ne s'était pas plaquée contre son ventre, la maintenant contre le torse puissant du chevalier.

La bouche tout près de son oreille, Arnault lui murmurait paroles réconfortantes et encouragements, la guidant à chaque pas. À l'unisson, ils franchirent les degrés leur permettant de rejoindre le sol toujours couvert d'eau. Il s'arrêta brusquement, lui enjoignit de se cramponner à l'échelle, et bondit dans le flot, qui devait être glacial. Elle ressentit sa perte de façon quasi physique, comme si on lui avait arraché une partie d'elle.

Très vite, néanmoins, des mains la saisirent à la taille, la soulevèrent et l'emportèrent jusqu'à un cheval qu'elle ne reconnut d'abord pas – où était sa jument ? S'abandonnant à la scène qui semblait se jouer autour d'elle, Adélaïde se laissa manipuler puis hisser sur le dos d'une monture qui n'était pas la sienne. Mais elle identifia la présence et la chaleur d'Arnault dans son dos, et en éprouva un réconfort tel qu'il aurait dû la mettre en alerte si elle n'avait pas été si lasse. Elle se sentait chez elle, à l'abri.

La jeune femme n'aurait su dire si le trajet avait duré quelques instants ou plusieurs heures. La lueur des torches rendait tout irréel, et elle avait dû s'assoupir car soudain ils furent dans la cour, devant le logis.

Arnault la confia aux soins d'Isabeau le temps de mettre pied à terre, mais la souleva une fois encore dans ses bras puissants pour l'emmener jusqu'à sa chambre.

Je dois être si lourde…

— Ne te tracasse de rien, murmura sa voix familière. Tu as mérité que l'on prenne soin de toi.

Avait-elle parlé à voix haute ? Elle n'eut pas le loisir de l'interroger car, déjà, il la déposait sur son lit et reculait. Adélaïde en aurait gémi de frustration, mais ils n'étaient pas seuls, et elle conservait encore un peu de dignité. Luttant contre la déception, elle ferma les yeux.

Lorsqu'elle rouvrit les paupières, il faisait grand jour, et son époux avait disparu depuis longtemps.

Chapitre 12

Arnault avait besoin d'air et d'espace. En dépit de la nuit tombée depuis plusieurs heures, il était incapable de se coucher et, pour ne troubler personne, avait décidé de sortir. Levant les yeux, il observa le ciel enfin débarrassé de ses nuages, et aperçut les étoiles. Une rafale d'air encore humide charria un parfum de terre mouillée et de menthe. Sans trop comprendre comment, il s'était retrouvé dans le jardin qu'Adélaïde chérissait tant.

Il faisait les cent pas dans la terre meuble entre les carrés de plantes que la jeune femme cultivait avec un soin jaloux, allant du bassin quadrilobé, au centre, aux plessis d'osier tressé délimitant les cultures. L'odeur de menthe semblait le suivre, s'attacher à ses pas, comme pour lui rappeler leur première étreinte.

Déboussolé, le chevalier se passa une main sur le visage. Il n'arrivait pas à réfléchir clairement. Chaque fois qu'il pensait à Adélaïde, il était assailli par des souvenirs charnels : la fermeté de ses lèvres sous les siennes, la chaleur de sa peau, le frôlement de son souffle sur sa joue… Leur tête-à-tête avant l'inondation et la chevauchée du retour, lorsqu'elle s'était abandonnée entre ses bras, le disputaient en lui à la détermination qu'elle avait montrée en soignant Landry.

Il tentait, sans succès, de concilier cette nouvelle vision de la jeune femme avec celle de la timide fiancée de son frère dont il était secrètement épris. D'aussi loin qu'il se souvînt, il avait nourri pour Adélaïde des sentiments interdits – elle était promise à Amaury, et lui-même, en sa vertu de cadet, était destiné au métier des armes ou à l'Église.

Un temps, il avait cru pouvoir se défaire de cet attachement en fréquentant la cour de Poitiers, mais c'était à ce moment précis que son aîné avait rendu public son engagement avec l'héritière de Sanxay. Dès lors, il avait été tourmenté par une jalousie qui ne lui laissait pas de répit, et qui luttait contre son sens de l'honneur.

Si la mort de son frère l'avait profondément attristé et qu'il l'avait sincèrement pleuré, il n'avait pu se retenir d'éprouver une certaine jubilation quand Adélaïde était venue le trouver. Enfin, il pouvait jouer auprès d'elle le rôle dont il avait toujours rêvé, être son protecteur, son époux...

Arnault secoua la tête pour chasser ces pensées. Les quelques jours passés auprès de la jeune femme avaient totalement renversé sa perspective. Il avait cru voler au secours d'une damoiselle éperdue, et s'était retrouvé confronté à une dame prenant à cœur ses tâches de suzeraine, une femme capable de gérer son domaine... et de réduire une fracture sans frémir !

En réalité, elle avait frémi, mais avait su contenir son émotion et offrir une impassibilité de façade qui, à n'en pas douter, avait tranquillisé les hommes qui assistaient à la scène. Elle avait été tout simplement extraordinaire, et le cœur du chevalier enflait de fierté à l'idée que cette femme courageuse soit son épouse.

Ta prétendue épouse, se rappela-t-il.

Agacé, il arracha quelques feuilles de menthe et se mit

à les triturer, imitant sans le savoir le geste d'Adélaïde peu de jours auparavant. C'était là que le bât blessait : elle n'était son épouse que de nom, et entendait le rester. Tandis que lui…

Il était toujours amoureux d'elle – non, il était tombé amoureux, renonçant à son infatuation d'adolescent pour s'éprendre de la jeune femme volontaire qu'elle était devenue. Sa passion, sa volonté, sa nature ardente – Seigneur, jamais il n'avait soupçonné ce trait de sa personnalité, et il y pensait désormais chaque nuit, rêvant de la serrer dans ses bras et de la faire enfin sienne – la lui rendaient plus chère qu'autrefois.

En cessant d'incarner son idéal, Adélaïde était devenue sa raison de vivre. La voir chaque jour, lui parler, l'entendre rire… Tout cela faisait partie de sa vie, et il ne voulait pas y renoncer une fois encore. D'autant qu'il était à peu près certain de ne pas avoir de rival, à présent. Pourtant, quand bien même il aurait pu à bon droit exiger un mariage en bonne et due forme, ce n'était pas ce qu'elle souhaitait. Et Arnault se refusait à l'y contraindre.

Adélaïde savait précisément ce dont elle avait besoin, et il ne faisait pas partie de ses projets au-delà de leur petite imposture. Jamais elle n'avait sérieusement envisagé de s'unir à lui, bien qu'il en ait nourri secrètement l'espoir. Toutefois, même si cette découverte le blessait dans son amour-propre, il ne devait pas lui en tenir rigueur : elle s'était montrée, dès le premier jour, d'une franchise étonnante.

Raison de plus pour ne pas lui imposer ta présence plus que nécessaire, s'admonesta-t-il.

Aussi douloureuse soit-elle, il en était arrivé à cette conclusion : pour libérer la jeune femme de leur simulacre de mariage, il devrait s'effacer et disparaître. Pour quoi faire ? Retourner au monastère, endosser enfin la succession de Neuville, partir en pèlerinage, mettre son épée au service d'un autre ? Il n'en avait encore aucune idée.

Tout ce dont il était certain, c'était qu'Adélaïde ne ferait bientôt plus partie de sa vie.

Le frisson qui lui parcourut l'échine n'était que l'effet d'une rafale un peu plus forte que les autres.

Tierce était sonnée depuis longtemps quand Adélaïde parvint à s'arracher au sommeil. Pour la première fois en trois semaines, elle avait dormi sans angoisse, son corps abruti de fatigue reprenant ses droits.

La veille, quand Arnault l'avait portée à son lit, elle avait cru, l'espace d'un instant d'égarement, qu'il demeurerait auprès d'elle. Le contact de son corps contre le sien, de sa chaleur qui se diffusait en elle lui semblait vital. Elle aurait tant voulu…

Sa pensée demeura en suspens. Pouvait-elle vraiment se permettre de la formuler ? La jeune femme savait ce qu'elle aurait aimé, ce qu'elle désirait intimement, mais c'était impossible. Son « époux » quitterait bientôt Sanxay pour toujours. Mieux valait oublier au plus vite les sensations qu'il lui faisait éprouver pour ne pas les regretter le moment venu.

Toutefois, elle ne put s'empêcher d'apporter un soin particulier à sa toilette. On lui avait monté un baquet d'eau chaude et elle se nettoya avec bonheur, avant de démêler ses cheveux et refaire ses tresses. Elle ne prévoyait pas de sortir de l'enceinte, aussi se permit-elle le luxe de choisir une robe de fine laine verte qui lui arrivait aux pieds, et de remettre son habituel voile plutôt que la coiffe nouée de la veille.

Quand elle se décida enfin à quitter sa retraite, elle

ne put s'empêcher de jeter un coup d'œil à la chambre qu'occupait Arnault. Le battant était fermé, et elle se doutait que le chevalier était quelque part sur le domaine à évaluer les dommages de la pluie. C'était aussi sa tâche.

Elle traversa la chambre des dames, étrangement vide – d'ordinaire, les servantes de la maisonnée y passaient la journée, mais on avait dû leur confier des tâches plus urgentes que le filage de la laine. D'en bas lui parvenaient les bruits d'activité habituels, et elle se laissa bercer un instant par ce murmure familier.

Adélaïde s'engagea dans l'étroit escalier, vérifiant où elle posait les pieds. Lorsqu'elle redressa la tête, elle fut stupéfaite de la scène qui s'offrait à elle.

La salle commune était bondée, les habitants du château voisinant avec des rescapés. Il y avait surtout des femmes et des enfants, mais elle nota la présence de quelques blessés, certains assis, d'autres allongés sur des paillasses. Pourtant, ce n'était pas le plus étonnant.

Non, ce qui surprenait, c'était le silence qui s'était soudain abattu à son arrivée. Tous s'étaient tournés vers elle, semblant attendre qu'elle dise ou fasse quelque chose. Comme elle demeurait figée, Isabeau fendit la foule, vite rejointe par Béatrice, et chacune la prit par un bras pour l'escorter jusqu'à son siège habituel.

Le silence se mua tout à coup en exclamations et en vivats. Chacun se pressait vers elle pour la toucher, lui baiser la main, lui parler. Submergée, la jeune femme se laissa porter jusqu'à la chaire.

Maître Jehan s'inclina et dit :

— Ma dame, vos gens tenaient à vous témoigner leur reconnaissance et leur respect. Ce que vous avez fait hier ne sera pas oublié de sitôt.

Un peu sonnée, elle le dévisagea comme si elle n'avait

pas tout à fait compris de quoi il retournait. Mais une idée la taraudait.

— Où est mon époux ? demanda-t-elle d'un ton qu'elle aurait voulu neutre.

À côté d'elle, Béatrice se raidit, à juste titre. Dire qu'elle venait de se persuader de ne pas songer à lui ! Serrant la main de sa cousine, Adélaïde lui murmura :

— Ne t'en fais pas, j'ai décidé de suivre tes conseils. D'ici quelques jours, Arnault ne sera plus là.

L'expression surprise de la jeune fille lui apprit qu'elle n'était guère convaincante. Néanmoins, celle-ci hocha légèrement la tête, comme pour lui signifier qu'elle la soutenait.

— Le seigneur est parti dès le lever du jour, non sans nous avoir conté vos prouesses, reprit le sénéchal. Quelle témérité, d'avoir escaladé cette échelle ! Vous auriez pu vous rompre le cou, n'oubliez pas que le domaine a besoin de vous…

Adélaïde ne prêtait plus qu'une oreille distraite à son discours. Ainsi, Arnault avait parlé de l'épisode du moulin, et en termes flatteurs.

C'est on ne peut plus logique : il ne va pas t'accabler alors que vous êtes censément mariés.

— Comment se porte Landry ? demanda-t-elle, se rappelant à ses devoirs.

Isabeau lui tapota l'épaule pour la tranquilliser.

— Il souffre, comme l'on pouvait s'y attendre, mais tu as bien réduit la fracture. Je lui ai donné quelques graines de pavot pour qu'il puisse dormir la nuit dernière et se reposer.

La jeune femme opina. Elle avait prévu d'administrer au blessé de quoi supporter la douleur une fois qu'ils seraient arrivés au château, car elle n'avait rien emporté qui convienne à cet usage, mais son assoupissement l'en avait empêchée.

— Et sa famille ? Les enfants… ?

— Pernelle, sa femme, a été très abattue d'apprendre la blessure de Landry, mais est soulagée qu'il soit toujours en vie. Elle s'inquiète pour le moulin… Je crois qu'elle est à la chapelle. Son bébé se porte bien, mais les trois aînés ont attrapé la fièvre à cause de l'eau. Je les ai fait installer à l'écart, pour éviter une épidémie.

Un pli soucieux barra le front d'Adélaïde. La fièvre suivait souvent les épisodes d'inondation, il fallait alors redoubler de prudence, et veiller à ce que celle-ci ne soit pas maligne. Toutefois, Isabeau connaissait son rôle et avait agi de la meilleure façon.

— Je veux être tenue au fait dès que leur état s'améliore ou…

Ou empire.

Elle ferma les yeux, priant pour que cela n'arrive pas. De toute façon, cela ne dépendait plus d'elle. Avisant Jehan, elle demanda :

— Que peux-tu me dire des conséquences des pluies d'hier ?

Autour d'eux, l'activité avait repris. Béatrice avait disparu, prêtant sans doute la main aux cuisines, comme elle en avait l'habitude, et Isabeau annonça qu'elle allait cueillir quelques simples et nettoyer le jardin. Adélaïde l'aurait volontiers accompagnée, car c'était une tâche qui lui plaisait davantage que l'administration de ses terres, mais ce n'était pas le moment.

— Le hameau de la croix et celui du verger sont sous l'eau, les familles ont quitté leurs maisons à temps. Tous les rescapés sont ici, mais deux jouvenceaux ont résolu de quitter Sanxay pour trouver de l'ouvrage à Poitiers ou sur un autre domaine.

Elle retint un juron. Perdre des forces vives était toujours dommageable, mais elle comprenait la décision des jeunes gens. D'un signe, elle intima à son sénéchal de poursuivre.

— Le moulin est très abîmé, ainsi que vous l'avez constaté de vos propres yeux. Il faudra plusieurs mois pour le remettre en état. D'ici là, nous pourrions utiliser celui de Neuville, ou du monastère Saint-Martin…

— Neuville ? s'exclama Adélaïde d'une voix un peu trop aiguë qui lui valut un regard en coin.

— Oui, ce serait parfaitement normal. J'avoue ne pas avoir formellement posé la question à messire Arnault, mais je ne doute guère de son approbation. Il est si dévoué à Sanxay !

Voilà bien ma chance, se dit sombrement la jeune femme. *En faisant annuler nos fausses épousailles, je mettrai en péril mon fief et ses gens.*

Pourtant, elle savait bien qu'il était impossible d'entretenir l'imposture encore longtemps. Et elle ne désirait pas la poursuivre, ajouta-t-elle fermement en son for intérieur.

— Que va devenir Landry ? demanda-t-elle pour détourner la conversation d'un sujet épineux.

— Il ne pourra pas travailler avant les moissons. La Pernelle a prêté la main à l'ouvrage à quelques reprises, mais pas assez pour s'y connaître, et les enfants sont bien trop jeunes, égrena Jehan.

— Trouve-leur de quoi vivre, peut-être au château. Je veux qu'il retrouve sa charge au moulin dès qu'il en sera capable.

Le sénéchal marqua une pause et se racla la gorge.

— Ma dame… Ce n'est pas chose aisée. Le meunier que nous ferons venir voudra avoir les coudées franches, et peut-être s'établir.

— Il ne sera pas dit qu'un serviteur de ma famille se trouvera sans feu ni lieu, sans ouvrage pour nourrir les siens.

L'expression du vieil homme lui donna le sentiment d'être une enfant gâtée faisant un caprice, mais elle tint bon. C'était son rôle de suzeraine, et elle refusait qu'on lui rogne les ailes. La voyant inflexible, le sénéchal baissa la tête et aborda le sujet suivant.

La journée défila à toute allure. Ils s'interrompirent brièvement pour rompre leur jeûne autour de sexte, mais les tâches et les décisions ne cessaient de s'ajouter les unes aux autres : le gué avait été submergé et il fallait le dégager, des chaumines avaient besoin de réparations, des animaux s'étaient égarés…

Au milieu de ce flot désespérant, quelques nouvelles la réconfortèrent. Alors qu'ils n'y avaient pas prêté attention la veille, les soldats avaient trouvé la majeure partie des grains dans la mansarde où Landry s'était évanoui – ce qui les préservait de la disette —, si bien qu'Adélaïde ne put s'empêcher de décocher un regard triomphant à son sénéchal. En outre, à son retour du jardin, Isabeau lui avait appris que les plantes n'avaient pas trop souffert des fortes pluies et, surtout, que sa précieuse garance tenait bon.

La jeune femme laissa son esprit errer un instant. Son dernier tête-à-tête avec Arnault ne remontait-il vraiment qu'au jour précédent ? Il lui semblait que des semaines entières s'étaient écoulées depuis. Sa présence lui manquait…

Comment feras-tu après son départ ? songea-t-elle, partagée entre la panique et l'inquiétude.

Elle poursuivrait comme elle l'avait fait depuis la mort de son père : seule, mais renforcée par cet épisode étrange qui lui avait permis de s'affirmer face aux siens.

En fin d'après-midi, un tumulte se fit entendre : la garnison était rentrée, après avoir prêté main-forte aux sinistrés. Adélaïde fit servir du pain et du vin pour que chacun en fasse des soupes et se restaure.

Néanmoins, avant de s'attabler, ils vinrent la saluer, répétant sans le savoir la scène qui s'était jouée le matin. La jeune femme eut du mal à réprimer son émotion, surtout lorsqu'elle aperçut Ganelon et les autres compagnons d'Arnault, qui semblaient la reconnaître comme leur dame.

Le chevalier fut le dernier à se présenter, et le cœur d'Adélaïde s'emballa. Il lui prit la main, faisant naître une onde de chaleur qui se propagea dans tout son corps.

— Je suis heureux de voir que tu te portes bien. Tu n'as pas ménagé ta peine, hier.

Il avait les yeux rivés aux siens, et elle se trouvait captive de ce regard bleu désormais si familier. Un éclat passa dans ses prunelles… Une étincelle, plutôt. Lui aussi ressentait cette ardeur qui s'emparait d'elle dès qu'ils se touchaient.

Trop vite, il la lâcha et reprit son rôle de seigneur, ayant un mot ou un geste pour chacun. Sans vraiment s'en rendre compte, elle s'absorba un moment à l'observer, suivant ses mouvements. Quelque chose remua en elle, quelque chose qui n'était pas ce désir devenu habituel…

Un chant se mit à résonner. Béatrice avait entonné un air contemplatif qui seyait bien à l'humeur générale, entre abattement et soulagement. Adélaïde fut un peu étonnée, car cela faisait plusieurs jours que sa cousine refusait de s'adonner à ce plaisir, prétextant un mal de gorge tenace – il fallait croire que les tisanes miellées dont elle abreuvait la jeune fille avaient fait effet.

Une deuxième voix, masculine, cette fois, se mêla à celle de la chanteuse. Il s'agissait d'Arnault, qui s'accordait à merveille avec sa cousine. Tous se turent, admiratifs, Adélaïde comme les autres.

Toutefois, elle ne put se défendre d'un peu de jalousie : si Béatrice n'avait pas décidé de faire usage de son talent ce soir, elle n'aurait peut-être jamais su que son « époux » avait une si belle voix. Et tous deux formaient un couple si assorti : la pucelle à la beauté parfaite et le chevalier exemplaire... Pouvait-il choisir d'épouser sa cousine une fois leur union annulée ?

Elle eut le sentiment d'étouffer. Non, bien sûr que non ! Mais qui pouvait empêcher Arnault de se choisir une nouvelle épouse, plus respectable que la première ?

Un début de bousculade attira son attention. Pernelle était arrivée en trombe, et poussait les gens rassemblés dans la salle commune pour approcher Adélaïde. Celle-ci se leva, tandis que les chanteurs s'interrompaient, et intima d'un geste qu'on laisse la meunière tranquille.

— Ma dame, s'écria-t-elle en se précipitant. Il faut venir ! Mon fils Loup... Il est brûlant. Sa fièvre ne cesse pas de monter !

Un murmure d'angoisse parcourut la foule.

— Éloignez-vous tous ! ordonna Adélaïde. Pernelle, retourne auprès de tes enfants, je te rejoins. Isabeau, tu m'accompagnes : je veux que tu juges avec moi de l'état des autres.

Sans attendre, elle alla chercher ses remèdes.

Chapitre 13

Le soleil commençait à décliner, baignant la cour d'une lueur orangée. Adélaïde ne prit toutefois pas le temps d'admirer la vue, rendue mortellement inquiète par la nouvelle. Dans son dos, Pernelle était attachée à ses pas comme son ombre, marmonnant des prières inintelligibles.

Arrivée devant la chaumine que les sinistrés occupaient de façon provisoire, la jeune femme sentit son cœur se serrer : elle allait devoir ordonner à la famille qui y vivait en temps normal et avait accepté d'héberger la meunière et ses enfants de s'éloigner pour éviter une contagion. Elle savait déjà que cette mesure serait mal accueillie.

Prenant une profonde inspiration, elle poussa le battant et reprit son rôle de dame. Une vieille femme était installée près de l'âtre, tandis que les trois enfants étaient placés à l'écart, sur des paillasses propres.

— Pourquoi ces petits ne sont-ils pas devant le feu ? fit une voix grave derrière elle.

Arnault ?

— Il vaut mieux pour eux être éloignés de la chaleur si l'on veut que la fièvre baisse, expliqua Isabeau, tandis qu'Adélaïde était parcourue d'un frisson à le savoir si proche.

Comment pouvait-elle se réjouir de sa présence dans un moment pareil ?

Elle alla s'agenouiller devant les malades, maudissant sa coquetterie du matin qui lui avait fait enfiler une tenue mal pratique et salissante, et noua ses manches pour ne pas être gênée dans ses mouvements. Les deux aînés étaient encore rouges, les yeux brillants, mais ils n'étaient pas très chauds et réagissaient quand elle leur parlait.

Mais le plus jeune transpirait, des mèches collaient à son front, et il respirait difficilement. Soucieuse, Adélaïde posa la main sur son visage, et s'efforça de ne pas trahir son inquiétude lorsqu'elle se rendit compte qu'il était bel et bien brûlant.

— Il faut l'éloigner de ses frère et sœurs, annonça-t-elle. Depuis quand est-il comme cela ?

Avant que la mère puisse répondre, l'enfant fut pris d'une violente quinte de toux qui le laissa sans forces. Son état paraissait plus grave qu'elle ne l'avait cru.

— Il a commencé à empirer juste avant vêpres, expliqua Pernelle, se tordant les mains. Je venais de donner la tétée à sa sœur, ajouta-t-elle en désignant le berceau que remuait la vieille femme, et qu'Adélaïde n'avait pas remarqué.

Isabeau prit la mère à part et l'entraîna vers son bébé, afin de l'apaiser et de détourner son attention.

— Que vas-tu faire ? interrogea Arnault.

Comme toujours, il allait droit au fait, alors qu'elle ne savait pas encore quelle stratégie adopter. Pourtant, sa question la força à réfléchir.

— Le plus urgent est de le séparer des autres enfants, au cas où il pourrait leur transmettre son mal, dit-elle à mi-voix, davantage pour elle-même que pour son interlocuteur. Cette maison est propre et accueillante, mais on ne peut pas diviser encore la pièce…

— Pourquoi ne pas l'amener au château ?

Elle leva la tête, surprise, et croisa son regard, croyant qu'il plaisantait à moitié. Plongeant dans ses yeux, elle se rendit compte qu'il était tout à fait sérieux.

— Ce serait inouï..., balbutia-t-elle.

L'idée était tentante mais irréalisable.

— Néanmoins, on ne peut pas courir le risque de lui faire partager le lit ou même la chambre de quelqu'un.

— Et l'installer dans ma chambre ? Elle est immense, vous pourrez vous y relayer, Isabeau et toi, et je trouverai bien un autre endroit où dormir, suggéra-t-il.

Adélaïde le dévisagea, comme frappée par la foudre. Quelle folie le possédait, pour qu'il propose une chose pareille ? La chambre seigneuriale était le symbole même de son pouvoir et de son rang ! Laisser Arnault l'occuper seul n'avait pas été perçu d'un bon œil par tout le monde, mais en comparaison ce n'était rien.

À moins qu'il ne cherche à t'éloigner de ta propre chambre pour conter fleurette à Béatrice, insinua une petite voix en elle, ravivant ses récentes craintes.

Le chevalier dut se méprendre sur les raisons de son silence prolongé, car il se rembrunit.

— Je ne devrais pas intervenir, concéda-t-il à mi-voix. Mais le sort de cet enfant semble te tenir tellement à cœur...

À côté d'eux, le malade se remit à tousser de façon dangereuse. Sans réfléchir, la jeune femme le prit dans ses bras et lui caressa doucement le dos, le temps que la crise passe. Le pauvre petit était brûlant, presque davantage qu'à leur arrivée. Il fallait agir, et vite.

Comme elle se redressait, Isabeau revint et laissa Pernelle au chevet de son fils.

— Mon enfant, ce qu'a dit ton seigneur n'est pas dénué de bon sens, dit-elle avec une note d'espoir dans la voix. Il est une chambrette voisine de la tienne dont on n'a pas l'usage : je peux la faire préparer, et nous pourrons y mener Loup avant une heure.

Soulagée, Adélaïde hocha la tête avec reconnaissance. Avant qu'elle ait pu dire quoi que ce soit, Arnault annonça :

— Laissez-moi m'en occuper. Cela me donnera de l'ouvrage et me permettra de vous aider à ma façon, car je n'y entends rien aux plantes et aux soins des malades.

— Messire, c'est indigne de…

Mais Isabeau n'eut pas le temps d'achever sa phrase, car le chevalier avait déjà tourné les talons. Un petit sourire apparut sur ses lèvres.

— Ma fille, tu as bien choisi ton époux. Il ferait tout pour te rendre heureuse.

La jeune femme s'empourpra et tenta de dissimuler son trouble en fouillant dans sa besace. Sa suivante parlait-elle sérieusement ? Elle était présente lorsqu'elle avait expliqué son projet, et savait forcément – car tout se savait, au château – qu'ils n'avaient jamais partagé de couche.

— Tu es tombée sous le charme de mon seigneur, dit-elle, la taquinant pour détourner la conversation.

— Comme nous tous ici. Mais lui est tombé sous ton charme, et il faudrait être bien aveugle pour ne pas s'en rendre compte, rétorqua la vieille guérisseuse d'un air entendu.

Pouvait-elle avoir raison ? se demanda Adélaïde, repensant à l'élan de jalousie qu'elle avait éprouvé un peu plus tôt, et qui lui ressemblait si peu. D'un autre côté, était-il possible qu'elle-même ait succombé au charme de son prétendu époux ?

Mais ce serait une catastrophe, car il devrait partir, quoi qu'il arrive. Jamais il n'avait été question d'une union durable, seulement d'une ruse.

Elle rumina ces pensées tout en mettant de l'eau à chauffer pour préparer une tisane de cataire et la faire boire aux enfants. Pendant qu'elle s'efforçait, avec l'aide d'Isabeau et de Pernelle, de les rafraîchir, Arnault revint, accompagné du meunier.

— J'ai pris la liberté de prévenir Landry, qui a voulu voir comment se portait son fils.

Landry était encore pâle, et Adélaïde savait que son épaule bandée le faisait souffrir. Malheureusement, il n'y avait pas grand-chose à faire, hormis attendre. L'homme échangea un regard avec son épouse, dans lequel il y avait tant de connivence et de compréhension mutuelle que la jeune femme éprouva un pincement d'envie. Pourrait-elle un jour partager ce genre d'intimité ? Se reposer si complètement sur quelqu'un que la parole deviendrait superflue ?

Tandis qu'elle observait cette scène silencieuse, une autre s'était jouée, où le chevalier demandait à Isabeau la permission d'emmener le petit malade. Puis, sans rien ajouter, Arnault prit l'enfant enveloppé d'une couverture dans ses bras, et le cœur de la jeune femme enfla brusquement.

En le voyant accomplir une tâche aussi simple mais empreinte d'une telle compassion, Adélaïde comprit une chose : elle l'aimait.

Arnault déposa son précieux fardeau sur l'étroit lit de corde qu'on avait installé à la hâte. La chambrette était toute petite, et deux adultes y tenaient à peine, mais l'endroit était propre, à l'écart, et était doté d'une minuscule fenêtre donnant sur le jardin et offrant un répit bienvenu après l'agitation de la cour.

L'enfant faisait peine à voir, avec son visage marbré et ses lèvres gercées par la fièvre. Le chevalier espéra de toutes ses forces qu'Adélaïde et Isabeau parviendraient à le guérir. Celles-ci entrèrent d'ailleurs à sa suite, endossant immédiatement la responsabilité de la situation. Il recula sur le seuil pour leur laisser la place, mais ne put s'empêcher de les observer.

Comme lors de l'accident la veille, sa soi-disant épouse donnait une impression de calme et de maîtrise. Elle était dans son élément, donnant des ordres brefs, administrant les remèdes, et enjoignant gentiment mais fermement aux parents de retourner auprès de leurs autres enfants.

— Je vais passer une tenue plus adéquate, annonça enfin Adélaïde à sa suivante.

Lorsqu'elle faillit se heurter à lui, la jeune femme s'arrêta net, comme arrachée à sa concentration. Elle était un peu rouge, mais c'était sans doute le résultat de ses efforts.

— Comment va-t-il ? ne put s'empêcher de demander Arnault.

Elle détourna brièvement le regard.

— Cela ne se présente pas bien. La fièvre est forte, il faudra le veiller toute la nuit pour s'assurer qu'elle ne remonte pas et lui faire boire la tisane.

— Mais, s'il passe la nuit, il sera sauvé ?

C'était important pour lui, pour elle, il le sentait. Les maladies emportaient souvent les enfants, qu'ils soient riches ou pauvres, nobles ou roturiers, mais Arnault s'accrochait désespérément à l'espoir que Loup survive à cette épreuve. À en juger par l'expression d'Adélaïde, celle-ci devait éprouver le même sentiment.

— Je ne sais pas, concéda-t-elle dans un souffle. Sa toux est vilaine et l'épuise. Or il a besoin de repos pour combattre la fièvre, même si la tisane peut l'aider.

— On ne peut rien faire pour la toux ?

— Nous allons préparer différents remèdes, mais il

ne faudrait pas les lui donner trop tôt, je ne sais pas si son corps peut supporter de nombreux déséquilibres de ses humeurs. Loup est né pendant la dernière disette, il est moins résistant que ses frère et sœurs.

Arnault serra les poings. Il se sentait si impuissant…

— As-tu besoin de quelque chose d'autre ? Puis-je me mettre à ton service ?

Elle le dévisagea d'un air étrange… Une certaine chaleur émanait de ses prunelles, mais dans le même temps on aurait dit qu'elle se tenait sur ses gardes.

— Veille sur Sanxay pour moi, murmura-t-elle. Les gens te font confiance, et je préfère rester auprès de l'enfant. Et fais dire des prières, nous avons besoin de l'aide du ciel.

Il sentit un frôlement sur sa main, et se rendit compte qu'elle avait failli la lui serrer mais s'était retenue. La jeune femme chuchota un adieu et s'éclipsa dans sa propre chambre.

Avec des gestes doux, Adélaïde souleva le torse de Loup, lui soutenant la tête pendant qu'il avalait quelques gorgées de tisane. Elle avait demandé qu'on y ajoute du miel pour encourager l'enfant à la prendre, ce qui avait semblé fonctionner. Le replaçant sur le matelas, elle lui épongea le front une nouvelle fois et reprit sa seconde nuit de veille.

En milieu de soirée, elle avait renvoyé Isabeau, qui voulait à toute force lui faire prendre du repos, arguant qu'elle avait eu assez d'émotions ces derniers jours. Mais la jeune femme n'arrivait pas à lâcher prise : quitter le chevet du malade lui semblait une trahison, et elle était tellement inquiète !

La fièvre reculait enfin, après deux journées d'incertitude, et la rougeur se dissipait peu à peu. Mais l'enfant était encore fragile : il s'était peu alimenté et peinait à garder la nourriture tant ses quintes de toux étaient fortes. En désespoir de cause, et avant que la fièvre soit complètement résorbée, Isabeau et elle s'étaient résolues à lui préparer un emplâtre de sénevé. Si le remède avait semblé le soulager un temps, ce n'était visiblement plus le cas.

Que faire ? Elle avait bien connaissance d'autres plantes ou pratiques qui pourraient aider l'enfant, mais elle ne disposait pas des ingrédients, que ceux-ci soient chers, rares ou hors de saison.

La cloche sonna et la fit tressaillir. Dehors, le soleil pointait, ce devait être matines… Elle s'était assoupie, à moitié couchée sur la paillasse. Paniquée, Adélaïde examina sa jeune charge, mais l'état du garçonnet n'avait guère évolué : s'il n'était plus vraiment chaud, la toux déchirait toujours sa poitrine et son souffle était rauque.

Se redressant, elle sentit son voile glisser, et elle en ôtait les épingles pour le rattacher lorsqu'un craquement dans son dos la fit se retourner : comme chaque matin, à l'abri des yeux et des oreilles, Arnault était venu la trouver pour prendre des nouvelles. Était-ce pour cette raison qu'elle persistait à passer les nuits ici plutôt que de profiter de la chaleur de son propre lit ?

Il ne portait pas de tunique, et sa chemise en lin découvrait la naissance de sa gorge, lui donnant envie de s'y blottir pour s'imprégner de son odeur. Réprimant un frisson, elle se leva pour accueillir son visiteur. Celui-ci lui caressa un instant la joue, suivant une ligne laissée par le drap froissé.

— Tu as l'air épuisée. La nuit a été mauvaise ?

Elle secoua la tête en signe de dénégation.

— Non, il n'a quasiment plus de fièvre, mais je suis

toujours très inquiète à cause de cette toux. Elle le fatigue trop et l'empêche de se rétablir.

Comme pour appuyer ses propos, Loup se mit à tousser une fois de plus et, en l'aidant à se rallonger, Adélaïde découvrit du sang sur le drap. Elle se figea.

— Seigneur, murmura Arnault, l'air véritablement alarmé. Tu me disais hier qu'il existait d'autres remèdes possibles ?

La jeune femme se passa une main sur le visage pour se forcer à garder son calme. Mais elle se rendit compte qu'elle tremblait : pour la première fois depuis qu'elle avait commencé à veiller l'enfant, elle avait peur. Non, elle était terrifiée : la perspective que le petit ne s'en relève pas devenait très réelle.

— Je vais essayer de lui donner de la racine de mauve blanche, balbutia-t-elle. On peut aussi lui faire prendre de la menthe…

Elle secoua la tête.

— Ce qu'il faudrait, c'est du camphre, mais c'est impossible.

— Pourquoi cela ?

— C'est extrêmement coûteux, car la plante vient de Terre sainte. Je n'en ai vu qu'une seule fois, à la cour de Poitiers.

Sentant les larmes lui picoter les yeux, elle ferma les paupières et prit une profonde inspiration.

— Nous avons besoin d'un miracle, conclut-elle.

Arnault lui posa une main sur le bras pour la réconforter, et elle faillit s'abandonner à cette caresse. Elle se retint au dernier moment, de peur de craquer.

— Sorcière ! hurla une voix derrière eux, réveillant Loup et les poussant à s'écarter, comme s'ils étaient pris en faute.

Sur le seuil, Pernelle éructait :

— C'est une sorcière, c'est pour cela que mon pauvre petit va mourir ! Le père Ogier avait raison de vous refuser la messe, on voit aujourd'hui ce qu'il en est : d'abord les inondations, puis la fièvre, maintenant mon enfant…

La meunière était déchaînée, hurlant des imprécations, secouant tout le logis de ses cris. Le bruit ne faisait que s'amplifier, tandis que chacun se précipitait pour découvrir l'origine du tumulte.

Sous le flot d'injures, Adélaïde était comme pétrifiée, incapable de parler ou de bouger. Elle aurait voulu se défendre, expliquer ses décisions, les recours encore possibles, mais… la culpabilité l'étranglait. Depuis le début de ses fausses épousailles, elle repoussait fermement ce doute qui la taraudait. Elle avait relevé le gant face au prêtre, avait assumé ce stratagème, mais son mensonge la rattrapait…

Ce n'était pas l'absence de sacrement qui posait problème, c'était sa propre duplicité. En choisissant de tromper ses gens, la jeune femme s'était exposée à leur vindicte. Que diraient-ils en apprenant la vérité, une fois Arnault parti ?

Un tremblement la saisit, incontrôlable. Ses mains, ses jambes, son corps tout entier s'agitaient, comme animés d'une volonté propre.

Elle sentit plus qu'elle ne vit le chevalier se placer entre elle et la mère éplorée, ordonnant avec vigueur que l'on écarte l'intruse.

— Non ! tenta la jeune femme, sans parvenir à se faire entendre au milieu du fracas.

La confusion était extrême, la pièce exiguë empêchant tout mouvement, les uns s'exclamant que l'enfant était mort, tandis que d'autres soutenaient le contraire. Elle crut un instant à ces rumeurs, mais entendit le garçonnet se mettre à pleurer, désorienté, et s'approcha pour le réconforter.

— Ne touche pas mon fils, espèce de débauchée ! hurla encore Pernelle, que l'on éloignait de force.

— Faites-la taire ! cria quelqu'un d'autre.

Adélaïde fut soudain entraînée hors de la pièce. Elle tenta de se débattre, d'expliquer qu'il était vital pour l'enfant qu'on demeure à son chevet, qu'il avait besoin de calme, que les injures de la meunière, aussi douloureuses soient-elles, se comprenaient par son inquiétude… Mais elle avait la langue collée au palais, incapable de former le moindre mot.

Elle se retrouva dans sa chambre, entourée par Béatrice, Isabeau et d'autres femmes du château. Toutes s'efforçaient de la consoler, de lui offrir un soutien dont elle avait certes besoin, mais…

— Arnault, réclama-t-elle soudain. Qu'il vienne me voir au plus vite.

Lui seul pouvait adoucir le sort de Pernelle, et elle devrait le convaincre. Ce dernier parut, l'air à la fois furieux et inquiet.

— Comment vas-tu ? demanda-t-il sans préambule, lui prenant les bras.

Elle aurait voulu s'abandonner à cette étreinte, mais ils n'étaient pas seuls, et alors que dirait-on quand la vérité sur leur union serait révélée ?

— Pernelle, il faut…

— Je vais m'en charger, répondit-il, l'air sombre.

— Non !

Il la dévisagea, surpris.

— Il faut comprendre…

D'une voix chevrotante qu'elle ne reconnaissait pas, elle tenta d'expliquer pourquoi elle refusait qu'on punisse la meunière, pourquoi cette dernière devait rester auprès de son fils. Arnault l'écouta sans l'interrompre, les sourcils froncés.

— Puisque c'est là ce que tu souhaites… qu'il en soit ainsi. Tu montres plus de miséricorde que je n'en serais capable.

Elle aurait voulu qu'il l'étreigne, lui dise qu'elle avait raison d'agir de la sorte, mais il se contenta de tourner les talons et de s'en aller à grands pas.

Chapitre 14

Encore sous le choc du torrent d'imprécations déversé contre son « épouse », Arnault avait toutes les peines du monde à garder son calme. Si cela n'avait tenu qu'à lui, il aurait forcé la meunière à s'agenouiller et à se repentir publiquement de cette offense. Mais il se sentait tenu de respecter la demande d'Adélaïde, quand bien même celle-ci lui paraissait incompréhensible.

Et si ses gens, voyant qu'on pouvait manquer de respect à la dame de Sanxay sans en payer le prix, décidaient de l'insulter, après son départ ?

Sa gorge se noua. Il savait que son attitude parfois trop attentive et pas assez déférente envers la jeune femme lui avait nui. Dans leur dos, les rumeurs devaient aller bon train, et les accuser d'immoralité. Si seulement il n'avait pas nourri cette faiblesse coupable…

Le moment venu, il ferait tout ce qui était en son pouvoir pour se racheter. Toutefois, il avait plusieurs tâches à accomplir sur-le-champ, qui nécessitaient toute son attention. Hélant Ganelon, il lui ordonna de préparer son cheval. Puis il passa dans sa chambre pour revêtir tous les attributs de son rang : tunique brodée, manteau doublé de fourrure, épée. Il n'était pas question de mettre son haubert car il n'avait pas l'intention de partir en campagne, mais rappeler à tous quelle était sa place ici lui paraissait essentiel. Il devait en imposer.

Arnault revint sur ses pas pour gagner la cour et, ce faisant, s'arrêta un instant devant la chambre qu'Adélaïde et Béatrice partageaient. Cette dernière en sortait, justement, et lui fit un signe de tête.

— Comment va-t-elle ?

— Elle est très affectée par la scène, même si elle s'efforce d'excuser Pernelle.

La jeune fille marqua un temps d'arrêt, comme si elle hésitait à poursuivre. D'un geste du menton, il l'encouragea à parler.

— Je ne veux pas accabler ma cousine, mais… Voilà longtemps que les gens parlent à propos de son talent pour soigner les gens. Tant qu'elle allait à l'église, qu'elle communiait et demeurait en bons termes avec le père Ogier, les calomnies étaient vite étouffées.

Elle déglutit.

— Mais, avec le tour qu'ont pris les choses ces derniers temps, les langues se délient.

Son visage à la beauté stupéfiante n'exprimait que la tristesse, et peut-être l'inquiétude. Toutefois, Arnault était mal à l'aise. Le devoir de Béatrice était de soutenir sa cousine, à qui elle devait tout, alors pourquoi cette remarque ?

Elle cherche à t'avertir : la situation avec le prêtre n'a que trop duré, et il faut rétablir notre autorité au plus vite.

L'autorité d'Adélaïde, plutôt.

Pourtant, il devait s'avouer qu'il avait de plus en plus de mal à ne pas se compter comme partie prenante du fief.

Béatrice toussota, et il se ressaisit, la saluant courtoisement avant de gagner la cour. Dehors, deux hommes maintenaient la meunière, qui avait cessé de hurler mais arborait toujours une lueur rebelle dans le regard.

À côté d'elle, son époux, le bras toujours bandé, tête baissée, paraissait accablé. Ceci n'était guère étonnant, vu que l'esclandre de Pernelle risquait de leur coûter définitivement leur place et leur moyen de subsistance.

Arnault se plaça bien en face de la coupable, serrant les poings pour réprimer la colère qui menaçait d'exploser. Il avait promis de ne pas sévir, et il tiendrait parole. Mais ce serment lui en coûtait bien plus qu'il ne l'avait cru.

— Tu devrais être punie pour tes insultes, mais ma dame a le cœur bon. Elle a demandé qu'on t'épargne, et son choix sera respecté.

Un murmure parcourut la foule, dont il ne put décrypter la teneur, tandis que la meunière arborait pour la première fois une expression de stupeur. Se raclant la gorge, il reprit :

— Dame Adélaïde a tenu à souligner que seule l'inquiétude pour ton fils t'a poussée à outrepasser ton rang. Elle souhaite même que tu demeures au chevet de Loup.

Cette fois-ci, ce fut une véritable exclamation qui retentit. Pernelle était tombée à genoux, et pressait les mains sur sa bouche comme pour s'empêcher de crier. Des larmes brillaient dans ses yeux. Son époux, quant à lui, maîtrisait mal son émotion et rougissait à mesure qu'Arnault parlait. Autour d'eux, la population du château semblait partagée entre indignation devant cette grâce inattendue et admiration pour la force de caractère de la dame.

— Toutefois, tes insultes ont gravement blessé mon épouse, et attenté à son honneur. Tu feras pénitence, et je vais de ce pas trouver le père Ogier pour l'en aviser.

Il se rapprocha et murmura pour Pernelle seule :

— Ma dame s'est montrée compatissante et encline au pardon. Ce n'est pas mon cas. Si tu t'avises une seule fois de dire du mal d'elle, tu seras responsable de ton malheur. En outre, je te défends de te trouver dans la même pièce qu'elle.

L'intéressée hocha la tête tout en sanglotant, marmonnant des paroles incompréhensibles. Arnault se redressa et s'éloigna, non sans avoir été arrêté par Landry, qui s'inclina profondément, sans un mot.

Son cœur se serra. Aurait-il fait preuve d'une telle clémence si Adélaïde ne l'en avait pas prié ? Certainement pas. Aurait-il en toute conscience jeté sur les routes cette famille ? Il osait espérer que non, mais jamais il n'avait éprouvé une telle colère.

Les muscles crispés, la démarche raide et cadencée, il gagna l'oratoire, où il s'engouffra sans attendre. Comme il le prévoyait, il trouva le père Ogier en prière. Néanmoins, le religieux ne devait pas être si absorbé que cela dans ses oraisons, car il se redressa en l'entendant refermer la porte à grand fracas, et le dévisagea d'un air d'attente.

Les deux hommes s'observèrent un instant en silence. Puis le prêtre céda, et détourna brièvement la tête.

— Messire, que me vaut l'honneur de cette visite ? demanda-t-il d'un ton neutre.

Comme s'il n'était au courant de rien ! Le chevalier avança de quelques pas. Incapable de réprimer davantage sa colère, il la laissa éclater :

— Vous savez parfaitement de quoi il retourne, et votre attitude de ces dernières semaines n'y est certes pas étrangère, s'exclama-t-il.

— Si vous voulez parler du vide de cette église..., débuta le religieux avec un geste qui embrassait l'oratoire.

— Que les gens de Sanxay assistent en foule à la messe ou pas, peu me chaut. Mais votre attitude à l'égard de dame Adélaïde commence à en pousser certains à lui désobéir. Pire encore, elle a été gravement insultée tout à l'heure, et c'est votre faute !

Le père Ogier leva les mains en signe de défense. Sans s'en rendre compte, Arnault avait encore avancé et frôlait presque le religieux. Il recula alors d'un pas, mais ne lâcha pas ce dernier du regard.

— Jamais je n'ai insulté dame Adélaïde ! Mais votre prétendue union est un blasphème, et vous le savez parfaitement.

— Ce serait un blasphème si nous avions reçu la bénédiction de Dieu, répliqua le jeune homme.

— Vous tournez en dérision la sainte institution du mariage ! Vous qui avez vécu avec des hommes de Dieu ne pouvez pas ignorer ce que cela signifie.

N'y tenant plus, Arnault attrapa le prêtre par le col et se mit à parler lentement, détachant chaque syllabe :

— Ne vous trompez pas de combat. Si dame Adélaïde et moi n'avons pas demandé la bénédiction divine, c'est pour faire annuler cette union, ce dont vous étiez au fait dès le départ.

— Certes, mais j'ai toujours affirmé être contre, répliqua le religieux d'une voix étranglée.

— En affrontant la dame de façon aussi publique, vous avez gravement mis en danger sa situation vis-à-vis de ses gens. Si aujourd'hui certains n'hésitent pas à la traiter de sorcière, qu'adviendra-t-il demain ? Voudront-ils prendre les armes et se soulever contre elle ?

— De sorcière ? balbutia le père Ogier, soudain très pâle.

Arnault desserra légèrement sa prise.

— Vous m'avez entendu. Il y a moins d'une heure, la meunière l'a insultée de la façon la plus grave qui soit, parce qu'Adélaïde n'arrive pas à lutter contre la maladie de son fils. Mais je suppose qu'on vous a déjà renseigné.

Le prêtre eut la bonne grâce de se taire et de paraître gêné, confirmant les soupçons d'Arnault.

— Une telle agression est inadmissible. Ma dame a réellement fait preuve de charité chrétienne en refusant que la Pernelle soit punie. Mais j'entends que celle-ci fasse pénitence, et c'est vous, père Ogier, qui allez la lui indiquer.

Visiblement mal à l'aise, le religieux esquissa faiblement un signe de dénégation.

— Ce n'est pas à vous de décider d'une pénitence…

— Il suffit ! s'écria Arnault, dont la voix résonna dans le petit édifice. Vous semblez ne pas comprendre que votre place ici dépend du bon vouloir des suzerains. Or, si mon épouse tolère votre présence, sachez que j'ai beaucoup moins de patience qu'elle.

L'interpellé encaissa le choc, et ne dit rien.

— Je dois m'absenter, reprit le chevalier. À mon retour, j'entends avoir été obéi. Sans quoi…

Il n'acheva pas sa phrase, laissant planer la menace sans pour autant la formuler. Que le prêtre s'imagine le pire, cela le pousserait peut-être à faire preuve de davantage de discernement.

Tournant les talons, Arnault quitta l'oratoire. Dans la cour, sa monture était prête, et Ganelon l'attendait pour lui tenir l'étrier. Le chevalier se hissa en selle d'un mouvement fluide, et tourna bride lorsque son valet d'armes l'interpella.

— Arnault, tu ne comptes pas partir sans escorte ? demanda-t-il avec sa familiarité habituelle.

Si, tout à fait. Il éprouvait le besoin d'être seul pour réfléchir à ce qu'il ferait une fois qu'Adélaïde n'aurait plus besoin de lui. Le pénible incident d'aujourd'hui n'avait fait que le conforter dans cette certitude, et il était plus que temps d'envisager son avenir.

Sans elle.

— C'était pourtant mon intention. Pourquoi cela ?

— On dit que des brigands rôdent dans les bois. Une deuxième épée ne sera pas de trop.

Arnault s'accorda un bref instant de réflexion avant de donner son assentiment. Il serait idiot de succomber à une attaque s'il pouvait s'en prémunir.

— Soit, tu m'accompagnes. Mais hâte-toi, je pars sur l'heure.

Marchant d'un pas lent sous les arbres, Arnault se sentait déplacé dans cet environnement autrefois familier. À leur arrivée, Ganelon était allé se restaurer à l'hôtellerie, pendant qu'il allait trouver Eudes et lui expliquer l'affaire. Mais l'abbé avait suggéré une sortie dans le verger et, depuis qu'il avait fini d'exposer les raisons de sa venue, le silence se prolongeait.

Regardant autour de lui, le chevalier s'interrogea. Se pouvait-il qu'à peine un mois plus tôt il ait vécu ici, au milieu de ces hommes qui le saluaient d'un signe de tête discret ? Au milieu de ces robes de bure, il semblait détonner, avec sa tenue de noble et le tintement métallique de son épée, alors qu'autrefois il se fondait dans le paysage. Pourtant, ce décalage ne lui inspirait ni remords ni regret. Contrairement à ce qu'il avait cru un temps, ce n'était pas là qu'il passerait le restant de ses jours.

— J'accède à ta demande, je vais donner des ordres dans ce sens, dit enfin l'abbé à mi-voix. Mais j'aimerais connaître davantage ce qui habite ton âme.

Qu'avouer ? Que taire ? Arnault baissa la tête, indécis.

— La rumeur dit que tu as épousé dame Adélaïde.

Piqué au vif, il se redressa, prêt à nier. Pourtant, lorsqu'il croisa le regard de son ami, il éprouva une répugnance à mentir. Il ne lui avait rien caché des tourments qui le hantaient ces deux dernières années, il ne rimait à rien de commencer maintenant.

— La rumeur dit vrai, en quelque sorte. Nous avons échangé nos consentements devant témoin, mais nous n'avons pas demandé la bénédiction divine.

Eudes sourcilla, mais ne commenta pas, le poussant à expliquer :

— Ce mariage est un simulacre, Adélaïde souhaite avant tout évincer un prétendant qu'on lui a imposé. Il n'est pas prévu que notre union perdure.

— Donc votre relation est chaste ? demanda le religieux, l'air dubitatif.

Arnault repensa aux baisers échangés, à leurs étreintes, à ces rêves ardents qui l'agitaient chaque nuit.

— Nous n'avons jamais partagé la même couche, choisit-il de répondre, ce qui parut satisfaire son interlocuteur.

Ils replongèrent quelques instants dans le silence, marchant sans hâte.

— Est-ce qu'elle sait ? demanda brusquement Eudes.

Le chevalier fit « non » de la tête et inspira profondément.

— Elle ignore ce que j'éprouve pour elle, si tel est le sens de ta question. Je n'ai pas voulu l'accabler…

— Tu es donc résolu à souffrir un amour sans retour ? Renoncer au monde ne te serait pas si difficile…, déclara-t-il d'un ton pince-sans-rire. Je suppose qu'elle ne sait rien non plus à propos de ton frère… ?

— En effet. Je n'ai pas eu l'occasion de lui en parler.

Pas eu le courage, plutôt, corrigea-t-il en son for intérieur.

Eudes lui mit une main sur l'épaule, le forçant à s'arrêter pour le regarder dans les yeux. Les prunelles de l'abbé étaient emplies d'une compréhension et d'une compassion qui lui nouèrent l'estomac.

— Je t’ai déjà accordé le pardon en confession, et tu as fait pénitence. C’est un péché, de conserver sa culpabilité quand Dieu lui-même t’en a allégé.

— Ce n’est pas le pardon de Dieu que je recherche, murmura le chevalier.

Son ami ne releva pas, mais Arnault était certain qu’il l’avait entendu. Ils devisèrent encore un peu, puis Eudes le guida jusqu’au cloître. Comme ils étaient sur le point de se séparer, il le retint un instant :

— Il est temps de rompre les derniers liens qui te rattachent à ce passé. Ce n’est bon ni pour toi ni pour elle. Dame Adélaïde a le droit de savoir pourquoi son fiancé est mort.

La gorge serrée, le chevalier opina sans parvenir à prononcer un mot. Il prit congé d’un hochement de tête et regagna l’hôtellerie à pas lents. Ganelon avait-il senti son changement d’humeur ? Il se contenta de le suivre, non sans avoir montré le paquet qu’un frère était venu lui remettre peu auparavant.

Ils pressèrent leurs montures pour rentrer : à présent que la mission qu’il s’était imposée touchait à sa fin, Arnault avait hâte d’être à Sanxay. Comme à l’aller, ils ne virent nulle trace de brigands, et il commença à soupçonner son valet d’armes d’avoir inventé ce prétexte pour l’empêcher de remâcher sa colère.

Quand ils entrèrent dans la cour, en fin d’après-midi, il n’attendit pas que son cheval soit tout à fait arrêté pour en descendre et se précipiter dans le logis. Il était de retour, il voulait retrouver Adélaïde, la serrer contre lui, s’assurer de sa présence…

Arnault s’ébroua pour se débarrasser de ces pensées qui refusaient de le quitter. Plus tôt il s’éloignerait de la jeune femme, moins il en souffrirait.

Qui essaies-tu de duper ? Renoncer à elle sera un sacrifice immense.

Mais il le fallait. Et il savait comment la détacher de lui si jamais elle refusait leur séparation.

La dernière phrase de l'abbé ne cessait de rôder dans son esprit. Il avait fait preuve de tant de lâcheté depuis le début de cette malheureuse affaire, tandis que sa soi-disant épouse affrontait toutes les adversités avec un courage qui forçait l'admiration.

Lorsqu'il arriva à l'étage, ses espoirs d'atteindre discrètement le chevet de Loup furent vite douchés : les suivantes d'Adélaïde se tenaient dans la chambre des dames, et sa présence parut raviver les conversations. Certaines le saluèrent courtoisement, d'autres plaisantèrent sur son empressement à monter pendant la journée. Béatrice, toujours grave, lui offrit un pâle sourire – peut-être soupçonnait-elle la raison de son voyage. Elle se leva et le rejoignit.

— Ma cousine est seule avec l'enfant. La Pernelle a décampé dès qu'elle est venue s'enquérir de son état.

Au moins, ses ordres avaient été obéis !

— Je te remercie. Que ferais-je sans ton aide précieuse ? répondit-il en se forçant à sourire bien que l'impatience lui serre la poitrine.

Sans différer davantage, il s'approcha et poussa doucement le battant. Une fois encore, Adélaïde était assise au chevet du garçonnet. Ce dernier paraissait dormir, mais sa respiration était laborieuse, et le visage de la jeune femme trahissait son immense inquiétude. Quand elle tourna les yeux vers lui, son expression abattue le transperça comme un couteau. Il aurait tout donné pour lui rendre la joie.

— Il ne va pas mieux, même si sa fièvre a disparu. Sa mère a tant insisté que le père Ogier est venu lui administrer le sacrement des mourants. J'aurais préféré que ce ne soit pas le cas, mais je ne sais pas si…

Sa voix se brisa, des larmes perlèrent aux coins de ses paupières, et Arnault oublia immédiatement toutes ses résolutions. En un instant, il effaça la distance entre eux pour l'étreindre. Le corps d'abord rigide de sa fausse épouse se détendit peu à peu tandis qu'elle s'abandonnait aux sanglots. Il éprouva un plaisir coupable à la sentir si confiante entre ses bras, et tira de sa poche le paquet que lui avait remis Ganelon.

— Tiens, j'espère que ce sera utile, chuchota-t-il en lui glissant l'objet entre les mains.

Les doigts tremblants, elle défit le tissu qui enveloppait une petite boîte en bois tourné d'où émanait une odeur puissante et caractéristique. Soulevant le couvercle, elle découvrit une poudre, et s'empressa de refermer la boîte pour ne pas en perdre.

— Du camphre ! s'exclama-t-elle. Mais par quel miracle… ?

Elle riait au travers de ses larmes, s'essuyant les yeux avec ses manches.

— Eudes, l'abbé de Saint-Martin, a consenti à m'en donner. C'est un homme profondément bon, et il n'a pas hésité un instant, alors même que le malade n'était pas à l'abbaye.

Adélaïde ne l'écoutait que d'une oreille, hochant la tête, appelant Isabeau, préparant ses instruments. Bientôt, ils furent rejoints par la vieille femme et d'autres qui avaient entendu le tapage, et Arnault se retira.

Chapitre 15

Adélaïde se redressa en faisant craquer son dos. Les heures qui venaient de s'écouler avaient été épuisantes mais exaltantes. Lorsqu'elle avait vu arriver Arnault avec le précieux camphre, elle avait cru rêver, mais s'était très vite reprise.

Avec l'aide d'Isabeau, elle avait décidé de la meilleure façon de préparer le remède, et elles avaient choisi un baume de camphre et de menthe appliqué sur la poitrine de l'enfant. Celui-ci n'avait d'abord pas réagi, mais l'odeur puissante et presque grisante du médicament avait fini par l'éveiller. Il s'était plaint d'une chaleur dans la poitrine, mais l'intensité de la toux avait diminué, et les deux femmes avaient échangé un regard de soulagement.

Elles avaient répété l'opération juste avant complies, avec un résultat encore plus encourageant. Loup avait fini par s'abandonner à un sommeil enfin dénué de toux, et sa respiration était plus légère et plus régulière.

Une forme apparut sur le seuil de la chambrette, et la jeune femme reconnut Pernelle. Son premier mouvement fut de l'éconduire, mais elle songea que la mère avait besoin d'être auprès de son fils. Elle se leva donc et fit signe à la nouvelle venue d'entrer. Cette dernière hésita un bref instant avant d'obéir. La lueur de la lampe à suif n'était pas très forte mais suffisait à discerner des traits tirés et des yeux rougis par les larmes.

On lui avait rapporté que la meunière avait été contrainte de faire amende honorable, et s'était repentie de son esclandre. Adélaïde espérait surtout que la guérison de Loup permettrait de mettre cet épisode pénible derrière elles.

— Il s'est endormi une heure après complies, expliqua-t-elle à voix basse car la nuit était tombée depuis longtemps et tout le château dormait. Laisse-le se reposer tout son soûl.

Pernelle hocha la tête, ouvrant la bouche pour parler, mais aucun son ne sortit. Finalement, elle lui saisit la main et s'inclina, sans prononcer une parole.

— Ton fils va se remettre, reprit Adélaïde, plus touchée qu'elle ne l'aurait voulu.

Puis elle s'éclipsa, peu désireuse de prolonger une scène embarrassante pour les deux femmes.

Elle devrait regagner sa chambre pour tenter de trouver un peu le sommeil. Après la pose du premier emplâtre, Isabeau l'avait envoyée se baigner pour se débarrasser de l'odeur de camphre qui lui collait à la peau, et lui avait enjoint de prendre du repos. Elle était toutefois revenue très vite au chevet du malade.

La jeune femme traversa la pièce commune de l'étage sur la pointe des pieds pour se mettre au lit. Elle ouvrit la porte avec précaution et entendit le souffle régulier de Béatrice, qui dormait profondément – sa pauvre cousine n'avait pas ménagé sa peine ces derniers jours, s'occupant de la maisonnée à sa place et veillant sur chacun. Elle devrait la remercier comme il se devait…

Sur le palier, elle aperçut une lueur qui filtrait sous la porte de la chambre seigneuriale. Arnault dormait là… Mais peut-être était-il encore debout, malgré l'heure très avancée ? Elle n'avait même pas eu le temps de lui témoigner sa reconnaissance pour son geste si crucial. Sans lui, elle n'était pas certaine qu'elle aurait pu sauver Loup – et savoir qu'il avait pris la peine de se rendre au monastère et de demander le remède pour un enfant qu'il ne connaissait pas seulement quelques jours auparavant la touchait plus qu'elle n'aurait su l'exprimer.

Si elle avait été dans son état normal, elle aurait probablement attendu le lendemain matin. Mais elle était à la fois épuisée et parcourue d'une énergie étrange, grisée d'avoir remporté cette bataille. Sans réfléchir davantage, elle referma le battant de sa chambre et alla gratter à la porte d'Arnault.

Nul ne répondit, et elle crut qu'il s'était endormi en oubliant de moucher la bougie, mais on finit par lui ouvrir. Il était là, devant elle, la dominant de sa taille, vêtu de sa seule chemise et de ses chausses, les cheveux ébouriffés comme s'il s'était endormi sans le vouloir.

— Adélaïde ?

La stupéfaction se mêlait à autre chose dans sa voix… mais elle fut incapable de dire quoi.

Se jetant dans ses bras, elle l'étreignit de toutes ses forces, ravie de sentir ses muscles sous ses doigts, empoignant sans même s'en rendre compte le lin de son vêtement.

— Merci, murmura-t-elle. Merci.

Il ne répondit pas mais lui rendit son étreinte, l'enveloppant de sa puissance et de sa stabilité, la serrant contre lui. Le chevalier l'attira à l'intérieur et referma derrière eux.

Toute pensée déserta Adélaïde, qui n'était plus éperonnée que par une obsession : se repaître d'Arnault, se nourrir de sa chaleur, de son désir, repousser la mort. Avec un soupir ravi, elle s'abandonna.

Il s'était assoupi à force de guetter des nouvelles de Loup, et avait rêvé, une fois encore, d'Adélaïde. Et voilà qu'elle se trouvait devant lui et se mettait à l'enlacer. Était-ce une illusion ou la réalité ? Son rêve avait-il conjuré l'apparition de la jeune femme ?

Arnault s'en moquait : elle était dans ses bras, et c'était le plus important. Lorsqu'il la sentit céder, il baissa la tête pour l'embrasser, mais elle l'avait déjà devancé : hissée sur la pointe des pieds, elle lui offrait ses lèvres, impatiente.

En lui, ce fut comme si une digue s'écroulait, laissant son désir le submerger. Resserrant son étreinte, il plaqua Adélaïde contre le battant et se mit à dévorer sa bouche comme s'il jeûnait depuis des jours. Elle émit un petit gémissement, qu'il crut être une protestation, mais au même moment elle raffermit sa prise, glissant la main de sa joue à ses cheveux.

Le souvenir des quelques baisers qu'ils avaient déjà échangés fut soudain balayé par ce nouvel afflux de sensations. S'il avait cru auparavant brûler pour elle, il avait désormais l'impression de se consumer sur un bûcher. Sa verge, encore à demi dressée par son rêve, était dure comme la pierre et frottait douloureusement au tissu de ses braies.

Prenant le visage de la jeune femme en coupe, il se força à s'écarter pour la dévisager. Elle avait le regard obscurci par le désir, mais était tout à fait lucide. Elle savait ce qu'elle faisait et ne souhaitait pas qu'ils s'interrompent.

D'une main tremblante, Arnault ôta les épingles qui retenaient le voile de sa compagne, puis, lentement, défit les tresses qui pendaient dans son dos. Les mèches soyeuses glissaient entre ses doigts, formant un rideau que le feu parait de reflets dorés.

— J'en ai tellement rêvé, confessa-t-il d'une voix étranglée.

Pendant qu'il satisfaisait cette curiosité réprimée depuis si longtemps, elle gardait les yeux rivés à son visage, mais sa poitrine se soulevait avec plus de force, et son souffle s'accélérait. Elle devait se sentir vulnérable, ainsi exposée, mais était visiblement déterminée à aller au bout des choses.

Enfouissant le visage dans sa chevelure libérée, il inspira une bouffée de son odeur unique, teintée de cette note de menthe qui lui rappellerait toujours leur première étreinte. Une main sur le côté de son cou, il déposa une ligne de baisers ardents sur sa gorge, tandis qu'il glissait l'autre main dans son dos, jusqu'à la refermer sur ses fesses.

Adélaïde poussa une exclamation qui oscillait entre surprise et délectation, et se mit à son tour à explorer son corps. Soulevant le bas de sa chemise, elle lui effleura les reins avec hésitation.

Cette simple caresse, faite du bout des doigts, l'enflamma davantage, si bien qu'il mordilla le lobe de son oreille, lui arrachant un geignement. La jeune femme s'enhardit, refermant les paumes sur ses flancs, le palpant avec une avidité qui le fit sourire.

Aiguillonné par les réactions de sa compagne, Arnault abandonna son cou, glissa la main sur sa poitrine, la refermant sur un sein. La pointe, déjà tendue, se mit à durcir lorsqu'il passa doucement le pouce dessus. Elle tressaillit et se cambra comme pour en demander davantage, ce qu'il fit volontiers. L'épaisseur du tissu et l'étroitesse de sa robe l'empêchaient de toucher sa peau, mais il posa la bouche sur son téton pour souffler doucement. Son geste eut l'effet escompté, car elle prit une inspiration brusque, comme si elle avait été surprise.

Poursuivant son exploration, il délaissa la poitrine de la jeune femme, qui poussa un petit cri de frustration, afin de trouver l'ouverture latérale de sa robe et, enfin, tirer sur les lacets qui la fermaient. Dessous, une fine chemise couvrait encore la peau tiède, mais il avait davantage d'espace pour insinuer ses doigts. Il frôla la courbe de son dos, remontant entre les omoplates avant de se nicher dans le creux de ses reins. Elle frissonnait, mais d'excitation plutôt que de froid.

Refusant comme toujours de céder du terrain, Adélaïde l'avait imité, lui caressant le dos, de la nuque aux hanches. Dans un élan d'audace, elle lui empoigna les fesses pour le plaquer contre elle. Surpris, Arnault ne put retenir un gémissement lorsque sa verge gonflée caressa le ventre de la jeune femme au travers de leurs vêtements.

Il brûlait de la posséder, la faire sienne, comme il en rêvait depuis des jours. Sentir sa peau contre la sienne, et se nourrir de sa chaleur. Oublier un instant qui il était pour se perdre en elle.

N'y tenant plus, il saisit ses jupes et les souleva jusqu'à la taille. Reprenant sa bouche, il se fit plus pressant, lui agrippant le derrière pour la soulever et l'encourager à refermer les jambes autour de lui. La jeune femme, quant à elle, attrapa l'ourlet de sa chemise pour la lui ôter. Elle interrompit un instant leur baiser, le détaillant avec une avidité qui, en temps normal, l'aurait probablement fait rougir, mais ne la rendait que plus désirable.

S'il avait cru que la toucher était délicieux, Arnault devait reconnaître que le regard d'Adélaïde sur lui le rendait à la fois étrangement vulnérable et considérablement excité. Les joues rosies, le souffle court, la bouche entrouverte et encore marquée par leurs baisers, elle attisait sa flamme sans même en avoir conscience.

Et cette façon qu'elle avait de l'observer comme si elle voulait le dévorer…

Sur un coup de tête, il glissa une main entre eux, frôlant son intimité humide. Elle eut un petit hoquet de surprise, avant de pousser un soupir alangui quand il recommença. C'en était trop, il devait la déshabiller sur-le-champ, découvrir enfin ce corps qu'il devinait ravissant.

La reposant par terre, il s'agenouilla pour attraper le bas de sa robe et la débarrasser du vêtement. Le visage à hauteur de son ventre, il ne put s'empêcher de l'enlacer et de presser le visage contre l'arrondi souple, inspirant une bouffée de son odeur musquée. Elle était enivrante, et il en perdit l'esprit.

Il lui ôta sa cotte, puis ses chausses, si bien qu'elle n'était plus vêtue que de sa seule chemise, découvrant ses chevilles fines et ses mollets. Avec des gestes lents, pour ne pas l'effaroucher, il lui caressa les jambes, remontant insensiblement aux genoux, puis plus haut.

Adélaïde avait fermé les yeux, respirant plus fort. Sa poitrine se soulevait et, sous le lin blanc, il distinguait nettement les tétons plus sombres et leur pointe saillante. Il brûlait tellement de les goûter… mais il ne voulait pas se détourner de son but premier.

Il lui était impossible de prendre la virginité de la jeune femme, s'ils souhaitaient faire annuler le mariage – or il ne voulait pas qu'un instant d'égarement pèse sur leur avenir. Mais il pouvait lui donner du plaisir, lui exprimer par ses gestes sa tendresse et son désir.

Avec une lenteur consommée, il posa la cuisse de sa compagne sur son épaule, dévoilant le cœur de sa féminité. Approchant les lèvres, il déposa sur son mont de Vénus un baiser très léger, rien qu'un frôlement. Elle sursauta violemment, ouvrant les paupières et plongeant le regard dans le sien.

Ils se dévisagèrent de longs instants, immobiles, dans un silence seulement troublé par leurs respirations saccadées et le chant lointain d'un rossignol. Enfin, Adélaïde appuya la tête contre le battant et, fermant les yeux, se laissa aller contre lui.

À son tour, Arnault se mit à trembler. Elle ne l'avait pas repoussé, ne lui avait pas reproché de s'en prendre à son innocence. Une telle confiance le rendait humble, et plus décidé que jamais à prendre soin d'elle.

Avec des précautions infinies, il passa la langue sur l'orée de son intimité, ravi de la découvrir humide et ouverte. Elle poussa une longue plainte sourde qui le fit s'arrêter aussitôt, mais, lorsqu'elle glissa les doigts dans ses cheveux pour le maintenir en place, il sut qu'il avait fait le bon choix. Lui agrippant les cuisses, il reprit ses caresses, la taquinant, la titillant, l'excitant. Adélaïde gémissait de plus belle, ondulant contre lui pour mieux le sentir.

Il n'y avait plus de mariage, plus de mascarade, plus de fief ni d'obligations. Rien que deux êtres qui se désiraient depuis des semaines et pouvaient enfin assouvir cette envie. La certitude qu'ils avaient de dissoudre bientôt leur union et de n'avoir qu'un temps très limité à passer ensemble rendait la situation encore plus pressante.

Soudain, la jeune femme plaqua une main sur sa bouche pour étouffer un cri et tout son corps se tendit. Elle se cambra, lui agrippant les cheveux de sa paume libre, avant de se relâcher d'un coup. Arnault la rattrapa dans ses bras juste à l'instant où elle vacillait et se laissait glisser le long de la porte.

Elle était si belle, ainsi abandonnée, les cheveux épars, la chemise froissée, les yeux un peu voilés. Pourtant, lorsqu'elle croisa son regard, nul regret ne le teintait, et un sourire lui étira les lèvres. La soulevant comme si elle ne pesait pas plus lourd qu'une plume, il l'emmena jusqu'au lit, où il la déposa pour l'admirer tout son soûl.

S'il ne devait avoir que cette nuit, il ne dormirait pas pour ne pas perdre un seul instant en sa compagnie.

C'était comme si la foudre l'avait frappée. Chancelante, encore étourdie, Adélaïde se laissa porter sur la couche qu'Arnault occupait depuis son arrivée. Jamais elle n'aurait cru que partager une telle intimité était possible – ni si délicieux. Il l'avait torturée, mais c'était une torture exquise qu'elle était prête à revivre.

Son humeur s'assombrit lorsqu'elle comprit que cela n'arriverait pas – ils venaient de vivre un instant de folie, rien de plus. Confusément, elle savait qu'elle était toujours vierge, et était reconnaissante à son compagnon de s'en être assuré. Dans l'état où les caresses d'Arnault l'avaient réduite, jamais la jeune femme n'aurait pu, ni voulu, s'opposer à la consommation de leur union.

Étendue sur le matelas de paille, elle sentait la fraîcheur du lin sur sa peau échauffée. Qui aurait cru qu'on puisse éprouver un tel bouleversement des sens ? À côté d'elle, Arnault s'allongea avec précaution, appuyé sur un coude.

— Merci, murmura-t-elle.

Il lui prit la main et déposa un baiser au creux de sa paume.

— Non, c'est moi qui te remercie. Je chérirai précieusement ce témoignage de… confiance.

Avait-il voulu dire autre chose ? Pour Adélaïde, il y avait une certitude : elle s'était donnée par désir mais, surtout, par amour. Les sentiments qu'elle éprouvait pour le chevalier avaient gagné en puissance et paraissaient impossibles à déloger de son cœur.

Se forçant à oublier toutes les circonstances qui faisaient que leur mariage était destiné à s'achever, elle décida de l'observer pour graver chaque détail de son corps dans sa mémoire. Ses cheveux bruns étaient en désordre et ses yeux brillaient d'une lueur indéchiffrable. Son torse musclé était marqué de cicatrices, témoins de sa vie de soldat. Certains bleus et éraflures, sans doute récoltés à l'entraînement, le firent tressaillir lorsqu'elle les effleura, mais il ne fit rien pour s'écarter.

Quelques poils dessinaient une ligne sur son ventre jusqu'à la ceinture. Sans réfléchir, elle suivit ce chemin du bout des doigts, sentant la peau qui couvrait une chair dure affûtée par les exercices guerriers. Arnault inspira brusquement mais la laissa faire, se reculant légèrement pour lui permettre de mieux l'explorer.

Posant les lèvres à la jonction de son cou et son épaule, elle sentit sa veine palpiter sous sa bouche, et en éprouva une nouvelle bouffée de désir. Cet homme, d'ordinaire si maître de lui, toujours enclin à la protéger, semblait totalement à sa merci. Lorsqu'elle redressa la tête pour le dévisager, ses prunelles trahissaient d'ailleurs sa reddition.

Enhardie, la jeune femme donna un rapide coup de langue sur le téton plat de son compagnon, qui siffla entre ses dents. Pour le faire taire, elle prit l'initiative de l'embrasser, ravie qu'il réagisse avec vivacité et empressement, prenant possession de sa bouche, de sa langue. L'un d'eux poussa un gémissement, mais elle n'aurait su dire lequel.

D'un seul coup, l'atmosphère presque apaisée qui avait succédé à leurs ébats fit place à un nouvel accès de fièvre. Ils s'enlaçaient plus étroitement, s'embrassaient avec plus de force.

— Adélaïde, haleta-t-il en interrompant leur baiser. Si tu le souhaites, je peux encore… te donner du plaisir…

Était-ce seulement possible ? Elle avait très envie de le découvrir. Et elle lui faisait confiance : elle savait qu'il n'outrepasserait pas les limites qu'ils s'étaient imposées.

— Mais toi ? demanda-t-elle, le souffle court. Je n'y connais pas grand-chose mais je sais que… que tu n'as rien éprouvé de tel.

Heureusement pour elle, la lumière était faible, car elle se sentit rougir jusqu'à la racine des cheveux – ce qui était un peu ridicule vu qu'elle était à demi nue dans les bras de son soi-disant mari. Ce dernier eut un sourire un peu douloureux.

— Il n'est question que de toi…

— Non, protesta-t-elle. Si tu as pu me défaire de la sorte, je veux pouvoir en agir de même avec toi. Je veux te voir.

Je veux me souvenir.

Une émotion nouvelle apparut dans les yeux d'Arnault, qui devint grave. Hochant lentement la tête, il ne dit rien, mais se redressa, l'attirant avec elle, de sorte qu'ils se retrouvèrent agenouillés face à face. Il pressa tendrement ses lèvres sur les siennes puis se recula, mettant les mains sur les lacets qui retenaient ses braies et ses chausses.

Adélaïde l'interrompit, posant les mains sur les siennes.

— Laisse-moi…

Avait-il entendu la supplique dans sa voix ? La trouvait-il trop hardie pour une dame de haut lignage ? Il céda à sa demande, et laissa ses bras retomber le long de ses flancs, la poitrine soulevée par sa respiration sonore.

Les doigts presque gourds, la jeune femme dénoua l'aiguillette qui retenait le vêtement. Sous le tissu, elle distinguait nettement la bosse, mais, lorsqu'elle baissa braies et chausses puis l'en débarrassa avec son aide, elle ne put retenir un petit hoquet de surprise.

— C'est… imposant, murmura-t-elle.

Un éclat de rire lui répondit.

— Ma mie, voilà le plus beau compliment que tu puisses me faire, répondit Arnault en l'embrassant une fois encore.

Mais Adélaïde n'en avait pas fini. Elle voulait le toucher, le sentir dans sa paume, voir comment il réagissait. Suivant son instinct, elle referma doucement la main autour de sa verge, ce qui arracha une plainte à son compagnon. Elle le lâcha aussitôt, effrayée.

— Est-ce que je t'ai fait mal ?

— Bien au contraire.

Devait-elle poursuivre ? Sa curiosité était trop piquée pour qu'elle renonce. Baissant les yeux, elle l'observa : il était tendu, gonflé au point que la peau semblait étirée comme un fourreau sur une dague. Lorsqu'elle le caressa avec précaution, il était à la fois brûlant et doux comme la soie, un mélange étrangement excitant.

S'humectant les lèvres, elle suivit le dessin des veines saillantes, avant de passer le pouce sur l'extrémité où perlait une goutte d'humidité. Arnault gémit franchement, et entreprit de lui retirer sa chemise. Elle consentit à abandonner un instant l'objet de ses soins pour se débarrasser du vêtement, et ils se retrouvèrent nus. L'ardeur qu'elle lisait dans les iris de son compagnon la réchauffa de l'intérieur, allumant un nouvel incendie dans son bas-ventre.

Il l'enlaça et se mit à l'embrasser tout en l'invitant à se rallonger. S'étendant à côté d'elle, le chevalier lui caressa les seins, avant de les prendre dans sa bouche. Adélaïde s'arc-bouta soudain, comme si elle avait ressenti ce claquement fréquent en hiver quand l'air était sec, mais bien plus agréable. Il lui sembla que cette foudre se propageait depuis ses tétons jusqu'à son intimité et faisait grimper la chaleur de son corps.

Insensiblement, elle écarta les jambes tandis qu'Arnault se dirigeait vers son ventre. La jeune femme n'était pourtant pas en reste, poursuivant sa lente découverte de la virilité de son compagnon. Leurs souffles s'étaient accélérés, et elle se savait prête à… Elle n'aurait su le définir précisément, mais elle savait que cela impliquait d'accueillir le chevalier en elle – et elle y était résolue.

Pourtant, quand Adélaïde chercha à l'attirer sur elle, entre ses cuisses, il s'interrompit et l'observa, les traits crispés.

— Non, ma mie. Il ne faut pas…

Elle avait beau savoir qu'il avait raison, elle en aurait crié de frustration. Cela dut se lire sur son visage, car Arnault esquissa un sourire qui se voulait rassurant.

— Il existe d'autres moyens, reprit-il d'une voix fervente.

— Montre-moi, supplia-t-elle.

Adélaïde avait passé depuis longtemps le moment où elle se souciait de sa dignité et de son indépendance. En cet instant, elle avait besoin d'Arnault, tout comme elle soupçonnait qu'il avait besoin d'elle, et elle était prête à tout pour être assouvie.

Sans la lâcher des yeux, il guida sa main jusqu'à sa verge, qu'elle reprit avec plus d'assurance et de force. D'instinct, elle effectua un lent mouvement de va-et-vient, guettant ses réactions, s'adaptant aux émotions qui passaient dans ses iris aux pupilles dilatées.

Il serrait les dents, et les muscles de son cou saillaient comme s'il faisait un immense effort. Intérieurement, elle exulta d'exercer ce pouvoir sur lui. Mais Arnault n'était pas adversaire à se laisser abattre. Il avait repris un sein en coupe, agaçant son téton, puis glissa la main sur son ventre et, plus bas encore, jusqu'à son entrejambe.

Quand il effleura le point le plus sensible de son

intimité, la jeune femme cessa un instant de respirer, comme si tout l'air avait quitté son corps. Puis une chaleur d'incendie se mit à croître en elle, plus acérée et plus vive encore que lorsqu'il l'avait fait jouir contre la porte. Ses doigts glissaient sur sa fente mouillée et, soudain, il s'insinua en elle.

Un vertige la saisit, mais un vertige délicieux. Adélaïde n'éprouvait aucune peur, rien qu'une exaltation grisante à les savoir liés de façon si intime. Elle n'avait pas abandonné ses propres caresses, et accéléra, rendant coup pour coup.

Ils se livraient une étrange bataille, cherchant à assouvir l'autre, à lui faire atteindre la jouissance en premier. Si Arnault avait le bénéfice de l'expérience, sa compagne savait que son audace jouait en sa faveur.

Le plaisir montait, montait, se concentrant dans son bas-ventre, la tendant comme un arc. Quand elle sentit un deuxième doigt la pénétrer tandis que son amant passait le pouce sur son point sensible, Adélaïde fut parcourue d'un violent frisson. Il écrasa la bouche sur la sienne et lui donna un baiser ardent et impérieux, sans cesser ses va-et-vient. Elle eut soudain le sentiment d'être emportée par une rivière en crue, incapable de lutter contre la vague de plaisir.

Avec une exclamation sonore qu'elle ne put ni ne voulut retenir, elle jouit une nouvelle fois, se cambrant contre Arnault, se plaquant à lui avec l'énergie du désespoir, tandis qu'elle était secouée de spasmes. Il la maintint en place, l'accompagnant jusqu'au bout de cette onde de choc, la bouche collée à la sienne, la main sur son entrejambe, son autre bras autour de ses épaules.

Une fois les dernières secousses passées, elle se détendit tout à fait, s'alanguissant entre ses bras. Néanmoins, elle avait remarqué qu'elle seule avait éprouvé du plaisir.

Arnault la dévisageait avec ce qui ressemblait à de l'admiration, de l'affection, peut-être, mais la lumière était trop faible pour qu'elle en soit certaine.

Elle recommença ses caresses, interrompues par la jouissance, et le trouva encore plus dur et brûlant que dans son souvenir. Il se mit à gémir doucement, enfouissant le visage dans son cou comme s'il ne supportait plus sa vue. Elle était éperonnée par une audace nouvelle, lui empoignant les fesses, les marquant de ses ongles. Lorsque la poigne d'Arnault se raffermit sur son bras, elle comprit qu'il était sur le point de basculer.

Dans un râle, il fut emporté par l'orgasme, enfonça les dents dans l'épaule de la jeune femme. Elle tressaillit sous le coup de la douleur, mais ne s'en plaignit pas, trop absorbée par le spectacle qu'il offrait, lèvres pincées, yeux révulsés, verge tendue à l'extrême.

Pantelant, il se laissa retomber sur le matelas à côté d'elle, un bras en travers de sa taille, comme s'il voulait la retenir près de lui – il pouvait être rassuré sur ce point, car elle n'avait aucune intention de bouger, prise d'une langueur qui l'empêchait de remuer.

— Je t'ai fait mal, murmura-t-il en effleurant la trace de morsure sur sa peau.

— Ce n'est rien, l'assura-t-elle d'un ton léger.

En vérité, elle était heureuse de conserver sur son corps cette marque de leur étreinte. Ce serait sans nul doute leur unique moment d'égarement, et elle voulait garder en mémoire le plus de détails possible.

Adélaïde ferma douloureusement les yeux, le cœur serré. Bientôt, tout ceci serait fini… Arnault avait dû sentir son trouble, car il se hissa au-dessus d'elle pour l'embrasser. Lorsqu'il recula, il plongea dans son regard, elle comprit qu'il allait parler de leur prochaine séparation. Mais elle refusait de laisser la réalité s'immiscer dans cette nuit. Lui posant un doigt sur les lèvres, elle supplia :

— Non, ne dis rien. Il sera bien temps demain.

Hochant la tête, le chevalier se rallongea, l'attirant contre lui et lui caressant doucement le dos jusqu'à ce qu'elle s'endorme.

Chapitre 16

L'autre côté du lit n'était pas défait. Passant la main sur le matelas froid, Béatrice s'éveilla, un peu inquiète. Dehors, le petit jour pointait, ce qui signifiait qu'Adélaïde avait encore passé la nuit au chevet de l'enfant. Le dévouement de sa cousine était admirable.

Elles ne s'étaient guère vues ces derniers jours, l'une absorbée par les soins à donner au petit malade, l'autre prenant en charge la direction de la maisonnée. La jeune fille avait naturellement endossé les responsabilités de l'intendance, et en avait même été félicitée et remerciée par Arnault. Le logis était impeccable, tous avaient à boire et à manger en temps et en heure, et une relative paix régnait, malgré l'épisode pour le moins pénible avec Pernelle.

Quand celle-ci avait proféré ses insultes, Béatrice avait éprouvé une sorte de délectation à entendre attaquer sa cousine, même si les accusations étaient gravissimes. Elle avait eu l'impression de ne plus être seule à en vouloir à la dame de Sanxay, fût-ce pour d'autres motifs. Ce n'était pas bien, et elle devrait se confesser, mais cela avait temporairement soulagé sa peine.

Depuis le merveilleux moment de grâce où Arnault et elle avaient chanté ensemble, elle n'avait guère eu de répit, et avait jalousé Adélaïde quand son soi-disant époux avait pris sa défense devant tout le monde, y compris le père Ogier. Jamais personne ne l'avait défendue, avait-elle songé amèrement.

Béatrice sortit du lit pour se forcer à écarter ces réflexions pénibles. Après avoir enfilé une chemise propre et des chausses, elle attrapa sa robe sur la perche où elle était suspendue. Elle mit un soin particulier à nouer sa ceinture, tresser ses cheveux et les dissimuler sous le voile. La journée s'annonçait belle, cela l'aiderait peut-être à retrouver sa bonne humeur.

La semelle en cuir de ses chaussures ne faisait presque aucun bruit sur le parquet, même si une planche grinçait çà et là. Elle voulait passer dans la chambre du malade avant de débuter la journée. Instinctivement, la jeune fille tourna la tête vers la porte d'Arnault. Celle-ci s'ouvrait, justement, et un frisson d'anticipation la parcourut.

Le chevalier avait le visage pâle de qui n'a pas dormi, mais ses traits étaient étrangement détendus. Depuis des semaines qu'elle l'observait, jamais elle ne lui avait vu d'expression aussi apaisée…

L'enfant a survécu ! Ce remède miraculeux a fait effet, se dit-elle, soulagée, songeant à ce qu'elle avait appris la veille au soir.

Il la rejoignit à pas de loup, prenant toutefois soin de refermer le battant derrière lui, ce qui l'intrigua.

— Tu es levée fort tôt. Je sais qu'Adélaïde n'aurait pas pu sauver Loup sans ton soutien. Sois-en une fois encore remerciée.

— Le ciel soit loué, c'est une excellente nouvelle ! Elle l'a donc veillé toute la nuit ?

— Sa mère dort encore auprès de lui. Je pense qu'Isabeau ne tardera pas à lui administrer le remède du matin.

Mais alors… Où était passée sa cousine ? Pétrifiée

d'angoisse, Béatrice entendit Arnault ajouter d'un ton dégagé :

— Fais monter un bain dans la chambre seigneuriale, mais pas avant tierce. Adélaïde a besoin de repos.

Puis il la salua d'un signe de tête et gagna l'étage inférieur, où les premiers bruits se faisaient entendre. La jeune fille resta figée, comme foudroyée par ce que sous-entendait l'ordre du chevalier.

— Ils ont passé la nuit ensemble, il était grand temps ! s'exclama Nanette d'une voix enjouée dans son dos. Notre jeune seigneur s'est montré fort patient, mais il n'est qu'un homme…

Glacée, Béatrice se retourna.

— Que dis-tu ?

La servante haussa les épaules avant de reprendre d'un ton de confidence :

— Dame Adélaïde a rejoint son époux cette nuit. Je gage qu'ils ne se sont pas attardés à converser.

Le souffle coupé, la jeune fille ferma un instant les yeux pour reprendre ses esprits. Non, c'était impossible… Adélaïde lui avait juré qu'elle ne ferait rien avec son soi-disant époux pour être en mesure de dissoudre leur union. Peut-être avait-elle passé la nuit dans la chambre du chevalier pour ne pas la réveiller, elle ?

Mais déjà les autres femmes se mettaient à bavarder, chacune y allant de son avis, évoquant des détails qui la faisaient rougir d'embarras. Elle inspira profondément avant de taper sèchement dans ses mains.

— Allez vous mettre au travail, je ne veux pas entendre la moindre rumeur ! Et n'oubliez pas le bain.

Seule une activité frénétique pourrait l'arracher à la rancœur, au chagrin et à la colère qui bouillonnaient en elle.

La nuit avait été trop courte, mais Arnault se sentait plein d'une énergie nouvelle. Pas un instant il n'avait fermé les yeux, veillant Adélaïde endormie, la contemplant dans son sommeil. Abandonnée, apaisée, elle paraissait si vulnérable. S'il n'avait pas déjà juré de la protéger, il aurait prêté serment sur-le-champ. Son expression au moment où la jouissance l'avait saisie le hanterait jusqu'à la fin de ses jours. Elle était alors si belle, et il en était la cause.

Un flot de culpabilité monta en lui : il avait partagé la couche de la fiancée de son frère. Certes, ils n'avaient rien fait d'irrévocable, mais ils avaient surmonté un tabou. De façon diffuse, il sentait que cette nuit changerait tout. Qu'il supplantait enfin son aîné auprès de la jeune femme. Et, même s'il n'en était pas fier, il en était... heureux.

Débouchant dans la cour, Arnault éprouva un instant de vertige. Il était seul, le soleil se levait tout juste, même si l'on entendait déjà les bruits caractéristiques du petit matin – cris d'animaux, bavardages à mi-voix, ruissellement de l'eau qu'on répandait pour laver le carreau... Il avait besoin de réfléchir à toute cette histoire et à ses conséquences.

Il gagna l'écurie. L'endroit était plongé dans la pénombre, mais les chevaux se manifestèrent à son arrivée, attendant qu'on les nourrisse et les soigne. Flattant l'encolure de son destrier, il murmura quelques paroles incompréhensibles d'un ton apaisant. Puis, avec des gestes rapides et précis, il bouchonna et sella l'animal. Celui-ci avait dû sentir l'impatience de son maître, car ses naseaux frémissaient et il sortit du bâtiment en piaffant. De nouveau dehors, Arnault enfourcha sa monture et partit au petit trot.

Lâchant la bride à son cheval, il le laissa aller à son rythme et choisir leur chemin. Bientôt, ils se retrouvèrent dans la forêt, dont la paix n'était troublée que par le chant des oiseaux et le froissement des feuilles. Le chevalier se détendit. Sans s'en rendre compte, il avait eu peur de se trahir tant qu'il était au château.

Sa joie, son enthousiasme, son énergie étaient trop suspects pour ne pas attirer les regards et les commentaires. Même à ses propres yeux, il y avait quelque chose d'impie à se délecter de la nuit avec Adélaïde. Chaque caresse, chaque soupir, chaque gémissement était gravé dans sa mémoire. Voir la jeune femme abandonner toutes ses défenses une à une, se livrer à lui en toute confiance, l'avait ému au dernier degré.

Il se demanda quoi faire. Les sentiments qu'il nourrissait pour elle étaient désormais trop enracinés pour disparaître ainsi qu'il se l'était promis au début de leur subterfuge – son état d'euphorie après cette nuit était parlant. Il se connaissait assez pour savoir qu'il n'aimerait qu'elle, mais pourrait-il seulement la convaincre ? Le devait-il ?

Il avait passé tant de temps dans l'ombre de son frère qu'il n'était plus certain de pouvoir s'en détacher. Avouer à Adélaïde ses sentiments ? Et pour quoi faire ? Lui proposer un mariage qu'elle avait refusé de façon répétée ? Se mettre à son service, comme ces chevaliers de la cour d'amour[1] de la reine ? La placer dans une situation impossible car elle ne saurait que faire de son amour ?

Non, mieux valait garder le silence…

Avoue que le silence t'arrange.

Il ferma les yeux un bref instant, se reprochant sa lâcheté. Il avait délibérément tu à Adélaïde les circons-

1. Joute courtoise sous forme de tribunal où les femmes régnaient et où l'on discutait des questions d'amour.

tances entourant la mort de son frère. Et, ainsi que le lui avait rappelé Eudes, elle avait le droit de les connaître. Mais il redoutait tellement sa réaction…

Un flot de bile lui monta dans la bouche lorsqu'il se remémora malgré lui ce jour funeste. S'il n'avait pas été si emporté, s'il avait su garder son calme et se maîtriser, jamais Amaury ne se serait retrouvé dans la situation qui l'avait mené à sa perte.

Tout était sa faute… Et, s'il avait reçu l'absolution pour ce qu'il considérait comme un crime, Adélaïde ne lui avait pas pardonné – et ne le ferait sans doute jamais. Comment lui pardonnerait-elle d'être à l'origine de la mort de son fiancé, son propre frère ?

Alanguie, Adélaïde s'étira comme un chat. Elle s'était réveillée tard, épuisée par les quelques jours écoulés et – elle rougit en y repensant – la nuit passée avec Arnault. Celui-ci s'était éclipsé à l'aube, murmurant des paroles qu'elle n'avait pas comprises avant de déposer un baiser sur sa tempe.

Quand Isabeau était venue la trouver, la jeune femme avait éprouvé de l'embarras à être découverte de la sorte, le désordre de sa tenue trahissant son égarement, et laissant peut-être croire à un abandon total. Mais ni sa suivante ni les servantes venues lui préparer un bain n'avaient fait le moindre commentaire – même Nanette avait tenu sa langue, bien que son regard en dise long.

Immergée dans le baquet jusqu'aux épaules, apaisée par le parfum de menthe qui montait des feuilles répandues dans l'eau, elle laissa la chaleur s'insinuer dans ses muscles et la détendre. Son corps était endolori, ce qui ne cessait de la surprendre. Certes, elle s'était crispée, mais jamais elle n'aurait cru ressentir les conséquences de cette nuit jusque dans les reins ou le ventre.

Prenant le savon déposé à son intention au bord du baquet, elle entreprit de se laver le corps et les cheveux. Ses mains glissaient sur son crâne, sa poitrine, ses jambes, imitant les gestes d'Arnault pendant la nuit. Au souvenir des caresses et du plaisir ressenti, Adélaïde s'empourpra, tant ce qui paraissait naturel dans l'obscurité lui semblait audacieux à la lumière du jour. Elle ne se serait pas crue capable de tant d'impudeur…

Dans les bras d'Arnault, elle s'était abandonnée avec une facilité déconcertante, mais à aucun moment elle n'avait éprouvé de gêne. Au contraire, son compagnon avait sans cesse veillé à la mettre à l'aise. Cette nuit, le chevalier lui avait prouvé qu'elle avait eu raison de lui faire confiance.

Cette découverte lui coupa le souffle, et elle eut l'impression d'entendre le tocsin sonner dans sa tête, comme pour l'avertir d'un danger. Plongeant sous la surface, elle se laissa un instant bercer par le silence. En quoi s'en remettre à Arnault était-il un problème, après tout ?

« Une fille n'est bonne qu'à se marier, pas à diriger le fief ! »

Dans son esprit, la voix paternelle claqua comme un fouet, la forçant à émerger. Ces paroles avaient résonné le jour où il lui avait appris ses fiançailles avec Amaury, lorsqu'elle avait tenté de protester en avançant qu'elle était trop jeune. Bien sûr, elle connaissait son promis, qui ne lui déplaisait pas, mais, à seulement quatorze ans, la perspective de devenir une épouse l'effrayait. Lorsqu'elle avait osé souligner qu'elle devait apprendre son rôle de future suzeraine, il était devenu fou de rage.

« Si seulement l'un de tes frères était encore en vie,

Sanxay ne risquerait pas de tomber entre des mains étrangères ! J'ignore comment j'ai offensé Dieu pour subir un tel sort. »

Oui, son géniteur avait toujours vu d'un mauvais œil le fait qu'elle soit son unique héritière. Mais était-ce sa faute si ses frères n'avaient pas vécu ? Jusqu'au bout, son père avait ressassé cette blessure, touché dans sa fierté de n'avoir pu engendrer qu'une fille.

C'était pour cela qu'elle ne pouvait pas se bercer d'illusions quant à son avenir avec Arnault : elle devait encore prouver qu'elle était digne du fief, et que son père s'était trompé à son sujet. Se marier, même à quelqu'un d'aussi compréhensif que le chevalier, reviendrait à trahir ce pour quoi elle se battait depuis deux ans. Ce serait avouer publiquement qu'elle n'était pas à la hauteur de la tâche.

À quoi bon ressasser encore cette histoire ? Quoi qu'il arrive, il n'était pas question que leur union dure plus de quelques semaines. Et l'épisode de cette nuit ne changeait rien.

Adélaïde frissonna, soudain saisie par la fraîcheur de l'eau, qui avait refroidi. Sortant du baquet, elle s'enveloppa dans la serviette en lin et appela Isabeau.

Toutefois, ce ne fut pas sa suivante mais Béatrice qui la rejoignit. Sa cousine avait le teint presque gris tant elle s'était épuisée ces derniers jours.

— Tu as appelé ? demanda-t-elle d'une voix lasse.

— Oui, j'ai besoin d'aide pour m'habiller, mais tu ne sembles pas aller bien.

Béatrice agita la main d'un air absent.

— Si, je t'assure, affirma-t-elle alors même que son ton sonnait faux. J'avoue avoir mal dormi car je ne te voyais pas revenir de ta veille, et je me suis inquiétée pour Loup.

De nouveau, Adélaïde se sentit embarrassée, mais cette fois-ci le rouge ne lui monta pas aux joues. Il fallait croire qu'elle s'habituait à l'impudeur. Pour se donner une contenance, elle attrapa la chemise qu'on avait laissée à sa disposition sur le lit.

— Loup se porte mieux, il va s'en tirer, grâce à…

Elle s'interrompit, troublée, et enfila son vêtement de dessous.

— Enfin, il était fort tard et je n'ai pas voulu te déranger, car tu paraissais profondément endormie lorsque j'ai quitté son chevet.

— Raison pour laquelle tu as dormi ici, répliqua d'un ton sec sa cousine.

Adélaïde dévisagea la jeune fille, un peu surprise de tant d'animosité. Devait-elle lui en vouloir pour autant ? Après tout, celle-ci avait subi, comme tous sur le fief, les événements de ces derniers jours. Davantage encore que la majorité, car elle avait repris avec efficacité les devoirs de la dame des lieux, sans en avoir pour autant le statut.

— En effet, commenta-t-elle d'un ton résolument neutre pour tenter de faire retomber la tension. Maintenant, si tu ne peux pas m'aider à passer ma cotte, j'appellerai Isabeau.

Béatrice pinça les lèvres mais ne dit rien, se contentant d'aller chercher la robe à amples manches accrochée à la perche. De son côté, Adélaïde enfila ses chausses, qu'elle attacha par un galon, puis ses chaussures. Toujours muette, sa cousine la revêtit du bliaut de laine safran, puis noua la ceinture tissée.

Quand elle se mit à lui sécher les cheveux sans prononcer une parole, Adélaïde n'y tint plus. Cherchant à dissiper la tension qui émanait de Béatrice, elle se décida à en dire davantage sur les événements de la nuit.

— Cela ne remet pas en cause notre arrangement.

Arnault et moi ne sommes pas mariés, et nous ne le serons pas.

Sa cousine, qui s'était mise à la démêler pour la coiffer, émit un bruit étrange, comme si elle réprimait un hoquet ou un sanglot.

— Je vois mal comment une telle chose serait possible, à présent. On ne parle que de cela au château et dans le village ! La nouvelle s'est répandue plus vite qu'une peste.

Adélaïde joignit nerveusement les mains, serrant les dents lorsqu'un coup de peigne plus vif que les autres lui fit rejeter brusquement la tête en arrière. Ce n'était pas censé se dérouler ainsi... Nul n'aurait dû être au courant, mais y avait-elle bien réfléchi ? Lorsqu'elle avait rejoint Arnault sur un coup de tête, avait-elle vraiment cru que personne ne remarquerait leur intimité ? Si elle devait être honnête avec elle-même, cette perspective ne lui avait même pas traversé l'esprit, et, vu qu'elle avait surpris le chevalier dans son sommeil, ce dernier n'avait sans doute pas eu le temps d'y songer.

Certes, elle était habituée à ce que chacun commente ses faits et gestes : c'était inhérent à son rang et au rôle qu'elle jouait dans la société. Mais pour une fois, pour cette unique fois, elle aurait voulu être préservée des regards scrutateurs, des remarques plus ou moins assassines et des jugements.

— Rassure-toi, reprit sèchement Béatrice, se méprenant peut-être sur le sens de sa nervosité. Nul ici ne conteste ton droit à coucher avec ton mari.

Formulé ainsi, l'acte devenait tellement vulgaire... alors que l'expérience qu'ils avaient partagée confinait au mystique. Cette communion de deux êtres, cette extase... Adélaïde ne les aurait jamais crues possibles.

— Nous pouvons encore faire annuler le mariage, dit-elle à mi-voix, comme pour s'en convaincre.

— Et par quel miracle ?

Le ton était plein de colère et, une fois encore, le coup de peigne fut violent. Adélaïde se retourna, regardant la jeune fille dans les yeux.

— Il ne m'a pas déflorée, si c'est ce que tu veux savoir, rétorqua-t-elle avec dureté. Si ces détails te gênent, tu peux appeler Isabeau ou Nanette, et nous n'en parlerons plus.

Béatrice pâlit, puis rougit, triturant le peigne tandis que ses yeux se voilaient de larmes. À part elle, Adélaïde soupira : voilà qu'elle s'emportait contre sa cousine alors que cette dernière ne faisait que la mettre face à ses propres contradictions. Pourtant, quelque chose la troublait dans la façon dont sa compagne semblait l'attaquer. Repensant à ce soir funeste où elle avait eu des doutes sur la relation entre Béatrice et Arnault, elle eut un éclair de compréhension : sa cousine était éprise du chevalier.

Comment avait-elle pu être aussi aveugle à ce qui animait la jeune fille ? Tout simplement parce qu'elle était elle-même si absorbée dans sa relation avec Arnault qu'elle n'avait pas pu ou pas voulu se pencher sur la question. Pouvait-elle à présent remédier à ce mal d'amour ?

Non, ce n'est qu'un béguin d'enfant. Elle comprendra son égarement dès qu'Arnault sera parti.

Sentant son propre cœur se serrer, Adélaïde chercha une réponse adéquate à apporter aux sentiments exacerbés de sa cousine. Mais elle n'en eut pas le temps. De la cour, une clameur se mit à monter, faite de piétinements de sabots, d'exclamations et de fracas métallique. Attirées par le bruit, les deux femmes s'approchèrent de l'étroite fenêtre pour observer la scène lorsqu'un cri retentit :

— Bouchard de Missé arrive !

Chapitre 17

La gorge nouée, Adélaïde sentit la panique monter en elle. Sur le visage de sa cousine, une expression stupéfaite était apparue, sans doute identique à la sienne. Avec les événements des derniers jours, elles avaient complètement oublié la menace qui pesait sur le domaine, et ce qui l'avait poussée à réclamer l'aide d'Arnault en premier lieu.

Se reprenant, elle décida de descendre pour en découvrir davantage, maudissant intérieurement la paresse qui l'avait poussée à traîner au lit. Quand elle ouvrit la porte pour sortir sur le palier, elle vit apparaître Isabeau en haut de l'escalier, essoufflée et le visage rouge.

Les deux femmes se rejoignirent devant la chambre de Loup. D'un coup d'œil, Adélaïde s'assura que l'enfant allait bien : Pernelle, toujours à son chevet, se retourna et hocha la tête d'un air soulagé qui la réconforta. Tirant le battant pour ne pas être entendue, elle avisa sa suivante.

— Que peux-tu me dire de cette nouvelle ?

Isabeau s'appuya au chambranle pour reprendre son souffle avant d'expliquer :

— Ton promis a envoyé son écuyer, un gamin maigre à faire peur, pour annoncer son arrivée peu avant sexte.

À en juger par la position du soleil, elle disposait d'un

peu de temps pour se préparer à accueillir ce visiteur si malvenu.

— Où est Arnault ? demanda-t-elle.

La suivante secoua la tête négativement, mais Béatrice, qui lui avait emboîté le pas, intervint :

— Il est parti à l'aube, après t'avoir… confiée à nos soins.

La jeune fille était toujours empourprée après leur confrontation quelques instants plus tôt, mais on aurait pu mettre sa rougeur sur le compte de l'embarras. En découvrant la prévenance du chevalier à son égard, Adélaïde sentit son cœur enfler dans sa poitrine.

Au moins, il ne devrait pas être difficile de convaincre Bouchard que notre mariage est réel, songea-t-elle en tâchant de voir le bon côté des choses. *Si tout le château bruisse de rumeurs, nul ne mettra en doute notre sincérité.*

Elle se mordit la langue, car ils n'étaient pas réellement sincères. Elle ne se leurrait pas : son stratagème avait peut-être débuté comme un « pieux mensonge », mais il avait pris des proportions spectaculaires dont les conséquences seraient graves…

Chaque chose en son temps. Le plus important était d'écarter la menace que constituait Bouchard.

— Isabeau, va aux cuisines prévenir que l'on attend du monde. L'écuyer a-t-il dit combien d'hommes faisaient partie de la suite du chevalier de Missé ?

— D'après lui, il fait route seul avec son maître. C'est un peu étrange, non ?

— En effet. Même s'il n'a pas de fief et que c'est la raison pour laquelle je suis censée l'épouser, il devrait avoir au moins un homme d'armes ou un domestique avec lui…

— Peut-être est-il venu en hâte, suggéra Béatrice d'un ton peu convaincu.

L'hypothèse aurait pu être séduisante dans un autre contexte. Mais pour des noces, où chacun devait faire étalage de son bien et de ce qu'il apportait au ménage, c'était très inhabituel. Elle aurait aimé qu'Arnault soit là pour lui donner son opinion sur le sujet… D'autant qu'il paraissait connaître un peu Bouchard.

— Béatrice, tâche d'interroger l'écuyer pour savoir de quoi il retourne. Il se montrera peut-être bavard… et, dans le cas contraire, dis-lui que la promise de son maître souhaite lui parler.

Ce mot lui arracha une grimace. Elle n'avait aucune envie que cette promesse se concrétise !

Sa cousine opina et se dirigea vers l'escalier. Isabeau lui emboîta le pas, avant de faire demi-tour et de rejoindre la dame.

— Mon enfant, quoi qu'il se soit passé cette nuit, n'évoque pas le sujet, dit-elle à voix basse après l'avoir entraînée dans une encoignure. Tu joues un jeu bien dangereux…

— En faisant croire que notre mariage est consommé ?

Adélaïde avait haussé le ton sans le vouloir et se plaqua une main sur la bouche. Radoucie, elle reprit :

— Je ne vois pas pourquoi j'irais proclamer devant Bouchard ce qui est arrivé, mais il va forcément ouïr les rumeurs. Quelle raison aurais-je de nier que je ne suis plus digne de l'épouser ?

La suivante arbora une expression peinée qui semblait dire que sa maîtresse était bien naïve.

— À ton avis, comment prendra-t-il une telle nouvelle ? rétorqua-t-elle avec une pointe d'impatience. Bouchard ne sera pas content, tu peux m'en croire, et, pire encore, il se sentira humilié. Il n'y a rien de plus redoutable qu'un homme à la fierté blessée… En ajoutant les accusations de la Pernelle, qu'une personne mal intentionnée pourrait aller lui répéter, il lui serait facile d'obtenir la mainmise sur le domaine sans même t'épouser, en arguant que tu es folle ou pécheresse.

Adélaïde blêmit. Comment avait-elle pu se leurrer à ce point ? Pourrait-elle un jour garder son fief sans qu'on le lui dispute ?

— Mais ce n'est pas que là-dessus que je voulais t'avertir.

Levant les yeux, elle croisa le regard de la vieille femme qui l'avait vue naître. Quelle faute allait-on encore lui reprocher ?

— Je voudrais bien te dire que ta vie avec messire Arnault ne regarde que toi, mais nous savons toutes les deux que c'est faux. Néanmoins, tâchez, si c'est encore possible, de demeurer discrets : tu ne soupçonnes pas les jalousies qu'a fait naître votre prétendue union.

Un frisson parcourut Adélaïde, qui repensa à ce qu'elle venait de découvrir.

— Tu veux dire... Béatrice ? souffla-t-elle d'un ton encore teinté d'incrédulité.

Isabeau ne confirma ni n'infirma ses soupçons.

— Même si cela doit m'attirer tes mauvaises grâces, il est de mon devoir de te rappeler ceci : en aucun cas tu ne peux laisser ton cœur te dicter la conduite à tenir vis-à-vis de Sanxay. Seule la raison doit te diriger, sans quoi tu risques fort d'être dépouillée de tes biens en un rien de temps.

En d'autres termes, mieux valait ne pas compter sur l'affection du chevalier pour se maintenir à la tête de son fief. Oh ! elle faisait confiance à Arnault pour tenir parole et l'aider à écarter l'union avec Bouchard, mais il la quitterait bientôt...

La jeune femme sentit son cœur se nouer. Isabeau

avait-elle compris quels sentiments elle portait au chevalier ? Et savait-elle éventuellement ce que lui-même éprouvait ?

Comme si elle lisait dans ses pensées, sa suivante hocha discrètement la tête.

— Oui, j'ai deviné que tu l'aimais – sans quoi jamais tu n'aurais commis une telle folie cette nuit. Mais quant à lui… Je ne suis pas assez proche de lui pour le savoir.

Un peu honteuse de s'être trahie de la sorte, et de voir ses actes exposés et examinés, la jeune femme baissa la tête.

— Ton conseil a été entendu, et je te remercie de ta franchise, finit-elle par dire. À présent, retourne à tes tâches, je vous rejoins sous peu.

Isabeau salua d'un bref signe de tête et tourna les talons pour s'engager dans l'étroit escalier.

Avec un soupir, Adélaïde regagna la chambre seigneuriale, passant par habitude la main sur ses cheveux. Ses nattes n'étaient pas d'égale longueur et elle n'était pas couverte. Attrapant en hâte un voile rectangulaire, elle le drapa de son mieux sur sa tête et ses épaules. Elle attacha ensuite son aumônière à sa ceinture, et vérifia qu'elle n'avait rien oublié – non, les servantes avaient ramassé ses vêtements épars de la veille sans poser de questions.

Jetant un ultime coup d'œil à la pièce, elle ne put se défendre d'un pincement au cœur : c'était sans doute la première et la dernière fois qu'elle voyait les lieux sous un angle aussi agréable. Surtout, plus jamais elle n'y connaîtrait le plaisir et l'abandon éprouvés la nuit passée.

La rencontre avec Lubin, l'écuyer de Bouchard, s'était avérée décevante : à peine sorti de l'enfance, celui-ci avait reconnu n'être au service du chevalier que depuis quelques jours, et avoir accepté la place contre l'assurance de manger à sa faim. Le cœur serré, Adélaïde avait ordonné qu'on lui serve quelque chose en dépit de l'agitation qui régnait aux cuisines.

Car il fallait décider de la façon dont on accueillerait son promis, et la jeune femme était mal à l'aise : en se montrant discourtoise, elle risquait fort d'irriter le visiteur, qui serait déjà dans de mauvaises dispositions à son égard, mais, en en faisant trop, elle ne voulait pas l'inciter à demeurer à Sanxay. Devait-elle lui offrir le gîte pour la nuit ? Fallait-il organiser un banquet comme pour des noces ? Elle aurait aimé qu'Arnault soit là pour la conseiller. Mais celui-ci ne revenait toujours pas, et l'angoisse commençait à la saisir.

Après avoir discuté, maître Jehan et elle étaient convenus de recevoir Bouchard de Missé comme un hôte de marque, mais d'organiser un banquet modeste, sans jongleurs ni bateleurs, au motif que le domaine se remettait tout juste d'une sévère inondation. Dans le même souci de ne pas froisser son prétendant, elle s'était résolue à lui accorder l'hospitalité une nuit, bien que la perspective de dormir sous le même toit que cet homme lui soit désagréable.

Depuis lors, les serviteurs s'activaient. On avait abattu deux chapons gras, sorti les jambons et cueilli de pleines brassées d'herbes aromatiques pour assaisonner et colorer les plats, mais aussi pour purifier l'air. Au moyen de la clé qu'elle portait toujours à la ceinture, Béatrice avait ouvert le petit coffre renfermant les épices précieuses, cannelle et girofle, qui parfumeraient les brouets. Une bonne odeur de fruits cuits embaumait le logis, et l'on avait dressé un foyer dehors pour les rôts.

Dans la grande salle, les dalles avaient été nettoyées à grande eau, l'âtre, balayé de ses cendres, et les tréteaux, dressés. Bientôt, on joncherait le sol de foin et de fleurs, et l'on couvrirait les tables de nappes. Mais pour le moment le mouvement était incessant, les allées et venues, si nombreuses qu'on avait fini par laisser la porte grande ouverte.

Car ce banquet n'était pas réservé aux châtelains et à quelques invités triés sur le volet : tous auraient l'occasion d'y participer et de se régaler des mets servis. C'était la tradition, mais c'était aussi pour Adélaïde une façon de réunir les habitants du château après les récentes épreuves.

Alors que l'après-midi progressait, et sans nouvelles de son prétendu époux, la jeune femme décida de passer une tenue plus appropriée aux circonstances. Là encore, elle voulait trouver le juste équilibre entre l'accueil d'un visiteur noble et ce qui aurait dû être leur mariage. Délaissant les rares tenues luxueuses rapportées de la cour, elle se décida pour une chemise de lin blanc à l'encolure doublée, un bliaut de très fine laine rouge étroitement lacé, dont les longues manches évasées s'ornaient de broderies aux couleurs contrastées, et une longue ceinture bleue en galon tissé de motifs géométriques.

Isabeau l'aida à s'habiller, puis refit avec soin ses tresses négligées un peu plus tôt, y ajoutant des rubans. Cette fois encore, Adélaïde prit le parti de se parer avec recherche mais sans ostentation, ajoutant à son habituel voile une guimpe qui lui couvrait la gorge et la naissance de la poitrine. L'accessoire était traditionnellement l'apanage des femmes mariées, et elle se dit que c'était une façon discrète mais efficace de faire comprendre qu'elle n'épouserait pas son promis.

Il faudra pourtant le lui dire en face ! songea-t-elle avec une pointe d'angoisse. Le cœur battant, la jeune femme se surprit à espérer que son visiteur inopportun arrive bientôt, tant l'attente la mettait au supplice.

Enfin, elle était prête. Isabeau la quitta pour vaquer à d'autres tâches, tandis qu'elle tentait de décider s'il fallait garder ou non la bague d'Arnault. Le bijou n'avait pas quitté sa main depuis le jour où ils avaient échangé leur consentement dans l'obscurité du parloir. Le choix évident aurait été de l'arborer pour bien marquer qu'elle n'était pas libre… Mais n'était-ce pas s'engager trop publiquement ? Elle ôta l'anneau d'or serti, et se mit à le tourner et le retourner entre ses doigts. À l'intérieur, elle crut déceler une inscription, mais, alors qu'elle se penchait pour scruter les signes, la porte s'ouvrit.

Arnault se tenait sur le seuil, visiblement surpris de la découvrir ici. Avec le brouhaha ambiant qui régnait dans le logis, elle ne l'avait pas entendu monter, et se sentit prise en faute.

— Te voilà, à la fin ! s'exclama-t-elle en se levant après avoir vivement glissé la bague dans son aumônière. Où étais-tu ? Je me suis fait un sang d'encre !

Le chevalier avait les traits marqués et sa tenue était froissée. L'espace d'un instant, la jeune femme envisagea le pire, comme une chute de cheval, mais il ne paraissait pas blessé.

— J'avais besoin d'être seul. Tu avais besoin de repos, j'ai pris la liberté de te laisser dormir, rétorqua-t-il d'un ton légèrement cassant. J'ai appris en arrivant que Bouchard de Missé ne saurait tarder, mais je dois te parler.

Non ! Bien entendu, ils devaient parler, mais ce n'était pas le moment, pas alors que son promis était censé se présenter d'un instant à l'autre. Sans oublier les mises en garde d'Isabeau…

— Il n'est pas temps, souligna-t-elle, avant de s'interrompre en voyant son compagnon ôter sa tunique, puis sa chemise.

C'était la première fois qu'elle le voyait torse nu en plein jour. Avec la lumière du soleil, sa peau prenait un éclat doré différent de celui suscité par la lueur des flammes. Le souffle coupé, elle observa les muscles qui se contractaient, les cicatrices qu'elle avait devinées sous ses doigts la veille, la ligne de poils descendant jusqu'aux braies…

Adélaïde déglutit avec difficulté.

— Que fais-tu ? balbutia-t-elle, sur la défensive.

Haussant un sourcil, il répondit d'un ton sarcastique :

— Je me change pour faire honneur à notre hôte. Mes vêtements sont ici, je te rappelle.

Un peu sonnée, la jeune femme se rendit compte qu'elle se trouvait dans la chambre seigneuriale, qu'elle avait partagée avec le chevalier la nuit précédente. Il lui avait semblé si naturel de s'y installer qu'elle n'y avait même pas prêté attention.

Je suis encore plus mal embarquée que je ne le pensais…

Arnault posa un pied sur le coffre pour dénouer sa chaussure et ôter sa chausse. En quelques instants, il ne fut plus vêtu que de ses braies, ce sous-vêtement qui le couvrait jusqu'aux mollets, mais ne faisait pas grand-chose pour dissimuler la bosse qui grossissait à l'entrejambe. Fascinée, elle l'observa sortir du coffre une tenue propre et plus adaptée, tandis qu'une chaleur se déversait en elle, ravivant les souvenirs de la nuit.

Lorsque le chevalier tira sur le lacet qui retenait ses braies, Adélaïde reprit soudain ses esprits et se retourna, les joues brûlantes, dans l'espoir de tempérer sa réaction. Mais, de dos, elle n'entendait que le tissu glisser contre la peau qu'elle avait caressée la veille, et son imagination s'emballa. Serrant les poings, elle s'efforça de bloquer les images impudiques qui envahissaient son esprit, mais en vain. Il était si proche, si accessible… et ils étaient seuls.

Pas pour longtemps, se rappela-t-elle, revenant à la réalité.

Mais elle sentit soudain la présence d'Arnault juste derrière elle. Sa chaleur corporelle irradiait et semblait s'insinuer sous les vêtements de la jeune femme, qui se mordit la lèvre pour réprimer un gémissement. S'était-il habillé ou était-il toujours nu ? Elle n'osait jeter un coup d'œil par-dessus son épaule pour s'en assurer.

— Adélaïde, il faut que je te parle, dit-il d'une voix rauque, tandis que son souffle lui frôlait le cou.

Sa détermination faiblissait, elle allait céder. Elle était sur le point d'oublier toute retenue, de se jeter dans ses bras. Rassemblant sa volonté, elle leva la main pour l'interrompre.

— Plus tard, déclara-t-elle d'un ton péremptoire, soulagée de constater que sa voix ne tremblait pas. Nous avons un hôte à accueillir, souviens-toi.

Le silence s'étira, se prolongea, et elle crut qu'il allait argumenter. Mais en fin de compte le chevalier soupira et répondit d'un air las :

— Très bien.

Sentant qu'elle devait s'éloigner, la jeune femme rassembla ses jupes et se dirigea vers la porte d'un pas mesuré. Ce ne fut qu'une fois celle-ci fermée qu'elle se mit à trembler, partagée entre le soulagement et la tristesse.

Pourquoi refusait-elle de le regarder en face ? Avait-elle honte de ce qu'ils avaient fait cette nuit ? Non, il avait vu l'expression fascinée sur son visage lorsqu'il avait commencé à retirer ses vêtements. Le grand jour avait-il entraîné un élan de timidité ?

Arnault s'assit sur le lit, en chemise et chausses, et se frotta la nuque. Il fallait reconnaître qu'il ne s'était guère montré subtil en se dévêtant sous les yeux d'Adélaïde, et en la laissant voir l'évidence de son désir. Mais cela avait été plus fort que lui : quand il l'avait découverte habillée avec tant d'élégance, comme si elle allait réellement se marier, son sang n'avait fait qu'un tour. Bien que leurs noces ne soient qu'un simulacre et que le temps leur soit compté, il voulait la garder pour lui, la toucher encore, la faire sienne enfin…

Savoir que le fiancé promis par le roi était sur le point d'arriver l'avait également dérouté. Dire qu'il croyait bénéficier d'au moins quelques jours supplémentaires, qui lui permettraient de trouver le bon moment pour tout avouer à la jeune femme. Au lieu de quoi il se retrouvait contraint à un aveu qu'il redoutait, dans un temps qu'il ne maîtrisait pas.

Par-dessus tout, il méprisait sa lâcheté. S'il reconnaissait volontiers que le moment n'était pas propice à une discussion à cœur ouvert avec Adélaïde, il n'avait guère insisté lorsqu'elle avait refusé de lui parler. Le récit qu'il pressentait pénible, la réaction forcément négative de sa soi-disant épouse n'étaient pas pour l'encourager.

Dehors, la cloche de l'oratoire sonna sexte, lui rappelant une nouvelle fois qu'il devait se hâter. D'un geste rageur, il enfila la longue tunique d'un bleu soutenu, fendue devant et rehaussée de bandes orangées au col et aux emmanchures. Il noua une ceinture de cuir travaillé pour répartir les plis, puis ajusta ses chaussures.

Se dirigeant vers la porte, il se passa la main sur le menton, par habitude. Seigneur, il n'était pas rasé ! Il s'était éclipsé en hâte au petit matin et s'était contenté de s'asperger le visage avant de quitter la chambre. Marmonnant un juron, il se mit à chercher le nécessaire, se demandant s'il serait plus rapide d'appeler Ganelon pour se faire aider ou de s'employer seul à cette tâche – quoi qu'il en soit, il ne pouvait pas se présenter avec une telle négligence, ce serait grandement offenser le nouveau venu comme la maîtresse des lieux. Il choisit finalement de faire venir son valet d'armes, qui se présenta promptement.

— Le château n'a pas connu un instant de paix depuis qu'on a annoncé Bouchard de Missé, lui expliqua Ganelon tout en préparant le savon. Tous se demandaient où tu étais passé : disparaître de la sorte ne te ressemble pas.

— J'avais besoin de réfléchir, répliqua Arnault, d'humeur sombre.

— Tu te demandes si tu vas pouvoir conserver la belle Adélaïde ? interrogea son frère de lait avec une note moqueuse dans la voix. Quelque chose me dit que tu as déjà fait ce qu'il fallait pour…

Le chevalier dut résister à l'envie brutale d'étrangler son serviteur, dont la familiarité ne l'avait jusqu'ici jamais dérangé. Serrant les dents, il attendit que celui-ci ait étalé la mousse sur ses joues.

— Ce n'est pas ce que tu crois, finit-il par rétorquer lorsqu'il put enfin parler.

Haussant un sourcil, Ganelon sortit une lame nue, qu'il se mit à aiguiser sur une lanière de cuir tendue.

— Il ne s'agit pas de ce que moi je crois, mais de ce dont la maisonnée est persuadée. Familiers, serviteurs, serfs : tous sont convaincus que tu as défloré la châtelaine, dit-il en approchant la lame de la gorge de son maître.

Arnault bouillait intérieurement, mais l'instant était délicat, et il ne pouvait rien dire, seulement supporter en silence le bavardage de son valet. En y repensant, il s'en voulait d'avoir laissé la jeune femme seule pour affronter le monde au lendemain de leur nuit d'égarement. Sur le coup, il lui avait semblé normal et même prévenant de lui accorder un peu de repos bien mérité, mais à présent…

— Que vas-tu faire, alors ? reprenait Ganelon en passant avec habileté la lame affûtée sur son menton. Elle ne peut plus épouser son promis, elle ne peut pas rester célibataire…

— Elle ne veut pas de moi, dit-il quand le serviteur lui accorda un répit pour essuyer le rasoir sur un linge propre, avec plus d'amertume qu'il ne l'aurait souhaité. Je ne puis tout de même pas la forcer à m'épouser.

Reprenant ses soins, le valet d'armes eut un petit rire narquois.

— Je pense qu'il aurait fallu y songer plus tôt. Sa réputation ne se remettrait pas de ton départ : dans le meilleur des cas, elle serait forcée d'entrer en religion, dans le pire…

Il laissa sa phrase en suspens, mais Arnault frémit. Dans le pire des cas, Adélaïde serait considérée comme une femme perdue, une prostituée. Elle ne pourrait plus prétendre à la moindre protection, serait réprouvée par l'Église, et risquait d'être mise au ban de la société. Et ce serait à cause de lui.

Avoue que cela est commode. Tu pourrais la garder pour toi.

Non ! C'était impossible. D'autant qu'elle finirait par le détester, et il refusait d'enchaîner la jeune femme dans une union sans amour qui la ferait souffrir. Mais ne valait-il pas mieux lui offrir un moyen de conserver son rang ? Et, si elle devait le haïr, ce ne serait que juste rétribution…

Ganelon choisit ce moment pour appliquer une serviette humide sur sa peau à vif, lui faisant serrer les dents. Quoi qu'il en soit, il devrait d'abord jouer son rôle et repousser les prétentions de Bouchard.

Dehors, des exclamations retentirent, et le brouhaha

se fit plus sonore. Arnault se leva et tendit le linge à son serviteur. Lissant une dernière fois sa tunique, il prit une profonde inspiration avant de rejoindre la cour en compagnie de Ganelon.

Chapitre 18

L'odeur de la viande que l'on faisait rôtir à côté des cuisines aurait dû être appétissante, mais lui donnait plutôt la nausée. Adélaïde croisa et décroisa les doigts nerveusement, se retrouvant à la même place que quelques semaines plus tôt, lorsqu'elle avait accueilli le chevalier Foulques, envoyé par le roi et la reine.

Et Arnault qui ne venait pas ! Elle s'était enfuie de la chambre pour ne pas céder à son attirance, persuadée néanmoins qu'il la suivrait promptement, mais il brillait par son absence. Certes, elle n'avait pas voulu l'écouter sur le moment, mais il savait à quel point cette visite était importante, et quel rôle crucial il devait jouer.

Réprimant un soupir d'agacement, elle jeta un coup d'œil rapide autour d'elle : presque tous les habitants du château étaient réunis pour cet événement de taille. On avait renvoyé les cochons dans la soue et les chiens au chenil, quelques poules s'attardaient entre deux chaumines, et des enfants jouaient plus loin, à proximité des arbres fruitiers.

Un point éloigné se rapprochait à vive allure, soulevant un nuage de poussière, et la jeune femme carra les épaules et leva le menton. L'instant de vérité approchait.

Juste au moment où le cavalier franchissait les portes

dans le fracas des sabots et des discussions animées, Arnault émergea du logis, son valet d'armes sur les talons. Adélaïde eut tout juste le temps de lui jeter un regard avant que le nouveau venu arrête sa monture à deux pas d'elle.

Ghislain s'avança pour tenir la bride au cheval, mais Lubin le devança en toute hâte – une hâte qui ne semblait pas seulement due à l'impatience et la joie de revoir son maître...

Armé de pied en cap, Bouchard de Missé mit pied à terre avant d'ôter son heaume, qu'il cala sous son bras gauche. Repoussant sa coiffe de maille, il dévoila une chevelure blonde qui lui arrivait sous les oreilles, et des yeux d'un brun lumineux. Ses traits étaient réguliers, quoique marqués de cicatrices, vestiges de coups reçus sur le champ de bataille. Un nez droit, une mâchoire puissante et une bouche sensuelle achevaient de le rendre séduisant, au même titre que sa stature et sa prestance. Adélaïde estima qu'il était plus âgé qu'elle, mais sans doute plus jeune qu'Arnault, mais elle n'avait aucune certitude.

Bouchard s'avança vers la châtelaine à l'instant même où Arnault prenait place à côté d'elle. Sa présence silencieuse la rasséréna un peu, mais elle demeurait sur ses gardes.

— Voici ma promise, que je rencontre enfin, s'exclama le nouveau venu, un sourire un peu étrange aux lèvres.

Il s'arrêta à quelques paumes de la jeune femme avant d'incliner la tête pour la saluer. De près, elle croyait sentir son souffle sur sa joue, mais cela ne suscita pas les mêmes sensations qu'avec son faux époux. Elle éprouvait surtout de la gêne à cette intimité forcée, mais se contraignit à faire bonne figure.

— Sire Bouchard, soyez le bienvenu... Veuillez pardonner notre accueil frugal : outre que le domaine a subi de graves inondations, nous ne vous attendions pas avant la Pentecôte, tâcha-t-elle de se justifier.

— J'ai quitté la cour avec l'assentiment de notre bon roi dès que j'ai eu vent des rumeurs. Il me fallait être ici au plus vite pour m'assurer qu'elles ne sont pas fondées.

Adélaïde sentit sa gorge se nouer. Elle déglutit avec difficulté et s'efforça de répondre d'un ton égal :

— J'ignore de quoi il s'agit. Laissez-moi plutôt vous présenter la maisonnée.

Elle commença à se retourner, mais il la saisit par le bras pour l'arrêter. Plongeant le regard dans le sien, il la sonda d'une façon qui la mit mal à l'aise. Bouchard paraissait fouiller dans son âme, et elle se sentait sans défense. D'une voix sourde, il expliqua :

— On dit que vous avez pris un époux. J'espère que ce n'est qu'un mauvais tour des médisants qui cherchent à me nuire.

La jeune femme se crispa et se sentit pâlir. Que dire ? Qu'avouer ? Devait-elle annoncer publiquement qu'elle avait effectivement « épousé » un autre homme et, ainsi, l'humilier ? Ou devait-elle feindre assez longtemps pour l'aviser de la nouvelle de façon plus discrète ?

Elle n'eut pas le loisir de poursuivre ses ruminations. Arnault vint à sa hauteur, ne la touchant pas, mais se tenant trop près d'elle pour n'être qu'un simple parent. Les deux hommes se jaugèrent du regard, puis Bouchard esquissa un sourire ironique.

— Eh bien, il semble que les médisants aient raison...

Étrangement, il ne paraissait pas dérangé outre mesure par sa découverte. Le faux époux d'Adélaïde inclina brièvement la tête.

— Chevalier Bouchard, j'ai ouï parler de ta bravoure. Je m'appelle Arnault de Neuville, et mon frère fut le fiancé de dame Adélaïde.

— Il est naturel qu'un frère veille sur la destinée de sa sœur, répondit l'intéressé d'un ton courtois, mais avec un froncement de sourcils prouvant qu'il n'était pas dupe.

Dans la poitrine d'Adélaïde, son cœur battait à tout rompre. Qu'allait-il se passer ? Bouchard pouvait-il exiger réparation et un duel judiciaire, laissant à Dieu le soin de désigner celui qui était dans son droit ? Elle ne doutait pas du courage d'Arnault, mais le nouveau venu était impressionnant et, surtout, ne sortait pas de deux années dans un monastère.

— Allons, présentez-moi vos gens, intervint son promis.

Stupéfaite, la jeune femme mit quelques instants à se reprendre, mais obtempéra. Mieux valait ménager la susceptibilité du chevalier de Missé et tenter de régler le conflit par la diplomatie que d'attaquer frontalement. Il lui prit la main et ne la lâcha pas tandis qu'elle avançait lentement et égrenait les noms de ses gens. La sensation n'était pas désagréable, mais elle la déstabilisait. Devait-elle le laisser agir avec une telle familiarité à son égard ? Dans son dos, elle avait l'impression que le regard d'Arnault la brûlait.

Les civilités prirent du temps et, lorsqu'elle invita son hôte à entrer pour prendre part au banquet, celui-ci accepta volontiers. Toutefois, comme les convives prenaient place dans la grande salle, il la retint par le coude pour lui parler en tête à tête alors qu'Arnault disparaissait dans le logis.

— Dame Adélaïde, j'ignore quel rôle vous voulez me faire endosser dans votre petit jeu, mais apprenez que je ne serai pas votre dupe.

Elle déglutit avant de lever le menton, faisant appel à la bravoure qui lui avait permis de mettre sur pied son simulacre.

— Vous l'avez deviné, messire Arnault et moi sommes mariés. Nous avons échangé nos consentements il y a tout juste quelques semaines.

— Vous n'avez pourtant pas cru bon d'en parler à l'envoyé de Leurs Majestés. Sire Foulques m'a assuré que vous attendiez ma venue et que nul fiancé ne faisait obstacle à nos épousailles.

— Arnault et moi nous sommes retrouvés soudainement et avons décidé de convoler.

— Une décision d'autant plus soudaine que le chevalier de Neuville était retranché à Saint-Martin depuis fort longtemps.

Il savait !

Baissant d'un ton, il reprit :

— Leurs Majestés ne seront pas du tout heureuses d'apprendre que vous avez passé outre leur commandement. Je puis toutefois adoucir leur colère…

La jeune femme frémit. Le moment était venu de négocier, telle une vulgaire marchande, sa liberté. Qu'était-elle prête à abandonner ?

— Messire, je vous serai éternellement reconnaissante de votre bon vouloir, répondit-elle pour temporiser.

Un sourire dédaigneux apparut sur les lèvres pleines de Bouchard. Elle songea que, si elle n'avait pas été aussi amoureuse d'Arnault, elle aurait pu s'infatuer de lui.

— Faites-moi don de vos terres et partez vivre auprès de votre cher époux. Il dispose de son propre fief, il sera en mesure de pourvoir à vos besoins et à ceux de votre descendance. De la sorte, nous serons voisins et, qui sait, nos familles s'uniront peut-être par le mariage plus tard.

Abandonner Sanxay ? Alors qu'elle déployait des efforts démesurés pour ne pas perdre l'héritage de son père ? C'était impensable ! Un sursaut d'indignation lui fit serrer les poings. Elle était prête à faire des concessions, pas à perdre tout ce qu'elle avait mis tant de soin à préserver.

Le sourire de Bouchard s'élargit pendant qu'il reprenait d'une voix presque douce :

— Par faveur royale, le fief doit me revenir. Je vous pardonne la perfidie d'avoir épousé un autre homme et vous promets de ne pas porter doléances devant la justice. Ce n'est pas cher payé.

La jeune femme se sentit saisie de vertige, et aurait probablement chuté s'il ne l'avait pas rattrapée par les épaules avant de la faire asseoir sur un banc disposé contre la muraille. De l'intérieur du logis lui parvenaient les conversations qui commençaient à s'échauffer et le raclement des bancs sur le carreau.

Un bourdonnement monta entre ses tempes, qu'elle pressa du bout des doigts. Sacrifier son bien pour racheter une faute qu'elle n'avait pas commise ! La situation aurait été cocasse si elle n'avait pas été dramatique.

— Il faudra que j'en avise mon époux…

Il l'interrompit d'un petit chuintement.

— Bien entendu. Mais vous ne voudriez pas que chacun ait vent de la duplicité de messire Arnault… ni de sa couardise.

— Qu'allez-vous inventer ! s'écria-t-elle, indignée.

— Je n'invente rien. Un homme de son rang, un chevalier, n'aurait jamais dû me dérober ma fiancée – et je ne le vois guère enclin à vous protéger : il s'est empressé de vous laisser auprès de moi.

Adélaïde serra les dents. Rien de tout cela n'était vrai, Arnault agissait de la sorte pour lui laisser les rênes de son domaine. Mais Bouchard avait semé les graines du doute. Joignant les mains sur ses genoux, elle leva la tête vers son prétendant.

— C'est ce que vous croyez, finit-elle par dire d'une voix égale.

— C'est ce que chacun croira si vous n'obéissez pas, rétorqua-t-il d'un ton menaçant. D'ailleurs, s'il vous est aussi dévoué, pourquoi ne portez-vous pas sa bague ?

Paniquée, elle observa ses doigts et se rendit compte qu'elle avait laissé l'anneau dans son aumônière. Non, elle ne lui ferait pas le plaisir de la sortir précipitamment pour la remettre. Elle se leva, redressant les épaules, et se contenta de répondre :

— Allons dans la grande salle. Tout le monde attend notre venue pour débuter le banquet.

Au moment où il lui reprenait la main pour la poser sur son poing fermé, Arnault apparut sur le seuil, venant sans doute à leur recherche. Avisant leur geste, il serra les dents et fit un bref signe de tête avant de tourner les talons.

Juste au moment d'entrer dans le logis, Bouchard glissa une dernière fois à l'oreille de la jeune femme :

— N'oubliez pas ce que vous me devez.

Le banquet s'était déroulé dans une liesse surprenante. En voyant arriver le prétendant, Béatrice avait compris que celui-ci était au courant des manigances de sa cousine, et qu'il n'en était pas content. Elle avait redouté une explosion d'injures, des menaces, peut-être même un affrontement entre chevaliers – tremblant à l'idée qu'Arnault soit blessé même si elle ne doutait pas de sa valeur. Or rien de tout ceci n'était arrivé.

Bouchard s'était isolé avec Adélaïde pendant que l'on servait les fruits et les échaudés qui ouvraient le repas. Quel qu'ait été le sujet de leur conversation, celle-ci semblait avoir apaisé les esprits. Le nouveau venu s'était montré souriant et courtois, à l'occasion, captivant lorsqu'il racontait une anecdote tirée de ses combats auprès du roi – allant jusqu'à imiter le souverain pendant que l'on apportait le service des rôts, déclenchant des rires.

En comparaison, Arnault avait à peine desserré les mâchoires, alors que la châtelaine s'était efforcée à la gaieté, et mangeait sur le même tranchoir que son invité d'honneur, comme l'exigeait la coutume. Fallait-il croire que sa cousine ait décidé de changer d'alliance et de se ranger sous la bannière du chevalier de Missé ? Béatrice en doutait.

Des exclamations de gourmandise saluèrent l'apparition des plats. Si ces derniers n'avaient rien du raffinement de la cour, les cuisiniers s'étaient surpassés : après les premières cerises de la saison, on apporta différents potages, ces brouets cuits dans des pots, teintés de couleurs différentes grâce aux épices et aux herbes. Béatrice avait également poussé le sens du devoir jusqu'à faire servir un des plats préférés d'Adélaïde, la maumenée « vert de Syrie », ce mélange de poulet et d'amandes dont la recette, nouvelle, venait de Terre sainte. Mais le clou du banquet fut le coq heaumé, cuit et revêtu de ses plumes, chevauchant un porcelet rôti, imitant avec drôlerie un cavalier. C'était le moment où le repas se muait en réjouissance, et où d'ordinaire les jongleurs venaient divertir l'assemblée. Vu qu'il n'y avait pas de ménestrels à Sanxay, divers habitants du domaine allaient raconter des histoires et chanter pour amuser les autres. Béatrice n'avait pas prévu de joindre sa voix aux leurs, car elle était une femme et un tel comportement était mal vu.

Se levant discrètement de table, elle se dirigea vers les cuisines pour s'assurer que les préparatifs pour l'issue de table se déroulaient sans heurts – et pour saupoudrer elle-même le sucre, cette épice si coûteuse, sur les crosteroles et les oublies. Surtout, elle voulait échapper un instant aux réjouissances, car elle était d'humeur sombre. Le premier danger pour la vie d'Arnault écarté, elle avait été heureuse de découvrir qu'ils partageaient la même écuelle. Or le chevalier, d'habitude si aimable, l'avait quasiment ignorée, ne cessant de jeter des coups d'œil à Adélaïde et son promis, qui échangeaient des propos parfois inaudibles sans jamais cesser de sourire. La jalousie évidente d'Arnault accablait la jeune fille, qui se rendait compte que le chevalier n'avait d'yeux que pour sa cousine.

Réprimant un soupir d'apitoiement, elle s'engagea dans l'étroit passage menant aux cuisines, qui avaient été pour partie déplacées à l'extérieur. Lorsqu'une main se referma sur son bras, elle poussa une exclamation de surprise.

— Pardonnez-moi, damoiselle, je ne voulais pas vous effaroucher.

Levant les yeux, elle découvrit leur hôte. De près, il était encore plus impressionnant, mesurant presque une tête de plus qu'elle. Dans l'ombre, sa chevelure blonde prenait une teinte plus foncée, mais toujours lumineuse, et ses prunelles se nuançaient de vert. Mais, en dépit de son apparence physique si conforme aux canons de beauté, il lui était assez indifférent. Peut-être que si elle n'était pas tombée amoureuse…

Béatrice secoua la tête pour interrompre le fil de ses pensées, et esquissa un sourire aimable.

— Vous n'êtes pas sans savoir que je devais épouser votre cousine, malheureusement, il semble qu'elle ait déjà trouvé un époux, dit-il avec un petit sourire de dérision.

Elle était stupéfaite qu'il accepte la situation avec tant de calme, mais peut-être n'avait-il pas désiré, lui non plus, cette union ? Un élan de panique la saisit : et s'il tentait de l'épouser en lieu et place d'Adélaïde ?

Non, elle n'avait aucune dot, se dit-elle pour se rassurer. Jamais un homme de bon sens ne la choisirait.

— J'ai constaté à quel point le château était bien tenu, et votre cousine a chanté vos louanges, insistant sur le rôle crucial que vous jouez ici.

La jeune fille se rengorgea un peu. Avec sa voix, sa capacité à tenir une demeure était son seul don. Prêtant une oreille plus attentive à son interlocuteur, elle répondit :

— Dame Adélaïde connaît mon dévouement à sa maison. Désiriez-vous m'entretenir de quelque chose en particulier ?

Il prit une expression... pas vraiment peinée, non, mais embêtée.

— J'ai dit à votre cousine que je souhaitais me recueillir à la chapelle, mais elle a eu l'air gênée. Lorsque j'ai demandé si son chapelain était présent, elle a argué qu'il ne sortait pas de l'oratoire. Quel est le fin mot de cette histoire ?

Béatrice était pétrifiée. Bouchard savait ! Pire encore, il venait de mettre le doigt sur le nœud de l'affaire, et l'interdit dans lequel le père Ogier s'entêtait depuis plusieurs semaines. Tout au plus acceptait-il de faire encore résonner les cloches pour rythmer les jours et permettre à chacun de vaquer à ses occupations.

Le chevalier fit mine de lui prendre la main, mais se ravisa. Dans son regard, un éclair appréciateur envers la jeune fille passa, mais il était dénué de toute concupiscence, et elle lui en fut reconnaissante. S'il se contentait de montrer de l'admiration à son égard, elle pourrait s'en débarrasser. Baissant d'un ton, il poursuivit :

— Je sais que vous êtes fidèle à votre cousine, et c'est tout à votre honneur. Néanmoins, elle m'était promise, et j'aimerais avoir des éclaircissements sur ce qui se trame. Je commence à douter de la véracité de ces noces...

Elle se sentit défaillir. Que faire ? Que dire ? Était-ce trahir Adélaïde que de révéler de quoi il retournait ? De toute façon, Arnault et elle avaient passé la nuit précédente ensemble, rien ne pouvait plus s'opposer à leur union…

Croisant de nouveau le regard de son compagnon, elle n'y décela qu'une attente polie et… un soupçon de tristesse, peut-être ? Elle se mit à trembler, songeant à quel point ce mariage arrangé avait bouleversé son existence, chassant sa tranquillité d'esprit. Repensant à Arnault, si visiblement malheureux au banquet, à ses propres sentiments, elle finit par confesser dans un souffle :

— L'union n'a pas été bénie par l'Église, et le père Ogier en a pris ombrage. Il refuse… Il refuse la communion à ma cousine et à son époux, et estime leur mariage nul et non avenu, dit-elle en déglutissant.

Un éclair passa dans les prunelles de Bouchard, qui hocha la tête d'un air grave.

— Je comprends mieux la nervosité de votre cousine, elle attendait sans doute de pouvoir rompre officiellement nos fiançailles avant de s'engager.

Béatrice hésita un instant à le détromper, mais décida de tenir sa langue. Sa cousine lui serait sans doute reconnaissante de ne pas tout dévoiler, à commencer par son expédition au monastère.

— Messire Arnault est tout de même considéré par tous comme le mari de ma cousine. Il a négligé son propre fief pour aider le domaine et veiller sur… son épouse, répondit-elle alors que le mot achoppait douloureusement sur ses lèvres.

Le chevalier pinça brièvement la bouche. Avait-il espéré les faveurs d'Adélaïde ? Sans doute pas, mais entendre l'éloge d'un rival n'était jamais agréable, songea-t-elle. Un peu embarrassée par l'énormité de ce qu'elle venait de révéler, la jeune fille lissa nerveusement ses jupes.

— Veuillez me pardonner, messire, car je dois m'occuper du banquet.

— Bien entendu, concéda-t-il. Soyez encore remerciée de ces confidences ; je me tiendrai coi. Puisque ma présence n'est plus nécessaire ici, je compte partir dès demain matin.

— Je veillerai personnellement à ce que vos affaires soient nettoyées, et vos provisions, regarnies.

Il lui offrit un sourire éclatant, comme si elle venait de lui rendre un service considérable – ce qui était peut-être le cas pour un homme de petite noblesse sans terres. S'inclinant pour le saluer, elle tourna les talons et s'éloigna aussi vite que la courtoisie le lui permettait.

— Damoiselle ! la héla-t-il soudain, comme saisi d'une arrière-pensée, la rejoignant en deux enjambées. Puis-je vous demander une dernière faveur ?

Comme elle ne répondait pas, il enchaîna :

— Je souhaiterais parler à dame Adélaïde seul à seule. Je sais que la proximité de son époux pourrait influencer ses réponses, et j'ai besoin de sa plus grande sincérité.

Il paraissait souffrir, et elle comprit qu'il s'était peut-être attaché sinon à sa cousine du moins à l'idée de convoler avec elle. Après tout, il était arrivé quelques heures plus tôt dans l'intention de célébrer ses noces, et repartirait demain matin, ses espoirs déçus.

Réfléchissant en toute hâte, Béatrice finit par dire à mi-voix :

— Je puis lui suggérer d'aller cueillir des plantes en forêt. À une demi-lieue à l'est se trouve un grand chêne au pied duquel elle a l'habitude de se reposer lorsqu'elle herborise. Soyez-y avant tierce.

Lui prenant la main, Bouchard s'inclina pour la remercier, avant de se retourner, la laissant pleine d'interrogations et d'incertitudes.

Chapitre 19

La nuit avait été mauvaise, et l'humeur d'Arnault s'en ressentait. Ou plutôt elle n'avait fait qu'empirer depuis que Bouchard avait franchi le mur d'enceinte. Comment sa joie avait-elle pu se muer en amertume en à peine une journée ?

Il s'était efforcé de laisser Adélaïde tranquille, s'effaçant pour lui permettre d'endosser son rôle de dame de Sanxay, mais avait le sentiment de s'être fourvoyé. Lorsque son rival s'était isolé avec la jeune femme, il avait éprouvé toutes les peines du monde à ne pas les rejoindre – seule la certitude qu'elle souhaitait s'occuper elle-même des affaires du fief et, par conséquent, de ses fiançailles l'avait convaincu de rentrer dans la grande salle.

Mais, quand le tête-à-tête s'était prolongé et que, n'y tenant plus, il était sorti les retrouver, quelque chose avait basculé. Adélaïde évitait son regard, et sa posture trahissait un certain malaise à son égard. Avec son invité, en revanche, elle s'était montrée d'une affabilité exemplaire, échangeant des propos à voix basse et riant de ses plaisanteries. À mesure que la soirée avançait, Arnault avait été de plus en plus enclin à croire que l'entretien avait fait naître le soupçon dans le cœur de la jeune femme.

Bouchard avait-il révélé quelque vérité désagréable à son sujet ? Savait-il ?

Il avait eu le projet d'en discuter avec elle dès le calme revenu. Le banquet lui avait semblé interminable, mais enfin les convives s'étaient levés, on avait débarrassé les tables, leur hôte indésirable avait annoncé son intention de repartir dès le lendemain, et chacun était allé se coucher. Arnault devait avouer qu'il attendait cet instant avec une impatience croissante : enfin, il pourrait être seul à seule avec Adélaïde. L'envie de la toucher, de l'embrasser, écrasait presque le besoin de lui parler et d'avoir le fin mot de l'histoire.

Mais, une fois passé la porte de la chambre seigneuriale, elle s'était montrée claire : elle refusait de partager sa couche, et ne l'avait accompagné que pour entretenir l'illusion. Quand il avait proposé de faire dresser un lit de camp, elle lui avait adressé un regard indéchiffrable, et avait annoncé qu'elle dormirait avec sa cousine, comme à l'ordinaire.

— Je ne veux pas que l'on se méprenne. Nos noces ne sont qu'un simulacre, après tout.

Il avait reçu cette phrase comme un coup de poing dans le ventre. Bien entendu, il le savait, lui aussi. Mais après la nuit précédente, et sa discussion avec Ganelon, il commençait à s'interroger.

— Et ta réputation ? avait-il tenté d'arguer, pris au dépourvu. Tout le monde au château se doute de ce qui s'est passé.

Est-ce à cause de Bouchard ? avait-il failli ajouter. Le chevalier l'avait-il assez charmée pour la faire changer d'avis ? Toutefois, quelque chose l'avait retenu, et il n'avait pas posé la question.

— Ma réputation ? Il est beau de t'en soucier maintenant, avait-elle rétorqué, avec une colère difficilement contenue. C'est justement pour préserver le peu qu'il me reste que je ne peux pas demeurer ici cette nuit.

— À quoi joues-tu ? Tu ne portes même pas mon anneau pour faire accroire notre mariage. Il est évident que tu n'avais pas ce genre de considérations en tête hier soir ! s'était-il emporté, avant de regretter immédiatement ses propos.

Le visage d'Adélaïde s'était fermé, remplacé par un masque inexpressif. Elle lui avait souhaité une bonne nuit d'une voix atone, avant de partir, esquivant sa main tendue et refusant d'écouter ses excuses. Cela n'avait pas empêché le chevalier de voir ses yeux briller de larmes lorsqu'elle s'était détournée.

Il s'était traité de tous les noms, mais le mal était fait. La jeune femme s'était repliée sur elle-même, blessée, et il aurait un mal infini à la convaincre de lui faire de nouveau confiance. Chaque fois qu'il croyait la comprendre, la respecter, elle lui glissait entre les doigts…

Se passant une main sur le visage, le chevalier envisagea de se recoucher, mais ce n'était pas possible. En tant qu'hôte, il se devait de saluer leur invité et de veiller à ce que son départ se déroule dans les meilleures conditions. S'il n'avait guère envie de parler à Bouchard, le voir s'en aller serait un réconfort. Une fois ce devoir accompli, il serait libre de retrouver Adélaïde, de s'expliquer…

Et de lui confesser enfin ce qui le dévorait.

Réprimant un soupir, il s'habilla avec moins de recherche que la veille, mais fit tout de même en sorte d'honorer leur visiteur. Hésitant un instant, il décida de ceindre son épée bien qu'il ne porte pas sa cotte de mailles. Arborer son arme lui donnait l'impression, fausse sans doute, d'être sur un pied d'égalité avec Bouchard.

Descendant l'escalier, il gagna la grande salle, où l'on s'affairait déjà et où il ne restait plus la moindre trace du banquet de la veille – encore une fois, Béatrice s'était montrée d'une compétence exemplaire. Traversant la pièce d'un pas vif, il émergea dans la cour, où l'activité battait son plein. Il n'avait pas eu le sentiment que le matin était si avancé, mais ses réflexions lui avaient fait perdre la notion du temps.

Dehors, le soleil brillait et l'air était doux. Plissant les yeux, il aperçut Bouchard en train de charger sa monture, son écuyer tenant le mors pour empêcher l'animal de faire un écart. À en juger par l'aspect gonflé des fontes, leurs hôtes avaient été généreusement approvisionnés.

Arnault s'avança pour saluer le chevalier, armé de pied en cap comme à son arrivée. Lorsqu'il parvint à sa hauteur, ce dernier interrompit sa tâche et redressa la tête. Pendant un moment, les deux hommes se jaugèrent du regard, avec une sorte d'hostilité sourde. Tous deux s'étaient disputé – se disputaient peut-être encore – la main d'Adélaïde, quoique pour des raisons différentes. Abandonner ses prétentions sur la jeune femme et son fief avait dû être difficile pour un cadet sans terre tel que Bouchard, se dit-il. Ce mariage promettait davantage que la félicité conjugale : il lui offrait un statut.

Mais peut-être avait-il d'autres vues ? songea-t-il soudain en apercevant Béatrice non loin d'eux. Non, la jeune fille, malgré sa beauté, n'avait pas de dot… Quelque autre damoiselle rencontrée à Poitiers ? Il n'était plus temps d'interroger son rival.

Celui-ci finit par incliner la tête en guise de salut, avant d'esquisser un sourire.

— Messire Arnault, c'est un plaisir de te voir avant mon départ. J'espère que la nuit fut bonne. J'ai eu le plaisir de saluer ton épouse à l'aube et de lui faire mes adieux.

L'interpellé serra les poings, outré de cette référence si explicite à sa soi-disant vie conjugale. Mais il ne pouvait pas se permettre de relever l'insulte, sous peine d'exposer le mensonge si durement bâti par Adélaïde.

— Et j'espère que la tienne fut aussi agréable que la mienne, répondit-il d'un ton faussement léger. Où as-tu prévu de porter tes pas ?

— Je m'en retourne à Poitiers, annoncer à Leurs Majestés que ma fiancée est déjà prise, répondit Bouchard d'un air inexpressif. Qui sait, ils auront peut-être un meilleur parti à m'offrir ?

Se résignait-il vraiment ? Mais le simulacre qu'Adélaïde et lui avaient créé était si convaincant qu'eux-mêmes s'y étaient laissé prendre…

Non sans dégâts, songea-t-il sombrement.

Le chevalier de Missé lui tendit la main et, à contrecœur, Arnault lui étreignit l'avant-bras, en guise de salut. Puis l'invité se hissa en selle tandis que son écuyer lui lâchait la bride. Il tendit ensuite la main à l'enfant, qui s'en saisit pour s'asseoir en croupe de son maître. Le cheval renâcla un peu, mais ne chercha pas à se débarrasser de cette charge supplémentaire.

Faisant volter sa monture, Bouchard inclina une dernière fois la tête, avant de piquer des deux. L'animal partit au trot, soulevant des mottes de terre dans son sillage.

Voilà un visiteur que je ne regretterai pas.

Mais où donc se trouvait Adélaïde ? L'absence de la jeune femme l'inquiétait, et pas seulement parce qu'il devait faire amende honorable. C'était une dame au fait de ses devoirs, et jamais elle n'aurait négligé un événement aussi important que le départ de son hôte si elle n'avait pas été retenue par quelque affaire pressante.

Avisant Béatrice, qui se trouvait à quelques pas, il demanda :

— Où est ta cousine ? Messire Bouchard dit l'avoir saluée plus tôt, mais je ne l'ai pas encore aperçue.

La jeune fille tressaillit légèrement, avait de baisser la tête. Était-elle au courant de leur altercation ? Après tout, Adélaïde était retournée partager sa chambre la nuit précédente. Peut-être s'était-elle confiée en termes peu glorieux pour lui… Le rouge aux joues, la jeune fille répondit d'une voix un peu chevrotante :

— Elle est partie cueillir des herbes. Je crois qu'elle voulait aller vers la rivière.

La rivière ! En repensant à l'endroit où ils avaient échangé leur premier baiser, son cœur s'emballa un peu. C'était l'occasion rêvée d'aller la retrouver et d'affronter enfin la réalité de leur relation. Avec un peu de chance, ce cadre susciterait des souvenirs plus agréables que leur dispute de la veille, et Adélaïde prêterait une oreille plus attentive à ce qu'il avait à dire.

Dans tous les cas… il fallait se porter au-devant des difficultés. Se dirigeant vers les écuries, Arnault alla seller son cheval.

Le chêne qui désignait la clairière était majestueux et, sous son ombre, l'air était encore agréable. Adélaïde avait ôté sa cape pour s'asseoir dessus, lissant les jupes de sa robe de laine toute simple. S'adossant au tronc, elle s'accorda un instant de repos avant de sortir les provisions qu'elle avait emportées – on approchait de sexte, et elle était affamée. Avec le couteau dont elle s'était servie pour couper certaines plantes, elle se tailla un morceau de fromage qu'elle accompagna de pain et d'eau teintée de vin.

Sa cousine avait eu raison de lui recommander d'aller herboriser. C'était une tâche dont elle aimait s'acquitter, marchant dans la forêt, se gorgeant des parfums végétaux, laissant son esprit vagabonder, oubliant quelques instants le poids des responsabilités. Ici, au milieu des arbres, elle n'était plus la suzeraine de quiconque, mais simplement Adélaïde. Fermant brièvement les yeux, elle inspira lentement, grimaçant légèrement quand le bas de son dos l'élança.

Un dernier souvenir d'Arnault, songea-t-elle, avec un sentiment doux-amer.

D'un seul coup, tous ses soucis lui revinrent au visage. La veille, après le banquet, son soi-disant époux lui avait cherché querelle sur son attitude, allant jusqu'à lui reprocher de ne pas porter l'anneau qu'il lui avait donné au moment d'échanger leurs vœux. Comment lui avouer qu'elle avait hésité à le remettre, s'imaginant être seule à la tête de son fief, de son plein droit ? Sans dépendre d'un époux, d'un père, d'un fiancé…

Surtout, elle avait été piquée au vif par les reproches du chevalier. Elle sentait vaguement qu'il lui en voulait de l'avoir négligé au profit de Bouchard au cours du repas, mais comment lui expliquer qu'elle agissait de la sorte justement pour le préserver ? Elle s'était dit que, peut-être, en se montrant extrêmement courtoise avec son « fiancé », elle pourrait gagner du temps et le convaincre de ne pas ternir la renommée d'Arnault.

Alors, quand ce dernier avait parlé de sa propre réputation qu'il lui faudrait protéger, elle avait vu rouge. Comme si elle ne savait pas déjà que celle-ci était ruinée ! Adélaïde ferma vivement les paupières en sentant les larmes lui monter aux yeux comme dans la chambre la veille. Elle était davantage blessée qu'elle n'avait voulu se l'avouer. Secrètement, elle avait espéré qu'Arnault ne s'arrêterait pas à ce genre de considérations… Que, s'il souhaitait un jour sceller définitivement leur union, il ne s'abriterait pas derrière des prétextes fallacieux mais affirmerait haut et fort son attachement pour elle.

Elle eut un petit rire sans joie. Quelle chimère ! Comme si les mariages d'amour existaient ailleurs que dans les chansons… On s'épousait d'abord pour nouer des alliances familiales ou agrandir un fief. Les sentiments n'entraient jamais en compte.

Adélaïde reprit une gorgée d'eau, songeant à ce qui l'attendait au château – les réparations après l'inondation, les conflits à régler entre villageois, les récoltes à organiser… La liste était interminable. Cette vie lui convenait, elle aimait ce rôle auquel elle avait cru ne jamais accéder et qui semblait taillé pour elle. Mais cette brève expérience avec Arnault à ses côtés avait changé sa perspective : partager cette charge parfois écrasante s'était révélé apaisant… Salutaire, parfois.

À quoi bon ? Tout sera bientôt terminé, maintenant que Bouchard est parti.

Bouchard de Missé, qu'elle avait vu le matin même, se forçant à lui faire ses adieux alors qu'elle ne souhaitait rien tant qu'être loin de lui. Son promis avait peut-être bonne apparence, mais elle soupçonnait son âme d'être noire comme le charbon. Quoi qu'il en soit, il ne lui avait pas demandé de réponse aux exigences qu'il avait formulées, et elle s'était tenue coite. Bien entendu, cette tactique ne pourrait pas durer éternellement, mais si cela lui permettait d'éloigner la menace un temps…

Un bruit de broussaille écrasée la fit se redresser en sursaut. Elle n'était pas seule ! S'agissait-il d'un animal qui se serait approché ? Méfiante, elle se mit à scruter les arbres – si elle croisait la route d'un sanglier, elle devrait se mettre à l'abri autant que possible, car l'animal pouvait se montrer dangereux s'il la considérait comme une menace, et elle n'était pas de taille à l'affronter.

Mais ce ne fut pas un sanglier qui émergea du couvert, bien qu'il s'agisse d'un animal : bientôt, elle vit s'approcher un cheval… Un cheval monté par Bouchard de Missé en personne.

Son sang se glaça. Que faisait-il ici ? N'avait-il pas annoncé sa décision de retourner à Poitiers, qui se trouvait dans la direction opposée ? L'avait-il suivie ? Et pour quelle raison ?

Se levant brusquement, elle ramassa sa cape avec des mains tremblantes et passa sa besace sur son épaule, s'efforçant toutefois de dissimuler son angoisse. Au château, on ne s'inquiéterait pas d'elle avant un moment…

Joignant les mains dans son giron, elle s'inclina légèrement, comme une concession à la bienséance et aux règles élémentaires de la courtoisie.

— Messire, je ne m'attendais pas à vous voir en ces lieux. Si vous avez perdu la route de Poitiers, je peux bien évidemment vous orienter.

Le chevalier ne répondit pas, se contentant d'esquisser un sourire en coin et de faire aller sa monture. Se penchant, la jeune femme chercha Lubin du regard.

— Où est votre écuyer ? demanda-t-elle, de plus en plus inquiète.

— Je l'ai renvoyé à Poitiers, porteur d'un message à destination de Leurs Majestés sur votre déloyauté, dit enfin Bouchard en s'arrêtant à sa hauteur mais sans prendre la peine de mettre pied à terre. J'ose croire que j'en aurai raison, et que Sanxay me reviendra.

Non !

Adélaïde se sentit défaillir mais s'intima de se reprendre.

— Vous ne pouvez pas, rétorqua-t-elle d'une voix qu'elle voulait ferme mais qui chevrotait néanmoins. J'ai eu votre parole…

— Tu n'as rien eu du tout, espèce de traînée ! hurla-t-il soudain, tandis qu'elle se figeait sous l'insulte. J'ai découvert ma promise dans le lit d'un autre, condamnée par l'Église, et il faudrait en plus que j'abandonne les terres qui me sont dues ? Moi vivant, cela n'arrivera pas.

Fuis, murmura une voix dans sa tête. *Tout de suite !*

Mais elle en était incapable. Ses pieds semblaient collés au sol, son corps n'arrivait pas à se mouvoir. Dans quel guêpier était-elle tombée ? L'avait-il guettée à la sortie du château, ou pistée après son départ ?

— Ce fief est à moi, affirma-t-elle avec une force dont elle ne se serait pas crue capable. Le roi peut affirmer ce qu'il veut, il ne m'en privera pas.

Un rictus passa sur le visage de Bouchard, déformant ses traits réguliers. Il en était effrayant, et elle se sentit frémir de tous ses membres. Se penchant pour se trouver presque nez à nez avec elle, il rétorqua d'une voix douce plus redoutable que des cris :

— Oh ! mais je ne serai pas lésé à cause d'une putain qui se donne au premier venu. Tu m'épouseras, de gré ou de force.

Soudain, elle retrouva l'usage de ses jambes et partit en courant, portée par l'énergie du désespoir. Dans son dos, elle crut entendre un éclat de rire, mais ne se retourna pas pour vérifier, d'autant que ses oreilles se mirent brusquement à bourdonner.

Il fallait quitter la clairière au plus vite ! Entre les arbres, Bouchard aurait plus de mal à passer avec sa monture, tandis qu'elle pouvait se tapir entre deux troncs… Grimper dans les branches, peut-être.

Le bruit des sabots frappant le sol lui fit tout à coup retrouver l'ouïe. Il semblait si près ! Mais hors de question de ralentir pour s'en assurer, elle avait besoin de toutes ses forces pour…

Quelque chose lui faucha le pied, et elle bascula en avant, tendant en hâte les mains pour se rattraper, sans succès. Sa tête heurta le sol, heureusement tapissé de mousse, mais une vive douleur lui transperça la cheville. Adélaïde tenta de l'ignorer, s'agrippant comme elle pouvait aux jeunes pousses pour continuer à avancer, mais sans succès…

Derrière elle, le martèlement des sabots cessa, et elle comprit que son poursuivant n'était qu'à quelques pas, et qu'il allait se saisir d'elle. Fermant les yeux, elle attendit l'agression qu'elle devinait…

Mais rien ne vint. Surprise, grimaçant de douleur, la jeune femme prit appui sur ses avant-bras et rouvrit les paupières. Dans son champ de vision, elle aperçut deux jambes gainées de mailles métalliques. Bouchard s'accroupit et lui tint le menton pour la forcer à le regarder dans les yeux.

— Voilà qui était divertissant mais inutile. Fini les subterfuges, dorénavant, tu es mon épouse, et tu le resteras jusqu'à la fin de tes jours.

D'un geste violent, il la remit debout, et elle ne put retenir un cri de douleur lorsqu'elle posa le pied par terre. En boitant, elle dut le suivre alors qu'il l'entraînait en lui serrant le bras, suscitant une nouvelle vague de souffrance. Il lui fallut toute sa volonté pour ne pas hurler pendant le bref trajet, mais elle était en sueur et au bord de la nausée. Trop occupée à lutter contre l'évanouissement, elle sentit sa cape glisser mais n'esquissa aucun geste pour la rattraper.

Le chevalier la souleva pour l'installer devant la selle, imitant sans le savoir les gestes d'Arnault quelques jours auparavant – une éternité auparavant. Ramassant le manteau tombé à terre, il le roula en boule et le fourra dans ses mains gourdes. Il se plaça ensuite derrière elle, refermant un bras autour de sa taille avant de lui glisser à l'oreille :

— Au premier homme d'Église que nous croiserons, je ferai célébrer notre union. Mais avant…

Il lui empoigna un sein, le triturant sans ménagement quelques instants, et Adélaïde se raidit. Heureusement, cela ne dura pas, car il semblait pressé de s'éloigner. La terreur qui s'empara d'elle était très réelle. Luttant pour ne pas révéler son état d'esprit, elle sentit les larmes lui monter aux yeux et les refoula de toute sa volonté.

Le cheval s'ébroua et se mit en route, l'emmenant loin de Sanxay, son foyer, sa protection.

Loin de son amour.

Chapitre 20

On était au milieu de l'après-midi quand Arnault franchit les portes du château, une sourde angoisse au cœur. Sur les indications de Béatrice, il s'était rendu au bord de la rivière, mais il n'y avait pas trouvé Adélaïde. Il s'était dit que la jeune femme avait pu aller plus loin, suivre le cours d'eau en amont ou en aval, mais, après plusieurs heures de recherches, il n'était pas plus avancé. Avait-elle pu glisser et être emportée par le courant ? S'était-elle blessée ? Ou avait-il seulement manqué de chance et était-elle rentrée au fort sans le croiser ?

Il n'avait pas encore mis pied à terre que Jehan le rejoignit en hâte.

— Messire, il se trame quelque chose : dame Adélaïde n'a pas reparu depuis ce matin, nul ne sait où elle est partie.

Le chevalier ferma les yeux, en proie à une terreur indicible. Sa pire crainte semblait se confirmer : il était arrivé malheur à son épouse. Bouchard ! songea-t-il aussitôt alors que la tranquillité et la morgue de leur hôte ravivaient leur souvenir désagréable dans sa mémoire. Bien que ne disposant d'aucune preuve, il aurait mis sa main à couper que celui-ci était partie prenante dans l'affaire.

Et si Adélaïde l'avait rejoint de son plein gré, et qu'ils avaient cherché à l'égarer ? Après tout, ils avaient passé tout le banquet à converser et à faire assaut de courtoisies. Certes, c'était l'usage, particulièrement à la Cour, où ils avaient tous les deux vécu, mais un rapprochement était toujours possible…

Il secoua la tête. Non ! Au-delà de la réaction outrée de la jeune femme lorsqu'ils s'étaient disputés la veille, il était certain d'une chose : jamais elle n'abandonnerait Sanxay de son plein gré sans une raison impérieuse. Or il n'en voyait pas.

Donnant des ordres pour organiser une battue dans les bois où la maîtresse des lieux avait annoncé se rendre, Arnault se mit à échafauder plusieurs hypothèses expliquant son absence – et aucune n'était rassurante. Dans le meilleur des cas, elle avait fui avec un galant en abandonnant son bien et ses gens ! Cela lui ressemblait si peu qu'il en aurait ri, si la situation n'avait pas été aussi grave.

Il mit pied à terre et appela Ganelon pour qu'il prépare son armement. Son valet avait fait diligence, car celui-ci était déjà prêt. Le chevalier ne prit pas la peine de regagner le logis et changea de tunique au beau milieu de la cour, avant d'enfiler le gambison et la cale qui devaient le protéger des morsures de la cotte de mailles. Il était en train de ceindre son épée quand Isabeau arriva, essoufflée, l'air fiévreux, traînant Béatrice par le bras.

Sans ménagement, elle poussa la jeune fille, qui trébucha et reprit son équilibre avant qu'il puisse la rattraper.

— Allons, ordonna-t-elle. Confesse à messire Arnault ce que tu m'as avoué tantôt !

Béatrice ouvrit la bouche, mais aucun son n'en sortit. Elle avait les yeux battus et les paupières gonflées, et une de ses joues rougissait à vue d'œil comme si elle avait reçu un soufflet. Stupéfait, il la pressa de parler, mais elle plaqua les mains sur sa bouche en secouant la tête, tandis que de nouvelles larmes se mettaient à couler.

Avec un soupir exaspéré, Isabeau s'écria :

— Cesse donc tes simagrées ! Messire Arnault, reprit-elle d'une voix plus mesurée mais où perçait toujours la colère. Cette péronnelle a attiré dame Adélaïde dans un piège. Elle a reconnu lui avoir suggéré de partir en forêt…

— Mais il n'y avait personne au bord de la rivière ! J'aurais dû apercevoir Bouchard, puisque je suis parti peu après lui.

Isabeau eut un geste de dénégation.

— Dame Adélaïde n'est pas partie dans cette direction, mais bien plus à l'est, vers la clairière du grand chêne. Bouchard, ce félon, voulait soi-disant lui parler, mais je suis sûre qu'il a fait bien pis ! L'absence de notre dame en est la preuve.

Le sang d'Arnault se glaça. Avisant Béatrice, il la dévisagea. Elle détourna la tête, visiblement incapable de soutenir son regard.

— Tu m'as donc menti ce matin en m'indiquant une fausse direction ! Et tu savais parfaitement que Bouchard prévoyait de retrouver ta cousine !

Comme elle hochait la tête en silence, il s'emporta :

— Comment as-tu pu manquer à ce point de loyauté envers celle qui te nourrit et te protège depuis deux ans ? Celle qui s'est toujours souciée de ta personne ? Qu'on se le tienne pour dit : Béatrice est une médisante qui trahit les siens.

La jeune fille sanglotait pour de bon, à présent. Mais Arnault n'était pas enclin à la pitié. Si le temps n'avait pas été aussi critique, il aurait continué ses reproches.

— Sais-tu au moins où il voulait l'emmener ensuite ?

— N… Non, messire, souffla-t-elle. Il m'a seulement

dit vouloir lui parler en tête à tête, et de lui en ménager l'occasion. Il souhaitait la voir sans vous, conclut-elle dans un murmure.

Le chevalier lutta contre l'envie de frapper quelque chose, sachant que cela ne servirait à rien. Un horrible soupçon commençait à se former dans son esprit…

— Que lui as-tu dit au sujet de dame Adélaïde ? pressa-t-il, redoutant le pire.

Se tordant les mains, Béatrice hésita visiblement, mais une bourrade d'Isabeau la poussa à reprendre :

— Il sait… Il sait que votre union n'a pas été bénie par un prêtre.

— Damnation !

C'était le pire qu'on pouvait imaginer. Désormais au fait qu'Adélaïde et lui n'étaient pas réellement mariés, Bouchard pouvait épouser la jeune femme de force et se rendre maître de ses terres. Nul n'irait contester l'union, vu qu'elle avait été approuvée par le roi. Et le félon avait plusieurs heures d'avance sur eux…

La poitrine nouée à la simple idée de ce que risquait la femme qu'il aimait, Arnault déclara :

— Qu'on l'enferme et qu'elle ne voie plus le jour. Elle sera jugée à mon retour. S'il arrive le moindre mal à dame Adélaïde, elle en répondra, vous pouvez m'en croire.

Plein d'une colère qui menaçait de lui faire perdre l'esprit, il acheva en hâte de se vêtir et partit en tête de la battue.

Pour lutter contre la terreur, Adélaïde s'efforçait de comprendre leur trajet. Malheureusement, sous le couvert des arbres, elle peinait à se repérer grâce au soleil, et Bouchard les avait entraînés dans une zone assez éloignée de Sanxay pour que les lieux ne lui soient pas familiers. Il lui semblait que tous les sentiers se ressemblaient, que tous les troncs étaient identiques. S'était-il écoulé une heure, deux, davantage encore ? Elle n'aurait su le dire avec précision. Le milieu de l'après-midi semblait passé, mais il faisait toujours plus sombre en forêt qu'à découvert, et la nuit n'était peut-être pas aussi proche qu'elle le redoutait.

Car quand viendrait le soir, homme d'Église ou pas, la jeune femme redoutait que son ravisseur décide de faire d'elle son épouse au sens le plus barbare du terme. Ce dernier n'avait rien tenté pour le moment, mais un frisson d'angoisse la parcourut tout de même : s'il avait voulu se montrer honorable, jamais il ne l'aurait enlevée de la sorte.

Elle avait de plus une autre source d'inquiétude : elle ne sentait plus son pied. Passé la première douleur, vive et invalidante, elle avait éprouvé un fourmillement désagréable puis, à mesure qu'ils progressaient, de moins en moins perceptible. Elle s'était probablement foulé la cheville, et aurait dû immobiliser sa jambe dans une position surélevée, ce qui, à cheval, était impossible.

Leur monture s'arrêta enfin, et elle redressa la tête, paniquée. Sans s'en rendre compte, elle s'était assoupie, car elle n'avait pas souvenir de la fin de leur chevauchée. Ils se trouvaient devant une espèce d'ermitage à demi en ruines, à la toiture enfoncée par endroits et aux murs de torchis en partie éboulés. C'était la première fois qu'elle voyait cet édifice, et elle en eut l'estomac noué : ils avaient quitté ses terres, elle en était convaincue.

Bouchard descendit et, se sentant glisser, la jeune femme comprit qu'elle n'aurait pas la force d'en faire autant sans aide. Le chevalier l'attrapa par la taille et la posa au sol, où, plutôt que de prendre appui sur celui qui lui faisait tant horreur, Adélaïde se cramponna à la selle.

— Comment comptes-tu marcher sans moi ? lui

demanda son ravisseur en haussant un sourcil d'un air sardonique.

Elle se mordit la lèvre pour retenir un gémissement alors que les sensations revenaient graduellement dans le bas de sa jambe. Effectuer les quelques pas qui la séparaient du refuge choisi pour la nuit serait une épreuve, mais elle refusait de toucher cet homme vil. Quelque chose sur son visage dut trahir ses pensées, car il éclata de rire et l'abandonna où elle était pour récupérer les fontes et les porter dans l'abri.

Une vague de nausée la saisit, tandis qu'elle essayait de trouver un moyen de faire le chemin. La douleur ? La fatigue ? Elle sentit quelque chose le long de sa jambe, et comprit soudain la raison de l'inconfort qu'elle éprouvait depuis sa nuit avec Arnault.

— Messire, dit-elle d'une voix mal assurée. Je ne peux… Il se trouve…

Cherchant en vain ses mots, elle s'empourpra. Comment expliquer chose pareille à un homme, qui plus est à son ravisseur, qui convoitait son corps et son fief ? Ce dernier, qui se tenait sur le seuil de l'ermitage, se retourna après avoir posé son chargement à l'intérieur.

— Eh bien ? la pressa-t-il d'un air impatient. Je n'ai que faire de tes jeux.

L'évocation de ce terme, déjà employé par Arnault la veille – ou était-ce une éternité plus tôt ? —, lui fit fermer les yeux un instant. Déglutissant avec difficulté, elle finit par lâcher d'un coup :

— J'ai mes fleurs. Il faut que je me lave…

Elle n'acheva pas sa phrase. Comme elle s'y attendait, une grimace de dégoût passa sur les traits de Bouchard. Parler de ses lunes à un homme avait toujours cet effet, et elle espéra de toutes ses forces qu'il continuerait d'éprouver ce dégoût à son égard.

— Si tu peux te dissimuler derrière l'ermitage, je promets de ne pas moucharder. De toute façon, avec ta cheville, si tu tentes de t'enfuir, tu n'iras pas loin.

Le remercier était au-dessus de ses forces. Elle se contenta de hocher la tête et d'assurer sa besace sur son épaule. Abandonnant sa cape à terre, elle avisa une branche certes tordue mais de taille correcte pour lui permettre de se déplacer seule. À pas comptés, elle gagna l'endroit indiqué par le félon, qui ne la quittait pas des yeux, affichant une expression de méfiance et de moquerie mêlées. Qu'elle aurait voulu lui faire rendre gorge pour ses paroles insultantes !

Atteindre son but fut une épreuve, mais c'était un faible prix à payer pour un peu d'intimité. Fouillant dans sa besace, elle trouva un linge, qu'elle mouilla avec un peu d'eau de son outre. La toilette était rudimentaire, mais elle se sentit revivre.

Néanmoins, la question de sa captivité se posait toujours. Bouchard avait raison : avec sa mauvaise jambe, jamais elle ne pourrait s'enfuir, encore moins le distancer. Sa seule possibilité serait de dérober le cheval à son maître – mais comment faire en sorte d'y parvenir avant le moment fatidique où il voudrait consommer leur « union » ? Elle ne pouvait pas attendre qu'il dorme, d'autant que le chevalier prendrait sans doute des dispositions pour entraver ses mouvements.

Les herbes !

Elle avait eu le temps de cueillir différentes plantes depuis son départ, et celles-ci pourraient peut-être l'aider… Cherchant avec fébrilité, elle sentit son cœur se serrer en constatant que rien dans sa récolte du jour ne pouvait lui servir. Dire qu'elle avait hésité à cueillir une tige de gants de Notre-Dame dans la clairière, mais s'était abstenue pour ne pas souiller le reste de ses herbes. Mais aurait-elle eu le cran d'administrer une dose potentiellement mortelle ? Elle frissonna.

Il n'est pas temps de regretter mais d'agir !

— Viens-tu, à la fin ? l'interpella Bouchard.

— Oui, oui, encore un instant ! s'écria-t-elle.

La mort dans l'âme, la jeune femme se résolut à chercher une solution différente. Se redressant et arrangeant les plis de ses jupes, elle fut soudain frappée par une légère odeur de farine, bien que plus piquante qu'à l'ordinaire.

Cherchant dans cette direction, elle fut bientôt récompensée par la découverte d'un petit groupe de champignons jaunâtres qu'elle reconnut immédiatement. *Des faux-meuniers !* Si elle pouvait en faire ingérer à son geôlier, elle aurait une chance de s'échapper. Ramassant au plus vite les végétaux, elle les mit dans sa besace, et revint clopin-clopant auprès de Bouchard, qui s'impatientait.

Celui-ci était assis sur une pierre devant l'abri pour profiter de la lumière de cette fin de journée, et avait commencé à manger. En apercevant les victuailles identiques aux siennes, Adélaïde eut un éclair de compréhension.

— C'est ma cousine, n'est-ce pas ? C'est elle qui vous a aidé.

Le sourire moqueur revint sur les lèvres de son geôlier.

— Il ne faut pas sous-estimer le cœur d'une jeune fille amoureuse, dit-il en hochant la tête. Je n'ai guère eu besoin de presser la damoiselle pour qu'elle m'avoue toute l'affaire – et surtout votre parodie de mariage.

Adélaïde sentit les forces lui manquer. Béatrice, qu'elle avait accueillie, protégée, aimée comme une sœur… Elle qu'elle considérait comme un appui et une confidente l'avait trahie. Isabeau avait eu raison de la mettre en garde sur la jalousie que suscitait sa relation avec Arnault… Dire qu'elle avait été assez aveugle pour ne se rendre compte de rien ! Ou plutôt assez idiote pour ne rien vouloir voir…

Prise d'un vertige, la jeune femme chancela. Elle serait lourdement tombée si Bouchard ne l'avait pas rattrapée, glissant un bras autour de sa taille et la plaquant contre son flanc. Ce contact la révulsa, et elle tenta de s'écarter de lui, mais il avait une poigne de fer. Lui soufflant son haleine au visage, il reprit d'un ton dur :

— Ne crois pas que je vais renoncer à mes desseins parce que je t'ai accordé quelques instants de solitude. Je saurai bien te soumettre.

Se débattant en vain, elle trouva néanmoins l'énergie de détourner la tête au moment où il voulut l'embrasser. Bouchard la repoussa avec rage, la giflant du revers de la main. Elle tomba avec un cri de douleur, sentant le goût cuivré du sang dans sa bouche. Le félon portait encore ses gantelets, et le métal lui avait entaillé durement la lèvre.

Dans sa chute, sa besace s'était ouverte, et une partie de son contenu, répandu au sol. D'un air soupçonneux, son ravisseur s'approcha pour observer ce qu'elle contenait. Il confisqua les maigres provisions qui lui restaient, ainsi que le petit couteau dont elle se servait pour cueillir ses herbes – la laissant véritablement sans rien. Ce nouveau dénuement lui fit monter les larmes aux yeux, mais elle s'efforça, par fierté, de ne pas les laisser couler.

— On dit que tu es un peu sorcière… Qu'est-ce donc que tout cela ? demanda-t-il avec hargne.

Prenant son voile pour tamponner la plaie, elle ferma les paupières pour lutter contre la douleur. Décidant d'endosser le rôle de faible femme qu'il tenait à lui attribuer, elle répondit d'une voix volontairement hachée :

— Des plantes pour soulager… les fièvres, les maux féminins… D'autres encore.

Ramassant les champignons, il prit l'air dégoûté.

— Ces choses sont l'engeance du diable ! Je suis sûr que tu cherchais à m'empoisonner !

Elle fut sur le point de se mordre la lèvre, mais se ravisa lorsqu'un nouvel éclair de douleur la traversa. Déglutissant de son mieux, elle choisit de tenter le tout pour le tout.

— Vous vous méprenez. Certains champignons sont nocifs, tout le monde le sait. Mais d'autres sont délicieux, et parfois… bénéfiques. J'ai cueilli ceux-ci à l'intention de mon époux.

— Cet idiot d'Arnault ?

Il éclata d'un rire grossier.

— Je parie qu'il n'arrivait pas à se dresser et à te contenter, hein ? C'est pour cela que tu as dû avoir recours à la magie.

Il fallait utiliser sa vanité contre lui, c'était sa seule option. Baissant les yeux et posant sa main libre sur sa joue comme si elle rougissait, elle murmura :

— C'était surtout pour… durer. Manger ce champignon quelques heures avant l'acte donne des capacités supplémentaires à n'importe quel homme.

Bouchard lui jeta un regard en coin, mais dut estimer qu'elle était trop blessée et avilie pour mentir. Considérant de nouveau les champignons, il les déposa avec précaution à côté de lui avant d'aller chercher de quoi allumer un feu.

— Nous allons mettre tes dires à l'épreuve, dans ce cas. Rien ne presse, nous avons toute la nuit.

Temporairement soulagée, Adélaïde poussa un discret soupir. Sa ruse devait absolument fonctionner. Sans quoi…

Chapitre 21

La nuit était tombée depuis une marque de chandelle environ, mais Arnault était incapable de renoncer. La battue avait donné quelques résultats, mais les chiens avaient perdu la trace du couple au bout d'une lieue et demie, au bord d'un cours d'eau. Pour le chevalier, il était évident que Bouchard était sur l'autre rive, mais la fin du jour et le manque de lumière l'avaient poussé à renvoyer tout le monde à Sanxay, à l'exception de Ganelon, qui avait refusé de le laisser seul.

Il n'était toutefois pas prêt à abandonner, car il redoutait que la nuit soit fatale à Adélaïde. Son instinct lui soufflait que le traître ne devait pas être loin, car sa monture chargée de deux cavaliers s'épuiserait vite. En outre, son valet d'armes avait souvenir d'un abri de fortune qui pourrait accueillir le fuyard et sa proie.

Sans lumière pour ne pas avertir l'ennemi, les deux hommes chevauchaient à la lueur de la lune, heureusement presque pleine. Arnault avait beau vouloir presser l'allure, ils avançaient au pas et avaient même pris le temps de s'arrêter pour envelopper de toile les sabots de leurs chevaux et ne pas donner l'alerte. Chaque instant écoulé loin de la jeune femme lui coûtait et accroissait son angoisse.

Enfin, ils aperçurent une faible lueur et s'immobilisèrent, tendant l'oreille. Pas un bruit ne leur parvenait, mais ils étaient encore loin. À voix basse, ils décidèrent de la marche à suivre. À contrecœur, le chevalier accepta de laisser son valet partir en éclaireur et revenir au plus vite. Il aurait aimé se charger de cette tâche mais se savait capable d'attaquer sans renfort, ce qui aurait été stupide.

Ganelon s'éclipsa et, pour lutter contre l'inquiétude, il entreprit d'attacher les chevaux à tâtons. S'ils devaient fuir précipitamment, il pouvait toujours trancher les rênes, mais il ne pouvait pas courir le risque que les animaux préviennent de leur présence en s'approchant de la lumière. L'absence du serviteur ne fut que de courte durée, mais il eut l'impression qu'une éternité s'était écoulée.

— Je n'ai pas osé approcher trop, mais il se trame quelque chose. Dame Adélaïde et son ravisseur semblent être au plus mal.

— Il faut y aller sur-le-champ, s'exclama Arnault, veillant à garder un ton bas.

Dans la pénombre, son valet hocha la tête et retourna sur ses pas, une dague à la main. Tirant son épée, le chevalier se mit en route, le suivant à la trace. Il était difficile de ne pas faire de bruit en marchant, même si la semelle en cuir de leurs chaussures étouffait en partie les sons. Mais, à mesure qu'ils approchaient, Arnault se rendit compte que de telles précautions n'étaient pas nécessaires.

— Espèce de sale sorcière, geignait Bouchard. Je savais que tu allais me porter malheur ! Tu mérites ce qui t'arrive, et pire encore !

Oubliant toute raison, Arnault se rua dans l'abri à demi écroulé où visiblement le félon et sa captive avaient trouvé refuge. Il découvrit une scène surprenante : le ravisseur, de toute évidence au plus mal, s'était débarrassé avec peine de sa cotte de mailles et gisait, prostré, dans le coin le plus éloigné de l'ermitage. Il avait le teint terreux et suait à grosses gouttes, si bien qu'on pouvait craindre quelque maladie.

Pendant que Ganelon s'assurait de la personne de Bouchard, qui leur prêtait à peine attention et poursuivait ses imprécations à l'encontre d'Adélaïde, Arnault avisa la jeune femme. Elle n'avait pas bonne figure non plus, mais pour d'autres raisons : la lèvre tuméfiée et le menton couvert de sang séché, la peau trop pâle, assise avec la jambe étendue de son mieux, elle avait si clairement souffert dans sa chair de son enlèvement qu'il sentit son sang bouillir et eut envie de frapper le traître pour la venger.

Quelque chose avait dû passer sur son visage, car son épouse leva la main et protesta d'une voix lasse :

— Il ne vaut pas la corde pour se faire pendre... Crois-moi, il est déjà bien puni.

Il se précipita auprès d'elle pour la soutenir alors qu'elle tentait de se redresser. Lorsqu'elle siffla entre ses dents, il se plaça de sorte à la dissimuler aux regards des deux autres hommes. Mais, quand il voulut vérifier l'état de sa jambe, elle se recula brusquement, laissant échapper une plainte.

— Qu'as-tu ? murmura-t-il, paniqué. T'a-t-il... ?

— Tu veux savoir si ce félon m'a violentée et si je suis souillée, c'est cela ? lança-t-elle d'un ton acerbe.

Il fut saisi de vertige. Bien sûr, il avait redouté cette éventualité plus que tout ! Mais pas parce que cela pourrait faire perdre de la valeur à la jeune femme... Parce qu'il se souciait de son bien-être. Il avait eu l'occasion de voir des filles forcées après une bataille, et elles étaient toujours dans un état effroyable, parfois pendant des jours, voire des semaines.

Arnault réprima un mouvement d'affection, de peur que celui-ci soit mal perçu.

— Détrompe-toi, répondit-il à voix basse. Je connais les effets d'un acte aussi vil, et je les redoute pour toi. Par pitié, dis-moi qu'il n'a pas eu le temps de...

Il fut incapable d'achever sa phrase, mais se retourna pour décocher un regard meurtrier à Bouchard. Ce dernier s'était recroquevillé davantage et émettait une sorte de geignement mêlé d'injures, mais sa voix s'affaiblissait.

La jeune femme nia farouchement de la tête, lui procurant un soulagement indicible. Sans s'en rendre compte, il était tellement convaincu d'apprendre que son ravisseur l'avait agressée que quelque chose s'était noué en lui.

— Il faut remercier Dieu d'avoir envoyé une maladie à Bouchard pour te protéger.

Elle esquissa un sourire presque carnassier.

— Dieu m'a sans doute procuré un outil, mais Il n'est pour rien dans ce qui incommode ce traître. Il a mangé des champignons qui procurent un flux de ventre. Demain soir, il n'y paraîtra plus, mais je voulais avoir le temps de m'enfuir avec son cheval.

Un rire nerveux la secoua, et Arnault l'accompagna, presque malgré lui. Il admirait l'ingéniosité de la jeune femme alors qu'elle était exposée à un grave danger. Le rire fut pourtant de courte durée, et Adélaïde se laissa retomber contre la paroi à laquelle elle s'était tant bien que mal adossée.

— Je ne sens plus ma jambe, gémit-elle. Le pied m'a tourné quand j'ai tenté de m'enfuir, et je n'ai pas pu le bander correctement. Il faut le faire immédiatement.

Elle avait tenté de s'enfuir ! Elle avait résisté, s'était

battue dans l'adversité sans céder un pouce de terrain… C'était bien Adélaïde, son épouse qui ne s'avouait jamais vaincue, qui trouvait toujours un moyen de s'en sortir. À présent que sa première peur refluait, il éprouvait une fierté immense pour cette jeune femme si audacieuse. De la fierté et… de l'amour.

Il se rembrunit. Maintenant qu'il l'avait retrouvée, il ne devait plus retarder l'aveu qui l'encombrait depuis plusieurs jours. Il n'avait que trop traîné, et la perspective de la perdre lui faisait envisager la situation sous un angle nouveau : il ne se voyait plus vivre sans elle. Or, tant qu'il ne lui aurait pas exposé la vérité, il aurait l'impression de trahir sa confiance.

— Arnault, je t'en prie, reprit-elle d'une voix faible.

Il se ressaisit et suivit les indications de la jeune femme pour placer un bandage qui la soulagerait, veillant tout du long à ne pas exposer sa cheville nue aux deux autres hommes. Lorsqu'il eut fini, elle était si fatiguée qu'elle avait toutes les peines du monde à garder les yeux ouverts.

Arnault alla retrouver Ganelon, qui montait la garde devant Bouchard, amoindri par de vives douleurs. Le chevalier dut se rappeler qu'on ne frappait pas un homme à terre tant la tentation était forte.

— Adélaïde a grand besoin de repos, et je ne pense pas qu'elle soit en état de chevaucher, expliqua-t-il à mi-voix. Il est hors de question qu'elle reste en présence de ce maudit félon. Crois-tu qu'il soit possible de… ?

Il n'acheva pas sa phrase, mais son valet d'armes le comprit à demi-mot. Empoignant le traître par l'épaule, il le hissa debout sans ménagement et lui intima d'avancer.

— Allons, la nuit est belle. Tu pourras te vider tout à loisir dehors, s'exclama-t-il d'un ton moqueur en l'entraînant hors de l'ermitage.

Ils ne seraient pas loin, mais Adélaïde pourrait bénéficier d'un semblant d'intimité. Rejoignant la jeune femme en quelques pas, il l'aida à s'installer plus confortablement, étendant son manteau pour la protéger du sol dur, installant sa jambe blessée de façon à soulager la douleur. Comme il s'éloignait pour veiller sur elle à distance, elle le retint d'un geste, glissant sa main dans la sienne, presque assoupie. Vaincu, il s'assit tout contre elle, lui caressant doucement les cheveux tandis qu'elle s'abandonnait au sommeil.

Adélaïde fut réveillée par une douleur sourde, un inconfort de tout son corps. Elle voulut se redresser mais n'y réussit pas, et soudain l'angoisse et la peur lui revinrent d'un coup. L'enlèvement, sa foulure, Bouchard qui la menaçait…

À côté d'elle, un corps tiède remua, et elle se rendit compte qu'elle était étendue contre Arnault. Le soulagement fit place à la panique, tandis que son esprit s'éclaircissait, débarrassé des derniers limbes du sommeil. Tournant la tête, elle avisa le chevalier, qui l'observait avec un regard plein d'affection, un sourire tendre aux lèvres.

— Comment te sens-tu ? demanda-t-il. Tu as été assez agitée cette nuit, mais j'ai préféré te laisser dormir ce matin car tu semblais apaisée.

— Je suis percluse de crampes. Ma cheville me fait encore souffrir, mais c'est bien plus supportable qu'hier, dit-elle après avoir prudemment tourné le pied. Mais il me sera impossible de marcher avant plusieurs jours. J'espère retrouver tout l'usage de ma jambe.

Arnault se rembrunit, et elle voulut chasser son inquiétude. Lui posant une main sur l'avant-bras, elle sourit à son tour.

— Tu es venu me sauver…

L'aidant à se redresser, il la serra contre lui, pressant les lèvres sur sa chevelure.

— Tu t'es sauvée toute seule. À notre arrivée, tu avais déjà la situation en main. J'ignore comment tu as fait avaler ces champignons à Bouchard, mais tu lui as joué un tour dont il se souviendra longtemps !

La voyant se crisper à l'évocation de son ravisseur, il se hâta d'ajouter :

— Nous sommes seuls : Ganelon a emmené le félon dès l'aube à Sanxay, pour le faire mettre aux fers.

Elle allait donc le revoir ? La jeune femme frémit et secoua la tête.

— Non, je préfère que cette histoire ne soit plus évoquée. Je n'ai qu'une hâte : retrouver ma vie au château. Je suis débarrassée de lui, c'est tout ce qui compte.

Arnault marqua une hésitation, puis finit par opiner.

— Si c'est là ton souhait... Nous l'enverrons au roi de France, qu'il aille commettre ses crimes ailleurs.

Adélaïde voulut se lever, et il lui tendit tout de suite la main, glissant l'autre bras autour de sa taille pour la hisser debout. Leurs visages étaient tout proches, et elle céda à son élan. Oh ! rien qu'un instant, le sentir de nouveau contre elle... Ils s'enlacèrent avec une forme de désespoir, un désir fouetté par la peur qu'ils avaient éprouvée, et par la certitude d'être bientôt séparés.

Leurs lèvres se joignirent, s'unissant dans un baiser qui acheva de balayer l'angoisse de la veille, et elle tressaillit sous la douleur. La plaie était encore à vif, et il passa le pouce dessus avec précaution, jurant dans sa barbe.

Arnault la soutenait pour qu'elle n'appuie pas sur son pied blessé, et elle se cramponnait à ses larges épaules, qu'elle devinait nouées sous la tunique. S'enhardissant, elle glissa une main sous le vêtement, trouvant la chemise, sentant la chaleur de sa peau irradier contre sa paume. Il lui mordilla le lobe de l'oreille, lui arrachant une plainte délicieuse, avant de déposer des baisers dans son cou, jusqu'à l'endroit où battait son pouls.

Soudain, tout s'arrêta, et Adélaïde poussa un gémissement de frustration. Rouvrant les yeux, alors même qu'elle ne s'était pas rendu compte qu'elle les avait fermés, elle aperçut le visage grave du chevalier. Son expression presque sévère étouffa son désir, et elle comprit que la réalité venait de les rattraper et de les heurter de plein fouet.

— Adélaïde, ma mie… J'aimerais… Je ne veux pas t'infliger de mal, surtout après ce que tu as vécu hier…

— Au contraire, cela me permettrait d'effacer ces souvenirs pénibles, dit-elle, tentant de raviver l'ardeur qui crépitait entre eux quelques instants auparavant.

Mais en vain. Arnault la lâcha avec précaution, veillant à ce qu'elle ne glisse pas, puis lui tendit le bâton dont elle s'était servie la veille pour se déplacer. Retenant un sanglot, elle accepta l'objet sans un mot et attendit. Il s'éclaircit la voix à plusieurs reprises mais ne dit rien, comme si lui aussi avait la gorge nouée par avance.

— Ma douce, il est quelque chose dont je dois te parler depuis longtemps. Je n'ai pas été franc avec toi, et je t'ai volontairement laissée dans l'ignorance.

Oh ! Seigneur. C'était encore pire qu'elle ne le redoutait.

— Es-tu fiancé ? Ou déjà marié à une autre ?

Une douleur atroce lui transperça la poitrine rien qu'à y songer. Si tel était le cas, elle ne pourrait toutefois s'en prendre qu'à elle-même.

— Non ! s'exclama-t-il en levant la main comme pour lui défendre d'y penser. Non, je n'ai jamais pris ce genre d'engagement. Jamais avant toi, et jamais…

Il n'acheva pas sa phrase, comme en proie à une hésitation. Adélaïde frissonna. Qu'essayait-il de lui dire ?

S'il n'avait pas de fiancée ou d'épouse, qu'avait-il bien pu lui cacher ? Le dévisageant, elle décela du chagrin et une vive angoisse dans ses prunelles, ce qui ne fit qu'augmenter ses propres inquiétudes.

Prenant la main de son compagnon, elle la serra brièvement avant de répondre :

— Alors dis-moi. Tu sais que je ne te condamnerai pas.

Il ferma les yeux, comme en proie à la douleur, mais hocha la tête d'un air résolu.

— J'ai tué Amaury, avoua-t-il dans un souffle.

— Quoi ? Non, c'est impossible ! s'écria-t-elle, posant malgré elle une main sur sa bouche.

Quel était ce cauchemar ? L'homme qu'elle aimait était-il réellement capable d'une telle infamie ? Dans ce cas, avait-elle été abusée par un monstre d'un genre différent de Bouchard ?

— Je refuse de croire que tu puisses être coupable d'un tel crime, murmura-t-elle d'une voix chevrotante. Tu fais preuve de tant de bonté envers les autres…

Arnault se passa une main sur le visage.

— Mon âme est bien plus sombre que tu ne le crois. J'ai si souvent souhaité sa disparition pour pouvoir prendre sa place. Le fief ne m'importait guère, mais toi… J'aurais tué pour t'avoir, et c'est ce que j'ai fait.

Elle chancela et dut s'adosser au mur avant de se laisser glisser à terre.

— Moi ? répéta-t-elle, réprimant un sanglot.

Il s'accroupit pour se mettre à sa hauteur. Soutenant son regard, il reprit d'un ton plus ferme :

— Oui, toi. Je t'aime depuis si longtemps. Ou plutôt j'aimais la jeune fille idéale que tu étais, car tu incarnais tout ce que mon frère avait et dont j'étais privé. Je t'ai convoitée dès vos fiançailles, je n'ai cessé de t'observer et de t'admirer de loin… Il m'est même arrivé de vous suivre, comme ce fameux jour où Amaury t'a emmenée au bord de la rivière, confia-t-il avec un pauvre sourire, plongé dans des souvenirs doux-amers. Comme j'ai été jaloux de lui ! Si j'avais su qu'il ne t'avait même pas embrassée…

D'un geste involontaire, elle effleura ses propres lèvres, éprouvant à la fois le souvenir de cette première étreinte et la brûlure causée par sa plaie. Dire qu'elle avait désormais du mal à se remémorer les traits d'Amaury ! Mais cette confession faisait tout remonter : ses fiançailles sans ardeur mais sans dégoût, l'empressement tout relatif de son fiancé, la distance de son cadet…

— Car c'est cela qui a tout fait basculer : quand j'ai su qu'après la campagne de printemps mon frère t'épouserait enfin, je n'ai plus connu de repos. Jusqu'alors, je pouvais prétendre que ces fiançailles ne déboucheraient pas, qu'il était peut-être encore temps de te conquérir, mais, lorsque Amaury a pris la liberté d'un tête-à-tête avec toi, j'ai compris qu'il était trop tard pour moi. Je souffrais et j'ai ardemment souhaité la mort de mon frère pour prendre sa place – même si je savais que c'était une pensée impie. Pendant notre service à l'ost, un chevalier s'est moqué du peu d'empressement d'Amaury à t'épouser – après tout, tu avais seize ans révolus, et certains qui t'avaient connue à la cour t'admiraient aussi. Mon frère était absent, alors j'ai pris sa défense et, surtout, la tienne : ce médisant affirmait que tu devais avoir quelque infirmité cachée pour ne pas être encore mariée.

Il poussa un soupir, comme s'il revivait toute la scène. Adélaïde, quant à elle, avait le souffle court, son cœur cognait dans sa poitrine… Tout ce qu'elle avait cru était donc faux ? Le dévouement d'Arnault lorsqu'elle l'avait appelé à l'aide, l'amour paisible d'Amaury ? Un mensonge ?

— Les injures et les menaces ont succédé aux paroles vives. Au bout du compte, nous avons convenu d'un duel pour nous départager. Mais mon frère trouvait déshonorant que je me batte pour défendre la réputation de sa fiancée, et a décidé d'affronter mon adversaire à ma place. Tu connais la suite.

La jeune femme laissa les larmes qui la submergeaient couler sur ses joues. Oui, elle connaissait la suite, du moins le croyait-elle : Amaury triomphant dans le duel, mais mortellement blessé et agonisant pendant plusieurs jours tandis qu'elle ignorait tout de la situation, Arnault venant lui annoncer la triste nouvelle, accablé de chagrin...

— Est-ce là toute la vérité ? N'as-tu pas oublié autre chose ? demanda-t-elle d'un ton accusateur quoique d'une voix mal assurée. Pourquoi avoir tant tardé à me raconter cette histoire ? Moi qui te faisais confiance !

Le chagrin sur le visage du chevalier était douloureux à voir, alors elle détourna les yeux.

— Chaque jour, je me jurais de te dévoiler la vérité, et chaque jour je trouvais un prétexte pour ne pas le faire. Je suis allé expier ma honte et ma culpabilité au monastère, j'ai même songé à entrer dans les ordres en pénitence... mais l'abbé ne l'a pas voulu. Il m'a entendu en confession et m'a absous, mais toi seule pourrais m'accorder le pardon. J'ai été d'une faiblesse déshonorante, mais je redoutais tellement de m'attirer ton courroux et, pire encore, ton mépris. Lorsque nous nous sommes revus, deux ans après, tu avais besoin de moi. C'était l'occasion de me racheter, de briller à tes yeux, d'être enfin celui qui pourrait te défendre, reprit-il, cette fois, avec un sourire plus chaleureux. Même si tu n'as pas réellement besoin que l'on te défende, seulement que l'on t'appuie. Ton courage et ton audace m'ont poussé à te chérir bien davantage qu'avant.

Adélaïde balaya cette dernière remarque d'un revers de main.

— Tout ce temps, tu m'as tenue dans l'ignorance pour mieux te rapprocher de moi ! Je refuse toujours de croire que tu as volontairement fait tuer ton frère, mais ton manque de franchise me révulse. Si Bouchard ne m'avait pas enlevée, aurais-tu eu le courage de me faire ta confession ? Quand je pense que j'ai défendu ton honneur devant lui, que j'ai refusé de croire ses insinuations…

Devant l'air surpris du chevalier, elle expliqua :

— Oui, il menaçait de révéler une faute que tu aurais commise si je ne lui abandonnais pas mon fief – il acceptait même de nous laisser nous marier…, s'écria-t-elle avant de secouer la tête, incrédule. Pour un peu, je devrais le remercier de m'avoir épargné un tel sort ! Quelle ironie.

La colère l'emportait, à présent, à la hauteur de sa douleur et de son chagrin. Elle avait cru pouvoir vivre avec Arnault, mais celui-ci était aussi fourbe que son promis… Plaquant une main au centre de sa poitrine tant celle-ci lui faisait mal, elle frémit en repensant à la façon dont elle s'était abandonnée entre ses bras.

— Jusqu'où serais-tu allé pour m'abuser ? Tu parles de culpabilité, de honte… mais tu t'es bien gardé de m'en avertir !

Elle se mordit la lèvre, enragée par le silence obstiné que conservait Arnault.

— Dire que j'ai cru être amoureuse de toi, que j'ai même souhaité que nous restions ensemble… Seigneur, que j'ai été naïve !

Il se redressa à ces paroles, une lueur d'espoir vite éteinte dans le regard. Refusait-il de se battre pour elle ? Lorsqu'il ouvrit enfin la bouche, il ne prononça qu'un seul mot, d'un ton à peine audible :

— Pardon…

La jeune femme éclata d'un rire dénué de joie.

— C'est tout ce que tu as à me dire ? Après des années à te taire ? Je vais être franche : à mon avis, ce n'est même pas mon pardon que tu recherches. Tu préfères vivre dans le souvenir d'Amaury et la culpabilité plutôt que te confronter à tes responsabilités. C'est facile de toujours se comparer à un mort : il ne peut plus faillir.

Était-elle trop dure ? Non, elle ne voulait que susciter une réaction. Mais de toute évidence Arnault n'était pas de cet avis. Vaincu, le chevalier baissa la tête, le visage fermé. Le cœur d'Adélaïde éclata : il ne tenterait rien pour la retenir ? Alors qu'il avait prétendu l'aimer ?

— Je veux rentrer à Sanxay au plus vite, dit-elle d'un ton définitif. Accorde-moi quelques instants seule et nous partirons.

Lorsqu'il lui obéit avec ce silence qu'elle s'était mise à abhorrer, elle eut envie de hurler de douleur.

Chapitre 22

Le cavalier franchit le fossé qui entourait les remparts et pénétra dans la cour. Le château n'était pas aussi impressionnant que les forteresses royales, mais il en imposait, témoignant du rang militaire assez éminent des seigneurs qui s'y succédaient depuis trois générations. Arnault s'arrêta alors qu'il était en train d'entraîner la garnison.

Depuis dix jours qu'il avait ramené Adélaïde à Sanxay et était revenu à Neuville avec Ganelon et ses hommes, il s'absorbait dans toutes les tâches du fief. Même si le domaine était correctement tenu, sa présence changeait tout – il avait écouté les doléances de chacun, revu le registre des tailles, évalué les réparations à effectuer avant l'automne... Il n'y avait pas de travail trop pesant, de joute trop épuisante, de sollicitation trop minime pour occuper toutes les heures.

Si les journées s'écoulaient correctement, rythmées par la vie au milieu des siens et de son domaine, les nuits étaient une véritable torture. Il se rejouait sans cesse son altercation avec Adélaïde, cherchant d'autres réponses, d'autres réactions... Tout ce qui aurait pu lui permettre de conserver l'affection et le respect de la jeune femme. Mais en vain. En d'autres occasions, il était hanté par les souvenirs physiques de leur rencontre, l'évocation de sa peau, la sensation de ses lèvres sur les siennes, l'expression de ravissement sur son visage lorsqu'elle avait joui… et la frustration de n'avoir pu la faire sienne – car, ainsi, elle aurait bien dû l'épouser !

Il se montrait taciturne, et seuls Ganelon et Lothaire, son intendant, parvenaient à lui arracher quelques paroles. Avec les femmes du château, il n'entretenait pour ainsi dire aucune relation, hormis la plus élémentaire courtoisie.

À mesure que le temps passait, sa blessure n'était pas moins à vif, mais il s'habituait à la douleur. C'était comme si, en le renvoyant, Adélaïde lui avait arraché le cœur et l'avait laissé incapable d'éprouver quoi que ce soit. Après avoir vécu à Sanxay dans un logis plein de vie, il trouvait son propre fief terne et triste, vide, même, alors qu'ils étaient plus nombreux à Neuville.

Mais la différence résidait dans l'absence même de son ancienne « épouse » : si Neuville était le lieu de sa naissance et son héritage, il considérait Sanxay comme son foyer naturel, celui où vivait la dame qu'il aimait.

S'épongeant le front d'un revers de manche, il confia son épée d'entraînement à Ganelon et vint à la rencontre du visiteur. Ce dernier arborait les couleurs des souverains d'Angleterre, et il sentit sa poitrine se nouer. Voilà qui était de mauvais augure…

— Soyez le bienvenu, messire, dit-il d'un ton affable qui ne se reflétait pas dans son regard. Puis-je m'enquérir de la raison de votre présence ?

L'homme salua et se présenta comme Foulques de Châtillon, banneret du roi Henri.

— L'on vous somme de paraître à Poitiers devant le roi au plus tôt. Messire Bouchard de Missé vous accuse d'avoir tenté d'attenter à sa vie et d'avoir comploté pour le priver de son fief et de son épouse.

À ces mots, Arnault sentit son sang s'échauffer pour la première fois depuis son retour. Entendre le nom du traître qui avait tenté d'enlever Adélaïde et de lui faire subir un sort honteux le mettait hors de lui. Serrant les poings, il répondit d'une voix tendue :

— Je me mettrai en route avant midi, et je prouverai à Leurs Majestés mon innocence, mais aussi la félonie de Bouchard.

Le messager haussa les épaules.

— Votre bonne réputation vous précède, messire Arnault. Mais votre adversaire est bien en cour, alors que nul ne vous a vu depuis la mort de votre frère. Quant à la dame…

Il n'en dit pas davantage, mais le chevalier comprit de quoi il retournait : dans tous les cas, Adélaïde ne sortirait pas grandie de cette histoire. Il devait jeter une dernière fois ses forces dans la bataille pour l'aider.

Après avoir renouvelé sa promesse de venir au plus vite à Poitiers, il prit congé de Foulques, qui repartit sans s'attarder, puis donna ses ordres à Lothaire pour les préparatifs du voyage. Un éclair de panique brilla dans les prunelles de l'officier à la perspective d'organiser un déplacement de cette ampleur en un temps très restreint. Mais Arnault n'en avait cure, car tout ce qui lui importait était de plaider sa cause et, surtout, celle de la jeune femme.

Montant dans sa chambre pour se changer, il fut vite rejoint par Ganelon, qui apportait de quoi remplir une bassine d'eau chaude et lui permettre de faire quelques ablutions. Tandis qu'il se débarrassait de sa chemise humide de sueur et s'aspergeait, son valet se mit à sortir une tenue du coffre, puis à passer ses vêtements en revue pour choisir ceux qui conviendraient à une visite aussi prestigieuse.

— Ainsi, tu vas t'expliquer devant le roi et la reine ? interrogea son serviteur.

Arnault se crispa. Cela faisait dix jours que son frère de lait tentait de lui arracher des explications sur ce qui s'était passé à l'ermitage. Le revirement d'Adélaïde avait stupéfié tout le monde, et ni l'un ni l'autre n'avaient daigné parler de leurs quelques heures de solitude. Il repensa au trajet silencieux et pesant, tandis que la jeune femme s'efforçait en vain de ne pas le toucher et s'obstinait à ne pas croiser son regard, à leurs adieux distants, et à la sensation de déchirement qu'il avait éprouvée en voyant son amie disparaître dans le logis et ressentait encore à présent.

— Il le faut bien, puisque Bouchard répand des mensonges et des calomnies. Tu vas devoir témoigner, toi aussi.

Ganelon, qui pliait une tunique, s'interrompit un instant pour le dévisager avec franchise.

— Cela m'a toujours paru évident. Dame Adélaïde mérite que l'on rétablisse la vérité et que l'on blanchisse sa réputation.

Ces propos faisaient écho à ce que la jeune femme elle-même lui avait asséné, et il se mordit la lèvre pour réprimer un gémissement.

— Que lui as-tu raconté exactement ? le pressa son serviteur. De toute évidence, elle a appris pour Amaury : soit Bouchard lui a conté une histoire de son cru, soit tu t'es chargé de lui rapporter ce qui s'est passé.

Se frottant la nuque, Arnault rendit les armes. Peut-être y verrait-il plus clair...

— Je lui ai tout avoué, mais je n'aurais pas dû : elle m'a rejeté, comme je m'y attendais.

— Qu'entends-tu par « tout avoué » ? J'ai du mal à comprendre comment la dame a pu te renvoyer si tu as été franc avec elle. Jamais elle ne m'a paru sotte ou insensible.

— Je lui ai confessé que j'étais responsable de la mort d'Amaury, si c'est ce que tu veux savoir, s'emporta le chevalier. Bien entendu, elle en a été choquée, et ne m'a plus vu du même œil.

Ganelon leva les yeux au ciel en soupirant.

— Je croyais que tu avais fait amende honorable et que l'Église t'avait accordé l'absolution… ? Si tu persistes à t'estimer coupable, c'est que cette situation te convient. Jamais tu ne t'es jugé à la hauteur de dame Adélaïde : cela fait des années que tu l'idolâtres et que tu la convoites, et, lorsque l'occasion s'est présentée, tu as préféré fuir.

— J'ai envoyé mon frère à la mort ! Je l'ai lésé de son héritage et de sa fiancée !

Le valet l'observa d'un air confus, avant de secouer la tête.

— Cela me peine de le dire, mais messire Amaury a choisi tout seul sa destinée. Il vivait dans un tel péché que cela l'accablait et qu'il ne trouvait aucune issue.

Arnault était estomaqué.

— Mais de quoi parles-tu, à la fin ?

— Ton frère pratiquait la bougrerie, ce n'était un secret pour personne – enfin, presque personne, dirait-on. Il s'est efforcé d'être le fils et le chevalier parfait pour détourner les soupçons, mais il en souffrait. Tu n'as jamais trouvé étrange qu'il n'ait jamais cherché à presser les épousailles, ou qu'il n'ait jamais pris l'initiative d'embrasser la dame ? Je connais peu d'hommes qui auraient résisté à cette tentation, ajouta Ganelon avec un regard en coin.

Abasourdi, Arnault chancela et s'assit sur le lit. Se

prenant la tête entre les mains, il mit quelques instants à retrouver l'usage de la parole.

— Tu insinues que... Amaury vivait en état de péché mortel ? Et qu'il a en outre cherché à mourir ?

Cela éclairait la situation d'une lumière si différente... Son valet se permit un geste de familiarité et lui posa la main sur l'épaule.

— N'importe qui au château pourra te le confirmer – pour être franc, nous avons d'abord cru que tu t'étais retiré à Saint-Martin pour expier ses péchés. Je ne pense pas qu'il avait la volonté de périr, mais il prenait toujours des risques inutiles au combat, dépassant en bravoure tout ce que l'on connaissait.

Soudain, Arnault comprit ce qu'Adélaïde avait pu éprouver en découvrant ce qu'il lui avait caché pendant des années. Sa propre vie était bâtie sur un mensonge et, s'il avait eu le courage d'ouvrir les yeux, il aurait pu aider son frère.

Il attendit la vague familière de culpabilité, mais étrangement rien ne vint. Il n'éprouvait que du ressentiment à avoir été tenu dans l'ignorance si longtemps, et l'impression d'être particulièrement stupide.

— Amaury était sensiblement plus âgé que toi, et il est parti tôt à la cour comme écuyer. Vous ne faisiez que vous apercevoir, et ton frère était assez doué pour donner le change. Mais les serviteurs savent et voient tout, reprit Ganelon alors qu'il demeurait silencieux.

Arnault leva les yeux et vit l'expression bienveillante de son frère de lait.

— Tu n'es pas responsable du sort d'Amaury, pas plus que de ses choix. Alors que tu as décelé dans l'attaque de ce chevalier aviné une insulte à l'encontre de dame Adélaïde, celui-ci visait en réalité ton frère, lui reprochant ses relations avec d'autres hommes.

— Elle avait raison, murmura-t-il en se passant une main sur le visage.

Adélaïde avait touché du doigt la réalité. Il s'était trop longtemps caché derrière le prétexte de la mort de son frère pour ne pas réclamer ce qu'il désirait. Il redoutait tellement de ne pas être à la hauteur qu'il avait érigé cet aîné encombrant en modèle absolu, et découvrir à présent que celui-ci avait failli était à la fois déstabilisant et libérateur.

Désormais, il devait affirmer haut et fort ce qu'il souhaitait, quitte à échouer. Au moins, il ne vivrait plus avec ses regrets et sa culpabilité étouffante. Se levant, il donna l'accolade à Ganelon pour le remercier de lui avoir ouvert les yeux.

— Que vas-tu faire ? interrogea ce dernier tandis qu'il s'habillait avec soin en vue de sa visite à la cour.

— Reconquérir Adélaïde, répondit-il d'un ton fervent.

Appuyée au cadre de la fenêtre, Adélaïde observa le messager royal repartir. Il lui avait apporté de bien mauvaises nouvelles, presque pires que lors de sa première visite… Mais elle saurait se défendre et faire triompher sa cause.

Cette fois-ci, elle l'avait reçu dans la salle commune, car, si elle pouvait de nouveau marcher, elle préférait se ménager. Assise sur une cathèdre à haut dossier, vêtue avec élégance et modestie, la jambe soutenue par un tabouret, elle avait pleinement endossé son rôle de châtelaine, et pensait avoir fait grande impression sur le chevalier. Lorsque celui-ci lui avait parlé des accusations de Bouchard à son encontre, elle avait écarté son voile, révélant la plaie de sa tempe pas encore guérie, et il avait poussé un juron.

— Messire Arnault de Neuville sera également présent

à la cour, il m'en a fait la promesse, avait dit Foulques en prenant congé.

À ces mots, elle s'était raidie, mais il fallait s'y attendre. Ils étaient tous les deux impliqués dans cette sinistre affaire et devraient répondre de leurs actes ensemble. Elle éprouva un élan de culpabilité à l'avoir impliqué de la sorte – oui, il l'avait déçue, mais méritait-il d'endosser la faute qu'elle avait commise ?

Avec un soupir, la jeune femme s'écarta de la fenêtre et regagna à pas comptés le siège qu'elle avait fait installer dans la chambre seigneuriale. Alors qu'elle n'avait pas osé y prendre ses quartiers à la mort de son père et qu'elle n'en avait plus franchi le seuil après la nuit dans les bras d'Arnault, elle avait fini par prendre possession des lieux. Autrement, comment convaincre la maisonnée – et surtout elle-même – qu'elle était en mesure de diriger Sanxay ?

Dans le logis, on s'affairait. Le voyage à Poitiers n'était pas une petite entreprise, car elle se déplacerait avec une escorte importante d'officiers, de soldats et de servantes. Il fallait montrer son pouvoir, mais aussi assurer sa protection. Elle avait également fait mander à Béatrice de se préparer à partir avec eux, car elle voulait que celle-ci témoigne des manigances de Bouchard – ce serait aussi l'occasion de la faire raccompagner chez son père, car Adélaïde ne voulait plus avoir affaire à sa cousine. Elle avait d'ailleurs pris des dispositions pour ne plus la voir.

Avec un soupir, elle se saisit de son métier à broder, tentant de poursuivre le motif de fleurs stylisées tracé sur la bande de tissu. Celle-ci servirait plus tard à orner un col ou des manches. Si tant est qu'elle l'achève un jour.

Réduite à l'inactivité physique, elle avait beaucoup trop de temps pour repenser à Arnault et à ce qu'elle avait vécu avec lui. Si, dans la journée, elle parvenait à maintenir les apparences, laissant parfois échapper un rire à une plaisanterie des servantes, les nuits étaient bien plus difficiles. Pas un soir elle ne s'était endormie sans pleurer, dans ce grand lit qui l'avait vue vivre l'un des moments les plus intenses qui soient.

Isabeau l'avait questionnée, tourmentée, presque, et elle avait fini par relater la confession du chevalier. Mais elle avait conclu d'un ton définitif :

— Notre union n'était qu'un simulacre et était vouée à ne pas durer. J'ai obtenu ce que je voulais, et nous nous sommes séparés comme nous l'avions convenu.

Comment dire la douleur qu'elle avait éprouvée lorsqu'il l'avait laissée glisser de sa monture pour la remettre entre les bras de sa suivante et de Ghislain ? Quand il avait tourné bride sans un regard, sans un mot pour elle ? Elle avait beau être en colère et lui en vouloir de ses mensonges, elle se rendait compte que son cœur espérait encore un dénouement heureux.

Un coup frappé à la porte la fit sursauter, mais lui procura une distraction bienvenue. Elle ne devait pas s'apitoyer sur son sort, surtout vu l'épreuve qui l'attendait.

— Entrez, dit-elle, s'attendant à voir paraître Isabeau qui venait quérir d'autres affaires pour le voyage à Poitiers.

Béatrice se trouvait sur le seuil, hésitant à pénétrer dans la chambre.

— Toi ! s'exclama Adélaïde avec colère. Va-t'en !

Sa cousine avait le teint brouillé, et semblait avoir vieilli de plusieurs années en à peine quelques jours.

Que cela lui serve de leçon. Elle m'a vendue à Bouchard.

— Adélaïde, je sais que tu ne veux plus me voir ni m'adresser la parole, mais je te demande de m'ouïr rien que cette fois. Après, tu pourras me traiter comme bon te semble.

La châtelaine hésita un instant mais finit par opiner.

— Sois brève, intima-t-elle tandis que la jeune fille refermait en hâte le battant derrière elle.

Elle n'avança que de quelques pas, laissant une distance respectable entre elles, comme si elle craignait d'être repoussée de façon cinglante. Ce qui n'était pas impossible. Les mains nouées devant elle, elle garda les yeux rivés au plancher tout en parlant.

— Je tiens à te présenter mes excuses pour mon comportement, même si rien ne peut racheter le mal que tu as subi par ma faute. Je reconnais que j'ai agi par jalousie, parce que je me suis crue amoureuse d'Arnault, révéla-t-elle en déglutissant avec peine. Mais comprends-moi : il a toujours agi en parfait chevalier, il te respectait et était visiblement épris de toi… et tu persistais à le mépriser.

Adélaïde voulut intervenir, mais Béatrice leva la main.

— Non, ne m'interromps pas, je t'en prie… Chaque fois qu'il se passait quelque chose entre vous, tu t'empressais de nier, ou de déprécier ces instants. Tu n'imagines pas le nombre de fois où il t'a observée avec ferveur, se croyant à l'abri des regards – mais je veillais, et j'ai vu. Je sais qu'il t'aime sincèrement, sans quoi je n'aurais pas autant souffert de son indifférence à mon égard…

Les larmes se mirent à picoter les yeux d'Adélaïde, qui dut inspirer profondément pour les contenir. Néanmoins, elle fit signe à sa cousine de poursuivre.

— Surtout, tu t'es enfermée dans ce mensonge vis-à-vis de toi-même : jamais tu n'as voulu t'avouer que les sentiments qu'il te portait étaient réciproques. Tu l'aimes, Adélaïde, et j'en sais quelque chose : j'en ai été le témoin privilégié. Pourquoi t'obstiner à refuser un amour qui vous soulagerait tous les deux ?

— Il a confessé avoir tué son frère, protesta la jeune femme d'une voix enrouée de larmes.

Béatrice balaya son argument d'un revers de la main.

— Balivernes ! Je suis certaine que toi-même tu ne crois pas à cette histoire. En outre, tu n'as jamais été amoureuse d'Amaury : je suis arrivée à Sanxay peu après sa mort, et jamais tu n'as témoigné cette douleur dans laquelle tu t'enfermes depuis dix jours. C'était un mariage de raison, sans contrainte mais sans vocation.

Adélaïde encaissa la vérité comme un coup de poing dans le ventre. Elle s'était raccrochée au souvenir d'Amaury pour s'empêcher de tomber amoureuse de son cadet, et avait absolument échoué. Mais il n'y avait pas que cela…

— Il ne s'est pas battu pour nous, souffla-t-elle d'un ton empreint de colère et de souffrance. S'il l'avait vraiment voulu, nous aurions pu…

— Lui en as-tu seulement laissé l'occasion ? interrompit sa cousine. A-t-il pu se battre, comme tu l'exiges, ou a-t-il dû baisser les armes devant ton obstination à ne pas te marier ?

Le souffle court, la dame de Sanxay regarda par la fenêtre, sans rien voir de la scène qui se jouait dehors. Plongée dans les souvenirs de leurs altercations, elle se rendit compte qu'elle avait systématiquement repoussé Arnault. Pas par haine ni par dégoût, non. Mais par peur – elle redoutait tellement de perdre le contrôle de ce qu'elle possédait, qu'il s'agisse de son fief ou de sa personne, qu'elle l'avait tenu à distance, débouté chaque fois qu'il s'approchait trop ou semblait trop bien la comprendre.

Adélaïde se passa une main sur le visage. Elle était aussi fautive qu'Arnault. Elle avait beau jeu de lui reprocher ses mensonges, alors qu'elle-même était empêtrée dans ses contradictions.

— Seigneur, j'ai tout gâché, murmura-t-elle.

Béatrice ne dit rien et se retira après un dernier salut, sans doute peu désireuse de souligner que c'était bel et bien le cas.

Comment réparer ce qui a été brisé ? Comment faire comprendre à Arnault qu'elle le voulait plus que jamais après le mépris dont elle avait fait preuve à son égard ? Soudain, une lueur d'espoir apparut dans son esprit.

— J'ai peut-être une idée.

Chapitre 23

Le palais des comtes de Poitiers, où résidait le couple royal, était imposant, avec sa grosse tour Maubergeonne et son *aula* à colonnes. Adélaïde et sa suite arrivèrent peu avant la nuit et, tandis que ses gens prenaient possession de leurs quartiers et installaient ses affaires, la jeune femme alla présenter ses respects à la souveraine.

Aliénor se tenait dans ses appartements avec ses femmes, et l'accueillit assez fraîchement. La duchesse d'Aquitaine n'était pas réputée apprécier les défis à son autorité, et l'attitude de la jeune femme face au mariage imposé par ses suzerains avait visiblement déplu. Toutefois, la reine évoqua quelques instants les années qu'Adélaïde avait passées au palais, auprès d'elle, et lui offrit une mise en garde amicale :

— Le sieur de Missé clame qu'il fera de toi son épouse légitime d'ici demain. Il serait dommage qu'il s'en acquitte avant que tu ne répondes de tes actes devant ton roi.

La dame de Sanxay se retira en tremblant, comprenant l'allusion : Bouchard se trouvait déjà au palais, et lui chercherait querelle – ou pire – s'il la croisait seule. Regagnant la chambre qu'on lui avait attribuée, elle trouva Isabeau, Béatrice et Nanette en pleins préparatifs. Sur la perche, on avait accroché sa robe pour le banquet, ainsi que celle qu'elle avait prévu de porter pour l'audience du lendemain. À la lueur des lampes, on déballait encore tout le nécessaire pour rendre l'endroit encore plus confortable.

Adélaïde ne put se forcer à adresser autre chose qu'un signe de tête à sa cousine, mais prit à part les deux domestiques pour leur donner des ordres. Nanette sortit immédiatement et Isabeau l'aida sur-le-champ à se préparer. Se débarrassant de sa robe encore poussiéreuse, elle changea de chemise et de chausses, choisissant des tissus précieux et fragiles pour marquer son séjour à la cour. Elle fit également apporter un soin plus particulier à sa coiffure, ajoutant des galons dans ses longues tresses, et ajustant un voile de soie presque transparente sur sa tête.

Lorsqu'elle sortit de sa chambre, Ghislain montait la garde et l'escorta jusqu'à l'*aula* où se tenait le banquet. Béatrice, qui était également conviée, marchait deux pas derrière eux, et prit place à une table plus éloignée des souverains que celle de sa cousine.

Le repas était excellent, les jongleurs effectuaient des numéros spectaculaires, mais la jeune femme n'avait pas le cœur au divertissement, la nourriture la plus raffinée lui paraissait insipide. Elle était partagée entre l'anxiété et une forme de fébrilité, si bien qu'elle devait s'empêcher de taper du pied sur le sol pour se débarrasser de sa tension. Face à elle, sur la gauche, Adélaïde aperçut Arnault, qui prit soin de ne pas la regarder directement – ce qu'elle comprenait tout à fait. Bouchard, quant à lui, était installé du même côté qu'elle, mais plus haut, ce qui lui parut mauvais signe. À une ou deux reprises, elle le surprit à l'observer, un rictus mauvais aux lèvres, et ne put réprimer un frisson d'angoisse. Elle n'avait qu'une hâte : se mettre à l'abri dans la chambre.

Enfin, on ôta les tables et les musiciens se mirent à jouer pour accompagner les danses. Se tenant par la main, les courtisans formèrent une carole, qui s'ébranla passé les premières mesures. C'était l'occasion de rapprochements tolérés dans ce monde parfois si soucieux des convenances, et beaucoup en profitaient, l'humeur joyeuse. Peu désireuse de s'attarder, la jeune femme chercha un prétexte pour quitter les festivités, mais Arnault vint la trouver immédiatement. Lui prenant la main d'autorité, il l'escorta dans la lente chaîne qu'elle pouvait se permettre de danser malgré sa cheville blessée en s'appuyant sur lui.

— Qu'est-ce que tu manigances ? glissa-t-elle, à la fois stupéfaite et anxieuse. Nous devions nous ignorer mutuellement jusqu'à l'audience de demain.

— Fais-moi confiance, dit-il d'un air de connivence, l'entraînant peu à peu jusqu'à l'autre extrémité de la grande salle.

La foule était dense, et cette manœuvre leur avait permis de semer un instant Bouchard. Arnault ne lui laissa toutefois pas le temps de s'arrêter et poursuivit son chemin dans les couloirs et les escaliers du palais. Désorientée, Adélaïde le suivait sans faire attention à ce qui les entourait, se pressant autant que le lui permettait sa cheville, et se retournant de temps à autre pour s'assurer qu'ils n'étaient pas suivis.

Ils débouchèrent dans la cour, dont la herse était déjà fermée pour la nuit. Arnault ne ralentit pas et, d'une démarche assurée, se dirigea vers le guichet. Le soldat en faction se redressa à leur venue, mais accepta de les laisser passer une petite porte ménagée dans la muraille, puis franchir le pont qui enjambait les fossés.

— Où m'emmènes-tu ? interrogea la jeune femme.

On ne peut pas se soustraire à la justice du roi ! Tu vas nous faire jeter au cachot !

Le chevalier s'interrompit un instant, le visage éclairé par les torches déjà lointaines du guichet et un mince croissant de lune.

— Je te promets que tout ira bien, et que tu seras de retour avant l'aube pour l'audience. Tes gens sont prévenus. Maintenant, allons. Nous n'avons pas beaucoup de temps.

Le cœur battant à tout rompre, elle décida de se fier à lui et le suivit, comme il le réclamait. Le trajet ne fut pas long : ils entrèrent bientôt dans la vaste cathédrale Saint-Hilaire par une porte latérale, où ils furent accueillis par un diacre.

Sans un mot, celui-ci les guida jusqu'à une petite chapelle où brûlaient plusieurs cierges. Un prêtre les attendait, flanqué de deux jeunes chanoines, et la jeune femme se sentit défaillir.

— Que signifie… ?

Arnault plongea le regard dans le sien.

— Voilà longtemps que j'aurais dû trouver le courage de te le demander : Adélaïde, veux-tu m'épouser ?

Ces mots faisaient écho aux vœux qu'ils avaient échangés quelques semaines plus tôt dans le parloir du monastère… Mais dans cette église, devant un prêtre, ils prenaient une tout autre signification.

— Mais pourquoi ? Nous risquons le courroux du roi et de la reine si nous outrepassons leur volonté…

Le chevalier lui serra la main et reprit :

— Si tu ne souhaites pas m'épouser, je demeurerai ton champion et affronterai Bouchard en duel s'il le faut pour prouver sa mauvaiseté. Mais je t'aime, j'ai trouvé celle auprès de qui je veux vivre, et je te supplie de m'accorder cette grâce. Trop longtemps j'ai eu peur que tu me rejettes et je me suis retranché derrière la culpabilité que j'éprouvais à l'égard de la mort de mon frère. Mais c'est fini, à présent : tu m'es trop précieuse pour que je coure le risque de te perdre par lâcheté.

Pouvait-elle encore hésiter ? Son cœur lui hurlait d'accepter et d'ignorer les conséquences. S'ils étaient unis, ils pourraient tout affronter. L'âme soudain légère, elle se jeta dans ses bras en pleurant.

— Oui ! Oui, je t'épouserai, je souhaite renouveler nos vœux. Je t'aime, ajouta-t-elle dans un murmure, les joues rosies.

Le prêtre s'éclaircit la voix et tous deux s'écartèrent, l'air penaud. Il commença par indiquer que les chanoines leur tiendraient lieu de témoins, puis demanda leur consentement. S'inclinant devant l'autel, Adélaïde à droite d'Arnault, le couple se recueillit quelques instants avant de recevoir la première bénédiction. S'adressant à eux, l'homme d'Église prononça d'une voix qui parut retentir jusqu'à la charpente :

— Que Dieu vous bénisse et vous apprenne lui-même à lui être agréable dans votre corps et dans votre âme.

Une brève messe fut récitée, à la fin de laquelle tous deux, cierge à la main, devaient procéder à l'offertoire. Si Arnault avait prévu une bourse d'écus bien garnie, la jeune femme, qui ne portait que sa tenue de cour, n'hésita pas : ôtant le précieux fermail émaillé de bleu et incrusté de sardoines qui tenait le col de son bliaut fermé, elle le déposa en guise d'offrande.

Enfin, ils s'agenouillèrent une nouvelle fois et reçurent l'ultime bénédiction. En se relevant, Arnault ne put se retenir de déposer le baiser de paix sur les lèvres de son épouse légitime. Ils étaient mariés.

Après un bref échange avec les trois religieux, et un nouveau don pour récompenser leur silence, ils quittèrent l'édifice pour regagner le plus discrètement possible le château.

Le bal était terminé et la plupart des courtisans avaient regagné leur logement. L'*aula*, déjà vaste, paraissait immense maintenant qu'elle était presque désertée, ses hauts murs de pierre couverts de tapisseries aux riches couleurs lui donnant un air de cathédrale. Seuls demeuraient les plus jeunes et les plus hardis, qui, affalés sur des bancs ou regroupés près de la cheminée, parfois assis à même le sol au milieu de la jonchée fanée, devisaient à mi-voix. Deux jouvencelles, vêtues de bliauts dont la soie se parait de reflets chamarrés à la lueur du feu, éclatèrent de rire à une plaisanterie un peu osée, tandis que des écuyers un peu éméchés se lançaient des défis d'adresse ; l'heure tardive allégeait les convenances. Plus à l'écart, des serviteurs commençaient à nettoyer les lieux et à les préparer pour la nuit : bientôt, beaucoup d'hommes non mariés mais attachés à la cour y établiraient leur couche.

Arnault raccompagna sa nouvelle épouse à sa chambre et s'apprêta à prendre congé, la confiant à Ghislain, qui montait toujours la garde à sa porte. Mais elle lui posa une main sur l'avant-bras.

— Je veux passer ma nuit de noces avec mon époux, dit-elle en souriant.

La joie le grisait, Arnault ne voyait pas d'autre explication au vertige qu'il éprouvait, rien qu'à tenir la main d'Adélaïde. Entraînant la jeune femme dans les couloirs éclairés par des lanternes disposées à intervalles réguliers, il avait envie de rire, ressentant une légèreté qu'il n'avait pas connue depuis fort longtemps.

Parvenu à sa chambre, il renvoya Ganelon, qui s'éclipsa

avec un sourire entendu, et se retrouva enfin seul avec celle qu'il pouvait désormais appeler véritablement son épouse. À la lueur de l'unique lampe, il discerna ce sourire qui lui avait tant manqué, et se jura de tout faire pour conserver cette expression sur son visage.

La porte fermée, ils s'étreignirent avec fougue, la passion prenant le dessus sur tout le reste, balayant les derniers doutes qui les habitaient. Ils se connaissaient déjà, leurs corps se retrouvaient, et ils étaient impatients d'être peau contre peau, sans toutes les couches de vêtements pour émousser leurs sensations.

Arnault ôta son manteau et sa tunique en un rien de temps, tandis que la jeune femme retirait les épingles de son voile. Il l'aida ensuite à se défaire de la robe à longues manches, puis de la cotte étroite qui moulait ses formes, s'attardant un instant sur le creux de sa taille. Refermant les mains sur ses hanches, il la plaqua contre lui, et elle poussa un gémissement en sentant l'évidence de son désir pressé sur son ventre.

En chemise, elle se hissa sur la pointe des pieds pour l'embrasser, se tenant à ses épaules pour garder l'équilibre, avant de laisser ses doigts errer plus bas, frôlant son ventre, s'insinuant sous l'ourlet de la chainse pour le caresser avec hardiesse. Lui agrippant les fesses, Arnault souleva la jeune femme pour qu'elle enroule les jambes autour de sa taille et la porta jusqu'au lit.

Sur le matelas de paille, il la débarrassa de ses derniers atours et les jeta à terre, tandis qu'Adélaïde défaisait l'aiguillette qui maintenait ses chausses et ses braies. Ils étaient enfin nus, et le chevalier reprit la bouche de sa compagne, l'embrassant avec une ardeur renouvelée. Elle s'allongea, l'entraînant avec elle, glissant une main dans ses cheveux pour le maintenir en place.

Enfin, leurs peaux se touchaient, plus rien ne limitait

leur contact physique, et c'était comme approcher d'une grande flamme tant la sensation de brûlure se répandait. Sa verge dure était fièrement dressée et, très vite, il se cala entre les cuisses de sa partenaire, qui avait écarté les jambes pour l'accueillir.

Il ne devait pas y aller trop vite, songea-t-il, se rappelant qu'Adélaïde était toujours vierge. L'attente allait le tuer, mais il ne voulait pas la brusquer, encore moins lui faire mal.

Changeant de rythme, il se mit à lui caresser la poitrine, titillant du pouce les pointes tendues, avant de délaisser sa bouche pour aspirer un téton rose. Elle poussa d'abord une exclamation de frustration, qui se mua très vite en gémissement appréciateur. Comme toujours, Adélaïde n'était pas en reste, et elle glissa les paumes le long de son dos, avant de lui frôler les flancs, arrachant un frisson de plaisir au chevalier.

Il reprit ses baisers, dessinant avec ses lèvres une ligne de ses seins à son ventre, donnant un coup de langue sur son nombril. Elle se cambra, comme pour s'offrir davantage à ses caresses, et il eut toutes les peines du monde à se retenir de la prendre sur-le-champ. Approchant du triangle de boucles sombres de son entrejambe, il inspira avec délices l'odeur musquée de la jeune femme. Celle-ci se couvrit les yeux de son bras, comme par honte, et il l'écarta.

— Non, ma mie, ne te cache pas, dit-il en se redressant. Il n'y a rien de mal à ce que nous faisons.

— C'est si impudique, protesta-t-elle, rouge de confusion.

— Mais cette impudeur te plaît, insista-t-il avec un sourire, passant un doigt sur la fente humide.

Elle gémit et s'arc-bouta contre sa paume, mais ne répondit pas. Il recommença une fois, puis deux, avant de glisser sur le point le plus sensible de son corps.

— Tu me tues, murmura Adélaïde.

Elle se contorsionna comme pour lui échapper mais il ne la laissa pas faire, lui agrippant la cuisse de sa main libre et l'immobilisant. Elle se mordit la lèvre, et une humidité nouvelle apparut à l'orée de son intimité.

— Viens, implora-t-elle en tentant de se redresser. Je n'en peux plus d'attendre.

— Que veux-tu exactement ? la provoqua-t-il.

Fermant les yeux un instant, elle répondit d'une voix languide :

— Tu souhaites vraiment me le faire dire à voix haute ? Je veux…

Elle buta un peu sur les mots, à la fois gênée et excitée par la situation.

— … Je veux que tu me fasses tienne, je veux sentir ta verge entrer en moi.

Son désir fouetté par les paroles crues et un peu maladroites de sa compagne, Arnault écrasa la bouche sur la sienne et se plaça entre ses jambes.

— Je ne peux rien te refuser, souffla-t-il d'une voix enrouée.

Lui avait-il vraiment fait prononcer des mots pareils ? Et y avait-elle vraiment pris plaisir ? Adélaïde avait peine à se reconnaître dans la jeune femme avide qui parlait à son compagnon, mais c'était un fait : par ce simple jeu, il avait réussi à enflammer ses sens et à lui faire oublier la légère inquiétude qui ne la quittait pas à l'idée de perdre sa virginité. De toutes les histoires qu'elle avait entendues auprès des servantes, beaucoup évoquaient la douleur de cette première fois, et elle en était venue à la redouter. Mais avec Arnault, grâce à leur échange lascif, elle s'était détendue.

Il était calé entre ses cuisses, sa virilité pressant contre son sexe, les yeux plongés dans les siens. Elle y lut une émotion qu'elle apprenait enfin à reconnaître : l'amour. Il lui consacrait toute son attention, et elle sentit son cœur se gonfler de bonheur.

Avec des gestes tendres, malgré l'urgence que le désir faisait peser sur eux, Arnault prit le temps de lui caresser le visage, écartant les mèches qui s'étaient échappées de ses tresses. Il déposa un baiser tendre sur ses lèvres et murmura :

— Si tu as mal, dis-le-moi.

Prenant appui sur ses avant-bras, il se mit à pousser, s'insinuant en elle. Le sentir *là* était à la fois surprenant et délicieux. Elle se mit à éprouver une brûlure quelque peu désagréable, si bien qu'elle se crispa malgré elle. Son compagnon s'immobilisa, lui laissant le temps de s'adapter à cette délicieuse invasion de son corps. Seule la transpiration qui perlait sur son front trahissait l'effort qu'il faisait pour tenir la bride à son désir.

Avec une profonde inspiration, Adélaïde tenta de se détendre, et elle fut récompensée d'une nouvelle poussée, plus agréable. Ils procédèrent de la sorte jusqu'à ce qu'Arnault soit en elle jusqu'à la garde. La jeune femme referma les bras autour de lui, et souleva le torse pour l'embrasser. Il se mit alors à aller et venir, lui arrachant une exclamation surprise et ravie. Ses mouvements, d'abord lents, gagnèrent en intensité, et elle sentit le plaisir monter, se concentrant dans son bas-ventre.

— Je ne vais pas résister longtemps, dit-il d'une voix saccadée, le souffle court.

Il s'immobilisa, et la jeune femme poussa un cri de frustration.

— Pourquoi t'arrêtes-tu ? protesta-t-elle en gémissant.

Appuyant le front contre le sien, il esquissa un sourire crispé.

— Si je continue de la sorte, je ne serai pas capable de te donner autant de plaisir que je le voudrais. Me fais-tu confiance ?

Elle eut un rire étranglé.

— Tu t'y connais mieux que moi en la matière, je ne peux que te faire confiance.

Toujours en elle, Arnault lui souleva le bassin tout en s'agenouillant entre ses jambes, de sorte qu'elle ne touchait plus qu'à demi le matelas. Puis il se pencha pour glisser les mains sous les épaules de la jeune femme, qui, par réflexe, s'agrippa à ses bras. Quand il se redressa, il était agenouillé, et elle, à califourchon sur lui.

Le changement de position fit naître des sensations nouvelles, et Adélaïde éprouva un vertige délicieux. Son époux la prit par la taille et se mit à aller et venir en elle avec de plus en plus de force. D'abord décontenancée par l'assaut sensuel, elle finit par trouver le bon rythme et accompagna de son mieux ses mouvements. La sensation de friction paraissait se dédoubler et accroître son plaisir au point que, très vite, elle se retrouva pantelante, entièrement concentrée sur ce qu'ils faisaient.

C'était une expérience d'une intimité bouleversante, car ils ne se lâchaient pas du regard, plongeant dans les émotions de l'autre et mettant leur âme à nu.

Soudain, elle ne contrôla plus rien, ni ses gestes, ni ses sensations, ni ses pensées, et fut saisie d'un grand frisson, alors qu'une chaleur d'incendie se répandait dans ses veines. Arnault donna une ultime poussée et elle se contracta, prononçant son prénom dans un cri. Quelques instants plus tard, il se crispa à son tour et se mit à jouir, la serrant à l'étouffer, enfouissant le visage dans sa chevelure.

Accablés par la force de ce qu'ils venaient de vivre, ils se laissèrent retomber sur le lit, toujours unis l'un à l'autre.

Pour la première fois depuis longtemps, Adélaïde se sentit apaisée, à sa place. Elle aimait sentir le poids d'Arnault sur elle, son souffle pantelant dans son cou, sa peau moite sur la sienne. La profonde satisfaction de son corps et la fierté d'avoir procuré du plaisir à son compagnon la réconciliaient avec ce rôle d'épouse qu'elle n'avait jusqu'à présent pas voulu endosser. Elle avait toujours craint de se perdre, de voir sa liberté lui échapper, mais elle se rendait compte qu'avec lui ce ne serait jamais le cas.

— Je t'écrase, marmonna Arnault avant de s'écarter.

Il roula sur le flanc et l'attira dans ses bras d'un même mouvement. La tête calée sur son épaule, Adélaïde lui caressa le torse distraitement.

— Je n'arrive pas à croire que nous sommes enfin mariés… Je voulais supplier à deux genoux le roi et la reine de nous laisser nous épouser, mais tu ne m'en as pas laissé le temps, dit-elle avec un sourire.

— Je devais te prouver que j'avais assez de courage pour nous deux, dit-il en grimaçant. Je ne sais pas si Henri appréciera ce que nous avons fait, mais, ce que Dieu a uni, seul Dieu peut le désunir. Nous sommes liés jusqu'à la mort.

La jeune femme frémit, songeant aux conséquences qui pouvaient les attendre.

— Si tu dois affronter Bouchard en duel judiciaire…

Arnault lui posa un doigt sur les lèvres pour la faire taire.

— Je vaincrai. Pour toi, pour nous, parce que je t'aime et que je refuse de te perdre une nouvelle fois. J'ai vécu l'enfer sans toi, je ne compte pas recommencer de sitôt.

Elle n'était pas tout à fait rassurée, mais la détermination dans la voix de son époux lui fit chaud au cœur. Entrelaçant les doigts aux siens, elle répondit :

— Je ne compte pas te laisser repartir, jamais.

Chapitre 24

Adélaïde avait regagné son appartement avant l'aube, escortée par Isabeau, Ghislain et maître Jehan, et elle avait alors compris que les gens de sa suite étaient dans la confidence de ses noces nocturnes. Béatrice, en revanche, n'était nulle part en vue, et Isabeau lui avait expliqué qu'on avait fait loger sa cousine avec des damoiselles de la cour.

Elle s'était lavée et préparée avec soin, Isabeau et Nanette n'étant pas de trop pour l'aider. Jamais encore elle n'avait porté de tenue plus élégante que celle qu'elle avait choisie pour la confrontation. Une chemise de soie grège aux manches plissées si étroite que la servante avait dû coudre les derniers points après qu'elle l'avait enfilée, un bliaut de soie bleue aux reflets changeants au col bordé d'une couleur contrastante, don de la reine lorsqu'elle avait quitté la cour, puis une longue ceinture dont les pans se croisaient dans son dos avant de tomber jusqu'à terre devant ses pieds. Elle avait mis ses chausses taillées dans la laine la plus fine, attachées par des galons de soie à boucle, et des chaussures de cuir teinté et gravé de motifs floraux.

Pour ne pas froisser les tissus précieux dont elle était couverte, elle demeura debout et immobile tout le temps qu'Isabeau tressa ses cheveux de galons brodés d'or, avant de la couvrir d'un voile d'un blanc éclatant tombant jusque sous les fesses, et maintenu par un cercle d'orfèvrerie hérité de sa mère. À sa main, l'anneau qu'Arnault lui avait donné brillait à chacun de ses mouvements, car elle avait glissé les doigts sous le cordon tressé qui retenait son manteau de soie rouge doublé de petit-gris.

Peu avant tierce, elle entra dans la grande salle, où une foule de courtisans et de curieux s'était massée. Décidée à ne pas montrer son inquiétude, elle releva le menton et marcha à pas lents jusqu'à Arnault, qui l'attendait. Ce dernier portait une tunique de soie safran à motifs peints et un long manteau bleu foncé brodé de perles. Il avait ceint son épée et dégageait une impression de puissance et de commandement.

Il vint à sa rencontre, la salua d'un ton formel démenti par la chaleur de son regard, et lui tendit la main. Consciente que l'attention de tous était braquée sur eux, la jeune femme posa la paume sur son poing et, le cœur battant à tout rompre, se laissa escorter jusqu'à l'estrade, où étaient disposés les trônes. De l'autre côté, Bouchard, habillé d'une tunique et d'un manteau à la mode byzantine au luxe presque extravagant, leur jeta un coup d'œil mauvais, mais s'abstint de tout commentaire.

Les quelques instants précédant l'arrivée des souverains lui parurent durer des années. Enfin, un murmure passa sur l'assemblée, et la foule se déplaça, chacun espérant apercevoir Henri et Aliénor. La reine arborait une robe aux manches si longues qu'on avait dû les nouer pour éviter qu'elles traînent à terre, et son manteau était tenu par deux damoiselles. Une fois qu'ils eurent pris place, Henri déclara :

— Nous sommes ici pour juger messire Arnault de Neuville et dame Adélaïde de Sanxay, accusés par

Bouchard de Missé d'avoir enfreint les commandements royaux, et d'avoir tenté de lui nuire par la parole et par la force.

Adélaïde se raidit, mais son compagnon lui pressa la main. D'un geste, le roi invita Bouchard à présenter son cas, et celui-ci raconta :

— Votre Majesté a eu la bonté de m'accorder la main de dame Adélaïde pour me récompenser de mes hauts faits à son service. Je devais l'épouser après la Pentecôte, or j'ai appris que cette femme lascive avait accueilli un autre homme dans son lit et prétendait refuser notre alliance. J'ai d'abord cru à une médisance, car la vertu de dame Adélaïde était réputée solide, mais force est de constater que l'on ne m'avait pas menti : ma promise vivait bel et bien avec ce chevalier félon hors des liens sacrés du mariage. J'étais prêt à reprendre ce qui me revenait de droit, mais ces deux traîtres ont alors ourdi de me faire trépasser, et il s'en est fallu de peu que je n'en réchappe pas. Cette sorcière a même tenté de m'empoisonner avec un maléfice de sa fabrication ! Elle mérite la mort.

La jeune femme sentit son pouls s'emballer : l'accusation de sorcellerie était inattendue et, surtout, dangereuse. Si le roi y ajoutait foi, elle risquait fort de finir ses jours en pénitence dans un couvent. À côté d'elle, elle sentit Arnault se contracter, mais il prit néanmoins la peine de lui caresser du pouce le dos de la main pour la rassurer.

Elle aurait voulu prendre la parole pour se défendre, mais dut se contenir. Tant que le roi ne l'aurait pas invitée à le faire, elle devrait se tenir coite.

Interrogé à son tour, Arnault expliqua :

— Dame Adélaïde et moi nous connaissons depuis longtemps, puisqu'elle était la fiancée de feu mon frère. Lorsque nos chemins sont venus à se croiser de nouveau, l'ancien amour que je nourrissais pour elle était toujours aussi vif, et je lui ai demandé sa main. Sire Bouchard est un jaloux qui, par dépit, a enlevé ma dame pour l'épouser de force, et s'est abaissé à la frapper, la blessant durement. Dame Adélaïde n'a jamais tenté de le tuer : le félon a mangé des champignons qui lui ont provoqué un flux de ventre.

Des rires éclatèrent, et Bouchard, rouge de colère et de honte, ouvrit la bouche pour protester. Il n'en eut pas l'occasion.

— Ton adversaire dit que vous n'étiez pas mariés.

Arnault baissa la tête d'un air gêné, avant de répondre :

— Nous nous sommes unis hier devant Dieu.

Un murmure de stupéfaction parcourut l'assistance, tandis que le roi s'exclamait « Comment ? » d'un ton de stupeur, et que Bouchard hurlait « Traître ! » avec une rage mal contenue.

Une fois le tumulte retombé, le chevalier entreprit de raconter comment ils avaient fini par s'épouser car, disait-il, il ne voulait pas qu'on puisse remettre en doute l'honneur d'Adélaïde. Cette dernière était tendue à l'extrême, sentant que sa vie se jouait dans ces quelques instants.

Enfin, le roi l'invita à s'expliquer. Elle déglutit avec difficulté et se lança dans son propre récit :

— Seigneur, messire Arnault a dit la vérité : à tous égards, je suis son épouse depuis cette nuit. Le seigneur Bouchard a essayé de m'enlever et de me violenter pour s'approprier mon fief. Je me suis défendue malgré ma faiblesse de femme, mais jamais je ne l'aurais empoisonné !

Passant la langue sur ses lèvres soudain sèches, elle ajouta :

— Mais je sais que nous avons enfreint votre ordre, et j'en serai toujours coupable.

Lâchant Arnault, elle mit les deux genoux en terre et joignit les mains.

— Je supplie Votre Majesté d'avoir la bonté de nous pardonner, et je suis prête à faire amende honorable. S'il le faut, j'abandonnerai mes terres et mon titre à Bouchard de Missé en guise de réparation.

La stupéfaction se lut sur tous les visages, à commencer par celui d'Arnault, qui, bouche bée, esquissait un « non » de la tête. Mais Adélaïde avait pris sa décision : elle préférait sacrifier Sanxay si cela pouvait lui permettre de vivre auprès de l'homme qu'elle aimait.

De toute évidence, sa proposition avait fait forte impression : la reine se pencha vers son époux pour échanger quelques mots, et celui-ci hocha la tête à plusieurs reprises. Bouchard, quant à lui, semblait pris de court, mais se rengorgea bientôt.

— Les trois ont parlé. La compensation qu'offre dame Adélaïde est juste et bonne.

Un nouveau mouvement de foule se fit, et ils eurent la surprise de voir s'avancer Béatrice et maître Jehan. Arnault profita de la distraction de tous pour aider son épouse à se relever et lui murmura d'un ton de reproche :

— Pourquoi faire une chose pareille ? Sanxay a trop d'importance pour toi !

— Vivre à tes côtés est bien plus important. Je te l'ai dit cette nuit, je ne veux plus être séparée de toi, répondit-elle d'une voix sourde.

Une émotion vive apparut dans les prunelles du chevalier, qui, incapable de parler, lui serra la main avec force, comme pour la remercier.

Les deux nouveaux venus s'étaient assez approchés pour faire leur révérence, et Jehan prit la parole.

— Mon roi, je me nomme Jehan et suis le sénéchal de dame Adélaïde, comme je fus celui du sieur Évrard, son père, qui s'illustra dans vos guerres. Ces jeunes gens ont oublié de vous parler d'une chose : lorsqu'ils se sont revus et ont décidé d'unir leurs destins, ils ont, en ma présence, échangé leurs consentements.

Des exclamations accueillirent ces nouvelles révélations, que le roi fit taire d'un geste, avant d'encourager l'officier à poursuivre.

— Ces faits remontent à bientôt un mois, et je suis prêt à le jurer sur les reliques. S'il ne s'agit pas d'une union bénie par l'Église, il n'en demeure pas moins qu'ils pouvaient se considérer à juste titre comme mari et femme.

— Est-ce vrai ? interrogea Aliénor en avisant les deux époux.

Ceux-ci s'empressèrent de confirmer, en évitant toutefois de mentionner dans quelles conditions ce serment avait eu lieu.

— Voilà qui change bien des choses, reprit la reine d'un ton songeur. Néanmoins, il vous faut toujours répondre des accusations de Bouchard : je me souviens qu'Adélaïde avait un certain talent pour préparer potions et remèdes. En as-tu fait usage pour nuire à l'homme que le roi te destinait ?

— Je ne lui ai jamais donné la moindre potion de ma fabrication, éluda-t-elle.

Car comment jurer qu'elle n'avait pas souhaité se débarrasser de lui, œuvré pour s'en libérer ? Elle se rendit compte qu'Arnault voulait ajouter quelque chose, mais elle lui tira le bras pour l'en détourner.

— Mensonge ! s'écria Bouchard, qui retrouvait de son allant. Qu'elle m'abandonne son fief, et je saurai oublier ses félonies. Jamais je n'ai voulu la violenter, comme elle le prétend…

— Votre Majesté, avec votre permission, je souhaiterais témoigner, dit une voix féminine.

Tous avisèrent Béatrice, qui s'était exprimée d'une voix flûtée mais ferme. La jeune fille, habillée d'une robe grise très simple, qui pouvait la faire passer pour une servante… ou une pénitente, avait les yeux baissés mais le dos droit. Elle s'éclaircit la voix puis raconta :

— Je suis la cousine de dame Adélaïde, et voilà deux ans que je vis dans sa maison. Elle m'a accueillie, nourrie, aimée comme une sœur. Mais j'ai été aveuglée par la jalousie et, surtout, trompée par les belles paroles de sire Bouchard. Ce scélérat m'a demandé d'attirer ma cousine dans un endroit éloigné du château pour soi-disant lui parler, mais en a profité pour l'enlever.

Un sanglot l'étrangla un instant et elle enfouit le visage dans ses mains avant de se ressaisir.

— Si messire Arnault n'était pas arrivé à temps, je ne doute pas un instant que le chevalier de Missé aurait violenté ma cousine. J'expierai toute ma vie ce péché qui a failli tant lui coûter.

La salle était plongée dans un silence presque irréel. Bouchard aurait voulu parler, mais un geste impérieux du roi l'en empêcha. Ce dernier parut absorbé quelques instants dans ses réflexions, puis il finit par lever la main droite.

— Moi, Henri Plantagenêt, roi d'Angleterre, duc de Normandie et d'Aquitaine, comte d'Anjou et du Maine, en ai décidé ainsi : Arnault de Neuville et Adélaïde de Sanxay, unis par le mariage devant Dieu et les hommes, demeureront en cet état. Ce que Dieu a uni, nul ne peut le désunir. Ils devront toutefois faire pénitence et je les condamne à faire amende honorable auprès de l'Église, qui leur imposera des réparations. Le chevalier Bouchard de Missé, en raison de son attitude déloyale, est condamné à verser une rançon à dame Adélaïde pour l'avoir enlevée et blessée. Par ailleurs, nous décidons qu'il prendra la croix et partira défendre la Terre sainte pour obtenir la rémission de ses crimes.

Le condamné poussa une exclamation outrée, mais fut réduit au silence par un regard du souverain. Les épaules voûtées, il baissa la tête et se tint coi.

— Enfin, nous décidons que la damoiselle Béatrice, cousine de dame Adélaïde, pourra entrer dans le couvent de son choix, et que nous la doterons en conséquence.

Adélaïde se sentit chanceler de soulagement en entendant la sentence du roi. Non seulement ses noces avec Arnault étaient reconnues et elle conservait son fief, mais elle n'avait plus à redouter un duel dont l'issue pouvait être fatale pour son époux. Elle ne pouvait l'étreindre en public, mais il porta sa main à ses lèvres et, sans la lâcher du regard, l'embrassa avec une tendresse qui la bouleversa. Oui, la vie promettait d'être plus belle à ses côtés.

Néanmoins, quelque chose mettait un obstacle à son bonheur. S'écartant d'Arnault, elle s'inclina une nouvelle fois devant les souverains, avant de s'adresser à Aliénor.

— Ma reine, je ne puis plus accepter ma cousine sous mon toit, mais elle a été victime de sa jeunesse et de la perfidie de Bouchard. Elle chante comme un ange, et je pense que son talent pourrait vous agréer. Accueillez-la auprès de vous à la cour. Je suis convaincue que, malgré sa faute envers moi, elle vous sera parfaitement dévouée.

La souveraine eut l'air un peu surprise.

— C'est très généreux à toi de suggérer que j'accueille la damoiselle. Mais, puisque tu es prête à lui pardonner, il ne sera pas dit que j'aurai moins de cœur que toi. Béatrice rejoindra dès aujourd'hui ma maison.

Croisant le regard de sa cousine, qui trahissait la

stupéfaction et la reconnaissance, Adélaïde détourna les yeux, gênée. Quand Béatrice s'approcha pour la remercier, elle dut surmonter un mouvement de répulsion.

— Entendons-nous : j'ai fait cela parce que tu m'as permis de comprendre Arnault, ce qui m'a donné la force de me battre pour lui. Mais je ne t'ai pas pardonné ta trahison, et j'ignore si j'en serai un jour capable.

La jeune fille rougit mais hocha la tête avant de s'éloigner, entraînée par les dames de la reine, tandis que les courtisans s'agitaient et parlaient tous à la fois. Arnault, quant à lui, entraîna Adélaïde dans un recoin de la vaste salle pour lui murmurer à l'oreille :

— Ton courage ne cesse de m'impressionner, ma mie, sans parler de ta compassion à l'égard de Béatrice, malgré ce que tu en dis. Et si nous quittions la cour pour rentrer à la maison ?

Elle lui sourit avec bonheur avant de répondre de la même façon :

— À Neuville, à Sanxay ou ailleurs, je serai à la maison tant que tu seras avec moi. Mais il me tarde de retrouver notre couche.

Et elle scella cette promesse d'un baiser.

PRÉCISIONS DE L'AUTRICE

Il est difficile de rendre toute la vérité et la sincérité d'une époque, surtout lorsqu'elle est aussi lointaine et longue que le Moyen Âge. Pour ce faire, j'ai dû procéder à des choix : ne pas tout raconter, n'éclairer que certains aspects de la vie quotidienne, voire accepter quelques petites entorses à la réalité historique.

Je tiens tout particulièrement à souligner que, si je me suis inspirée des sources disponibles sur la culture et l'usage des simples au XIIe siècle, les remèdes mentionnés dans ce roman ne sont en aucun cas à prendre au pied de la lettre. Il ne s'agit que d'une évocation de ce que pouvait être la pharmacopée traditionnelle.

On s'étonnera peut-être que je parle beaucoup des couleurs, pour une période que l'on perçoit souvent comme sombre ou, à tout le moins, terne. Mais le Moyen Âge est un âge de la couleur : plus celle-ci est éclatante, soutenue, rare, plus elle souligne l'importance et le rang social de celui ou celle qui l'arbore. Et la couleur est présente partout : dans le vêtement, l'ornement, ou même la nourriture.

J'espère, quoi qu'il en soit, que ce voyage dans le temps vous aura plu autant que j'ai pris plaisir à l'écrire.

POUR ALLER PLUS LOIN

— *Les Causes et les remèdes*, Hildegarde de Bingen
— *Le Chevalier, la femme et le prêtre*, Georges Duby
— *Bleu, histoire d'une couleur*, Michel Pastoureau
— *Aliénor d'Aquitaine*, Régine Pernoud

Quelques sites Internet à visiter

— Comment habiller une dame du XIIe siècle
https ://www.youtube.com/watch ?v=4Un5ipTjDms

— L'équipement d'un chevalier au XIIe siècle (en anglais)
https ://www.youtube.com/watch ?v=cAizgVYZba0&t=4s

— Sur l'excellente chaîne « Confessions d'histoire », Aliénor d'Aquitaine vous explique la féodalité (à partir de 3'00)
https ://www.youtube.com/watch ?v=YNCkYrI4CP4&t=1570s

— Le Pinterest d'Éléonore Fernaye
https ://www.pinterest.fr/EleonoreFernaye/boards/

Quelques jardins…

— Jardin de l'abbaye royale de Fontevraud : un des plus beaux exemples à l'heure actuelle.

— Jardin médiéval du musée de Cluny, à Paris : accessible en métro !

— Jardin médiéval de Bois Richeux : un joli petit jardin médiéval en Eure-et-Loir, dont je me suis beaucoup inspirée pour imaginer celui d'Adélaïde.

REMERCIEMENTS

Je tiens tout d'abord à remercier mes lectrices, nouvelles ou fidèles, et plus particulièrement certaines qui n'ont jamais cessé de me rappeler à quel point mes histoires leur importaient : Claire, Mekkia, Béatrice et tant d'autres.

Merci aux éditions HarperCollins, et notamment à Emma, mon éditrice, qui a su trouver les mots pour m'encourager quand je tournais en rond.

Un immense merci à Emily Blaine, Angéla Morelli et Marion Olharan, qui militent activement depuis plusieurs années pour que je reprenne la plume.

Merci également à mes amies qui m'ont soutenue dans ce cheminement, et m'ont offert leurs conseils et leur expertise : Claireuh, Louise, Claire.

Rien de tout cela ne serait possible sans mes enfants, dont l'amour et l'énergie me portent, ni mon mari, qui a toujours été mon premier soutien, peut parler de l'équipement des chevaliers au XIIe siècle avec enthousiasme, et supporte mes essais culinaires médiévaux.

Retrouvez en mars
dans votre collection

Aliénor

Aurore Dumas

Le bal des illusions

Paris, Normandie, XIXe siècle

Jérôme n'est plus l'homme qu'elle a connu et aimé… comme un frère. Elisabeth a le cœur au bord de l'abîme. Pourquoi a-t-elle quitté, à sa demande, sa paisible campagne normande pour devenir préceptrice à Paris, si c'est pour à peine le croiser au bras de la peu farouche Eva Dubreuil qui fait naître en elle un sentiment inédit : la jalousie. Elle, qui rêvait de vivre une idylle avec Jérôme, se retrouve à assister à sa chute entre les griffes d'une prédatrice de la haute bourgeoisie. Une classe à laquelle appartient aussi le séduisant comte Hugues de Beaufort qui, lui, ne semble pas insensible à son charme…

Léna Forestier

Les demoiselles du Cap Fréhel - Audacieuse Urielle

Manoir de Keroual, Bretagne, 1795

Gouvernante ? Yaël lui offre de devenir gouvernante au manoir de Keroual ! Pour qui la prend-il ? Une simple domestique, apparemment. Urielle aura donc quitté les Antilles après la missive où il lui annonçait son veuvage et sa solitude pour jouer les simples spectatrices de sa descente aux enfers. Hors de question d'assister impuissante à la perte de cet ange blond qu'elle a toujours aimé et auprès duquel Charlotte Sénéchal gravite dangereusement. Même si cela implique d'accepter une si basse fonction, alors qu'une mission autrement plus importante pour la jeune République attend tout son talent…

HARLEQUIN
www.harlequin.fr

Victoria

CONQUÊTE. RÉBELLION. SÉDUCTION.

Victoria vous transporte des conquêtes vikings aux salons feutrés de la Régence, en compagnie de héros fiers et forts, et d'héroïnes souveraines dans leurs choix.

4 romances à découvrir tous les deux mois.

DIVERTIR • INSPIRER • ÉMOUVOIR

HARLEQUIN
www.harlequin.fr

OFFRE DE BIENVENUE !

Vous êtes fan de la collection Aliénor ?
Pour prolonger le plaisir, recevez

◆ 1 livre Aliénor gratuit ◆
et 2 cadeaux surprises !

Une fois votre colis de bienvenue reçu, si vous souhaitez continuer à recevoir nos romans Aliénor, cela se fera automatiquement. Vous recevrez alors tous les 2 mois, 2 livres de cette collection au tarif unitaire de 7,50 € (frais de port France 2,35 €).

➡ **LES BONNES RAISONS DE S'ABONNER :**

Aucun engagement de durée ni de minimum d'achat.
◆
Aucune adhésion à un club.
◆
Vos romans en avant-première.
◆
La livraison à domicile.

➡ **ET AUSSI DES AVANTAGES EXCLUSIFS :**

Des cadeaux tout au long de l'année.
◆
Des réductions sur vos romans par le biais de nombreuses promotions.
◆
Des points fidélité échangeables contre des livres ou des cadeaux.

➡ **REJOIGNEZ-NOUS VITE EN COMPLÉTANT ET EN NOUS RENVOYANT LE BULLETIN !**

A1ZEA2

N° d'abonnée (si vous en avez un) ☐☐☐☐☐☐☐☐

Mme ☐ Mlle ☐ Nom : .... Prénom : ....

Adresse : ....

CP : ☐☐☐☐☐ Ville : ....

Pays : .... Téléphone : ☐☐☐☐☐☐☐☐☐☐

E-mail : ....

Date de naissance : ☐☐ ☐☐ ☐☐☐☐

☐ Oui, je souhaite être tenue informée par e-mail de l'actualité d'Harlequin.

☐ Oui, je souhaite bénéficier par e-mail des offres promotionnelles des partenaires d'Harlequin.

Renvoyez cette page à : Service Lectrices Harlequin – CS 20008 – 59718 Lille Cedex 9 - France

Date limite : **31 décembre 2021.** Vous recevrez votre colis environ 20 jours après réception de ce bon. Offre soumise à acceptation et réservée aux personnes majeures, résidant en France métropolitaine. Prix susceptibles de modification en cours d'année. Vous pouvez demander à accéder à vos données personnelles, à les rectifier ou à les effacer. Il vous suffit de nous écrire en nous indiquant vos nom, prénom et adresse à : Service Lectrices Harlequin - CS 20008 - 59718 LILLE Cedex 9. Harlequin® est une marque déposée du groupe HarperCollins France – 83/85, Bd Vincent Auriol – 75646 Paris cedex 13. Tél : 01 45 82 47 47. SA au capital de 3 120 000€ - R.C. Paris. Siret 31867159100069/APE5811Z.

RESTEZ CONNECTÉ AVEC HARLEQUIN

Harlequin vous offre un large choix de littérature sentimentale !

Sélectionnez votre style parmi toutes les idées de lecture proposées !

www.harlequin.fr

- **Découvrez** toutes nos actualités, exclusivités, promotions, parutions à venir…
- **Partagez** vos avis sur vos dernières lectures…
- **Lisez** gratuitement en ligne
- **Retrouvez** vos abonnements, vos romans dédicacés, vos livres et vos ebooks en précommande…

L'application Harlequin

- Des **ebooks gratuits** inclus dans l'application
- **50 nouveautés tous les mois** et + de 7 000 ebooks en téléchargement
- Des **petits prix** toute l'année
- Une **facilité de lecture** en un clic hors connexion
- Et plein d'autres avantages…

Téléchargez notre application gratuitement

Télécharger dans l'App Store

DISPONIBLE SUR Google Play

SUIVEZ-NOUS !

facebook.com/HarlequinFrance
twitter.com/harlequinfrance